KiWi
Paperback

KiWi

672

Über das Buch:
Es sollte nur ein Urlaub sein bei Freunden in Bangkok. Aber anstatt sich am nahegelegenen Meer zu erholen, bleibt er durch einen lächerlichen Unfall unbeweglich im Haus zurück. Als er erfährt, daß seine große Liebe fern von ihm im Sterben liegt, versucht er das Unmögliche: Sie mit Hilfe seiner Erinnerung zu retten.

Über den Autor:
Sven Lager lebt in Berlin und Bangkok. Von ihm sind erschienen bei K&W: »Phosphor«, Roman, KiWi 570, 2000. »the buch – leben am pool« (mit Elke Naters), KiWi 611, 2001.

Sven Lager

im Gras

Roman

Kiepenheuer & Witsch

1. Auflage 2002

Umschlagfoto und -gestaltung: Sven Lager
Gesetzt aus der Adobe Caslon
Satz: Greiner & Reichel, Köln
Druck und Bindearbeiten: Clausen & Bosse, Leck
ISBN 3-462-03094-9

Für Barbro

»Well all my colours bleed for you,
can't you see them running?
My hazy hills glow green for you,
you could call me you know
on my mobile number,
'cos I'm always in
and I was just thinking
about you
on emergency 72.«

Turin Brakes, The Optimist LP

Die Wärme und Verlorenheit der Körper

Einen Moment, ich verbinde, sagt eine Stimme mit spanischem Akzent.
Ich höre sie nur leise. Sie liegt im Bett und atmet schwer.
»Ben ...?«
»Ja. ... Monica?«
»Mein Lieber.«
Wir sprechen über das Wetter, daß es warm ist, wie immer, und ich weiß, es ist das letztemal, daß wir miteinander sprechen werden. Wann sie das letztemal im Meer war?
Noch gar nicht so lange her, sagt sie, und ich kann sie vor mir sehen, wie sie mit dem alten Seat den letzten Ausläufer der Berge runter an die Strandpromenade fährt und über die Betonbalustrade steigt. Weil sie vor Jahren beim Ausbau die Zugänge zum Strand vergessen haben, wurden kleine Holztreppchen gezimmert für die Badenden. Sie legt ihren gestreiften Bademantel aus Frottee ab, mit dem sie schon vor der Wohnung ins Auto gestiegen ist, und steht mit den Füßen im nassen Ufersand. Sie sieht auf den Horizont.
Dort oben von ihrer Wohnung aus auf dem Hügel spannt er sich über die Betonkörper der Hotels am Ufer der Costa del Sol. Das Meer ist blau mit weißen Schlieren, die man auch aus der Ferne als Wellenkämme erkennt. Lange Linien, die wie Wollfäden auf den Strand zuwehen. Manchmal reißen sie auseinander, werden langsamer, bis sie vom nächsten Kamm mitgenommen werden, der das Ufer erreicht.

Das Wasser ist kalt. Es ist Winter. Sie geht bis zu den Knien hinein, dreht sich um und gleitet rückwärts ins Wasser. Dann läßt sie sich auf dem Rücken treiben, tritt Schaum mit den Füßen und schwimmt ins tiefe Wasser. Wenn ich mit ihr badengehe, mache ich es genauso.
Sie macht es wegen ihrer Haare so, damit sie nicht naß werden, nicht weil die Kälte von hinten erträglicher wäre als von vorn, und ich mache es, weil es mir gefällt, so wie sie ins Wasser zu gehen. So können wir uns beide gleichzeitig fallen lassen in die Wellen, die in der Nähe des Ufers ihr Blau verloren haben.
Sie atmet durch den engen Hörer.
»Bist du allein im Zimmer?«
»Ja«, sagt sie entfernt, »sie haben mir ein Einzelzimmer gegeben.« Ich höre Geräusche. »Ingela ist da,« sagt sie.
Ich höre das Rascheln der Zeitung, die Ingela liest, während Pfleger und Krankenschwestern auf dem Flur auf- und abgehen und sich gedämpft zurufen.
Sie spricht so leise, daß ich sie kaum verstehen kann. Sie flüstert, ich liebe dich. Genau, ich liebe dich auch. Das sagen wir uns gerne, jedesmal, weil wir so weit auseinander sind, an verschiedenen Orten und aus einer verschiedenen Zeit.
Wir wiederholen uns ein letztesmal mit den gewohnten Fragen, was wir gerade tun, mit den gewohnten Antworten, daß der Himmel freigeweht ist von den warmen Winden aus der Sahara, oder auch nicht, und ich sage, Bangkok sei sehr schwül. Ja, da war sie auch schon einmal.
Nicht selten rufen wir uns an, weil wir voneinander geträumt haben, an einander denken, belanglos, weil wir pa-

rallel in einer Welt leben, die alltäglich ist. Nur ein Satz fehlt. Sie sagt ihn nicht und ich sage ihn nicht:
Wir sehen uns im Sommer.
Es ist Winter und wir werden uns nicht sehen im nächsten Sommer. Sie war plötzlich sehr klar bei unserem Gespräch, nachdem sie, wie Ingela erzählte, vorher phantasiert hat im Fieber und von den starken Medikamenten, die sie ihr gegen die Schmerzen gegeben haben. Sie nuschelt, weil sie kaum Atem hat zum Sprechen. Dann sagt sie, wir sehen uns. Wir sehen uns, sage ich, nachdem wir uns wiederholen, wie sehr wir uns vermissen, so wie wir es immer tun, um die Zeit zwischen den Sommern zu überbrücken. Dann lege ich auf.
Kein Sommer. Nicht vorstellen kann ich mir den Sommer, der keiner mehr sein wird. In diesem Zimmer, dessen Luft heiß ist und schwer, kann ich mir nicht vorstellen, daß Winter ist, wenn auch ein später mit einer grauen Wolkendecke über Deutschland und einem milden Klima an der spanischen Küste. Und genauso wenig kann ich mir den Sommer vorstellen. Den Sommer, der kommen wird ohne sie. Seltsam, so sicher zu sein und es gleichzeitig nicht zu verstehen.

Ich bin immer in freundlicher Sorge gewesen zu ihr, wie gerade jetzt am Telefon, denn es ist ein Spiel. So wie sie mich in ihren Armen gehalten hat in freundlicher Sorge, als ich ein Kind war. Unmerklich haben wir, als ich älter wurde, die Seiten gewechselt. Ich wurde schneller älter als sie, mit der rasenden Geschwindigkeit, mit der man erwachsen wird, während sie langsam älter wurde, mit der Verzögerung, die eintritt, wenn man alt ist.

Monica ist meine erste Liebe, so lang liebe ich sie, daß nur noch fehlt, sie als Kind auf meinem Arm zu halten. Unsere freundliche Neugier für die verschiedenen Welten, aus denen wir kommen.

Als Kind war ich fasziniert von ihrer Erwachsenenwelt, und als ich erwachsen wurde, sie von meiner. So haben wir uns ausgetauscht, sie hat erzählt von ihrem Leben und ich von meinem, wie ich mir vorstelle, daß es sein wird. Später habe ich ihr erzählt, wie es ist, und sie hat erzählt, wie es war. Warum kann ich nicht eines Tages erzählen, wie es war, während sie mir davon erzählt, wie ihres sein wird?

Nie waren wir wirklich an dem Ort, von dem wir erzählten, er lag stets in der Zukunft und in den Wünschen, in der Vergangenheit und Erinnerung. Wie eine geheime Mitte, um die wir herumerzählten, Mitte des Lebens, ohne daß ich daran gedacht habe, daß das Leben immer da ist, zwischen uns, das Leben, das wir teilen.

Es lag daran, daß sie von einer Zeit erzählte, in der sie etwas erlebt hatte, das mir ein Geheimnis war, ein Erwachsenenleben, das ich später einmal leben wollte wie sie. Träume. In der Mitte zwischen uns lag der Sommer in Schweden.

Es ist nichts Besonderes in dieser Mitte. In der Mitte des Lebens, deren flüchtigen Geschmack ich schon im Mund hatte, in der Mitte zwischen uns, die sich aus endlosen Sommern speiste. Ich erinnere einen Sommer, in dem ich verliebt war, und nichts schien tiefer zu sein und zeitloser, bis der Herbst kam und die Rückkehr nach Berlin und das Geheimnis plötzlich vergessen und das Besondere verflogen war mit den letzten Strahlen der endlosen Sonne. Statt verliebt zu sein, war ich auf einmal nur noch genervt, so wie man den Schmerz nicht erinnert, sondern nur noch ein

hölzernes Gefühl. Der Sommer ist keine besonders treue Seele. Er wiederholt sich nur.
Wir haben jeden Sommer geteilt. Uns wieder vergessen, im Herbst, im Winter, bis ich im Sommer wieder zu ihr gefahren bin, um den letzten zu wiederholten. Den schwedischen Sommer, den ich überall auf der Welt wiederfinde. Er ist noch dünner als der Berliner Sommer, zeitloser als der Sommer in München unter der hohen Kuppel des Alpenhimmels und traumloser als ein heißer Tag am Mittelmeer, der nach Sonnencreme duftet. Der schwedische Sommer wispert mit einer dünnen Stimme, er nuschelt leise, er schweigt.

Ich sitze noch am Tisch mit der Hand auf dem Hörer, den ich aufgelegt habe, und sehe in den Garten mit dem struppigen Thaigras und den stummen Blumen. Nicht einmal hier ein Geräusch, ein Auto, das vorbeifährt, ein Kinderjammern oder ein Hund, der durch die Büsche streift. Als wäre seit dem Moment, in dem ich aufgelegt habe, die Zeit stehengeblieben, als hätte ich einen Wettlauf begonnen, in dem ich an alles denken muß, das mit Monica zu tun hat, bevor draußen wieder die normale Zeit zu verrinnen beginnt.
Hätte jemand Aufnahmen von mir und Monica mit einem Zeitraffer gemacht, ich wäre darauf zu sehen als Kind, als Jugendlicher, als Junge, als Mann, an immer wieder den gleichen Orten, in dem gleichen Sessel neben ihr, mit einem Stück Eiscreme auf dem Teller, das sie mir aus einem Einliter-Paket abgeschnitten hat, im Garten unter dem Fliederbusch, den der Zeitraffer wachsen und schrumpfen lassen würde, weil er jedesmal gestutzt wird, wenn er an-

fängt, die Abendsonne zu verdecken. Der vertrocknete Rasen, an manchen Stellen gelb und an anderen unvermittelt tief und dunkelgrün.
Der Busch würde also hochschnellen und wieder klein werden, während ich Krocket spiele auf der Wiese, die Hände am Schläger jedes Jahr weiter oben, größer und weiter ausholend, gebückt irgendwann, weil die Schläger für kleinere Menschen gemacht sind, während die winzigen Drahttore und Holzbälle immer die gleichen blieben, so wie Monica in der über die Jahre beschleunigten Aufnahme immer die gleiche bliebe, mit jeweils wechselnden selbstgeschneiderten Kostümen, elegant, aus violetten, blutroten oder grasgrünen Stoffen. In meiner Erinnerung würde sie immer die gleiche bleiben.
Die Erinnerung ist ein trügerisches Unterfangen. Auf Bildern habe ich sie jung gesehen, mit mir auf einem Segelboot, das ihr Mann steuerte. Aber ich erinnere sie so, wie ich mir vorstelle, daß sie aussah, als wir das letztemal gesprochen haben. So wie ich sie vom letzten Sommer in Erinnerung habe.
Sie hat mich überrascht, als sie sagte, sie würde auch an mich denken, denn ich säße manchmal neben ihr auf dem Bett, als Kind, so wie sie mich in Erinnerung hat. Sie hatte geflüstert, ich säße als Kind auf dem Bett neben ihr und all den Schläuchen und Geräten, die an ihr hängen und geräuschlose Kurven zeichnen, und halte ihre Hand. Ich verfluche die Entfernung, in der ich ihr so nah bin.
Was für ein Kind war ich, an das sie sich erinnert? Ein kleines, das sie ständig nach allem fragte und dem sie mit einem Blick nach oben antwortete, weil sie die Direktheit der Kinderfragen mochte? Oder ein größeres, das schon Ant-

worten kannte, die sie zum Lachen brachten? Vielleicht ist es ein stilles, das bei ihr ist, so wie ich früher im Morgengrauen neben ihr saß, während sie noch schlief.

Es überrascht mich immer wieder die Tatsache, daß ich schon in einer Zeit auf der Welt war, ohne diese Zeit selbst zu erinnern oder vor Augen zu haben wie die Gegenwart, die eine geradezu räumliche Tiefe hat. Es wundert mich, daß ich als Kind die Welt nicht mit den gleichen Augen sah, wie ich sie jetzt sehe. Statt dessen sehe ich Geschichtsbilder und Dokumente einer Zeit, in der ich schon auf der Welt war, die aber so vergangen aussehen, als wäre ich nicht dabeigewesen. Als wäre ich in einer parallelen Welt aufgewachsen.

Das gelegentliche Gefühl, mein eigener Doppelgänger zu sein, ist mir deswegen vertraut. Das hilflose Bewußtsein, in einer anderen Zeit etwas mit anderen Augen gesehen zu haben. Dieselbe Person, in einem anderen Zustand, in einer anderen Welt, deren fremde Erinnerungen meine eigenen sind.

Ich war nicht wirklich dabei, als die ersten Menschen auf dem Mond landeten, ich war auch nicht da, als Benno Ohnesorg erschossen wurde. Ich erinnere nur den Geruch von Bier und lautes Reden und Rauchen zu Hause um einen Glastisch, der voller Asche war. Eine antiamerikanische Demonstration, auf der mir ein wütender Mann aus Versehen in den Bauch schlug.

Wenn ich in unserem VW Käfer auf der Rückbank lag, bewunderte ich das Lochmuster der Deckenbespannung aus Velour. Ich sah es so lange an, bis mein Bild davon in einer ungewohnten Räumlichkeit verschwand, weil beide Augen nicht mehr das gleiche sahen. Ich sah einen falschen Raum,

zwei gelochte Velourdecken, die sich in einem Abstand zueinander befanden und sich dabei verschoben. Ein Spiel auf langen Fahrten. Und das ist auch heute noch mein erster Gedanke, wenn ich das Bild mit Benno Ohnesorg sehe, der in seinem Blut auf dem Boden liegt vor einem VW Käfer. Der Schah in der Oper, Jubelperser und RAF rücken so weit weg wie der Weltkrieg, dem sogar die Farbe entzogen war. Bilder und Daten, die sich mir nie vollständig erschließen werden, vor allem, weil es ein Wettrennen ist gegen die Verflachung. Der fadenscheinige Stoff der Erinnerung.
Ein eigenartiger Geruch bleibt den Bildern, die die mir fremde Geschichte erinnern. Der wirkliche Geruch ist nicht gespeichert worden, der von Schweiß und Erregung, von Angst, Glück und Leben. Ein anderer ist da, der von gedruckten Büchern, Fixierbädern und Fernsehbildern, hinter denen die Röhren warm und staubig rochen. Eine Mischung, die wieder eigene rätselhafte Bilder auslöst, von denen ich mir nicht sicher bin, ob sie meine sind. Das stilisierte Schwarzweiß der Stammheimtoten, Fahndungsplakate in Blutrot, eine Olympiade hell und gleichzeitig grob gerastert. Bilder mit einem Eigenleben. Wie das Kind, das neben Monica sitzt.
Es beunruhigt mich, wieviel von der Geschichte, aus der die Gegenwart hervorgegangen ist, Monica erlebt hat. Und ich kann nur mit einer Idolisierung und Vernachlässigung dienen, mit der meine und die folgende Generationen die Geschichte für sich abbilden. Ich sehne mich nach der Tiefe des Raums. Wir ziehen ihn hinter uns her im aufgeblähten Gewand der Geschichtsschreibung.
Ich wünschte, jedes Ereignis der Vergangenheit könnte real werden wie der Ausblick auf den Baum, dessen Luftwur-

zeln über dem Kanal hängen, könnte heiß oder kalt sein wie ein Körper und schwer wie die Luft der Atmosphäre. Ich sehne mich, nach der menschlichen Gegenwart der Geschichte. Ich vermisse Monica.

Ein Bild ist mir gut im Gedächtnis. Es zeigt eine Gruppe von Erwachsenen auf blauen Liegestühlen am Meer bei Malaga. Einer der kleineren, dicken Körper bin wahrscheinlich ich. Als ich das Bild nach dem Ende der Schulzeit in einem Karton fand, der auf den Büchern stand, die ich mitnehmen wollte nach Berlin, war mein erster Gedanke, daß zu der Zeit der Aufnahme Franco noch an der Macht war. Nicht die Farben fielen mir als allererstes auf, wie sonst bei Fotos aus dieser Zeit, auf denen alles aussieht wie aus einem brüchigen Kunststoff gegossen, noch interessierten mich die Details des Strands, den ich heute noch kenne und der sich verändert hat.

Ich fand es auf den ersten Blick seltsam, daß sich die Menschen unter der Diktatur von Franco genauso am Strand vergnügten wie die Menschen heute. Daß sie sich überhaupt vergnügten, am selben Strand. Aber wenn ich mich nicht täusche, vergnügt sich dort heute keiner mehr. Jedenfalls nicht, wenn ich da bin.

Das letztemal, als ich mit Monica runter zum Strand fuhr, hatte ich den Bademantel ihres Mannes an. Er war wie ihrer gestreift, nur in Braun und mit einer großen Tasche an der Seite, in die ich meine Zigaretten stecken konnte. Wir fuhren die steile, gewundene Straße zwischen den mit hohen Mauern abgeschotteten Villen herunter bis zur Straße, über die inzwischen wie ein Dach der Highway gebaut worden war.

Ihre Augen waren nicht mehr gut, und sie fuhr bei Rot über

die Ampel hinüber zum Paseo, auf dem man am Meer entlang bis in die Altstadt kommt. Der Himmel war trüb und das Restaurant, das ich wiedererkannte, weil ich einmal auf seiner Terrasse einen Fisch aus einer panzerartigen Salzkruste geschlagen hatte, sah verändert aus.

Schon damals mit Monica dachte ich, wie verändert alles ist. Wie angenehm trostlos. Als hätte jemand dem Bild die überdrehten Farben genommen. Auch der Strand gefiel mir besser in seinem Graubraun. Wo auf dem Bild die Menschen an einem heißen Tag fröhlich unter den Sonnenschirmen saßen und Wein- oder Bierflaschen in die Kamera hielten, lagen, als ich das letztemal zum Baden mit ihr da war, dicke Engländerinnen mit heruntergerollten Bikiniträgern auf den Liegen und schliefen. Neben jeder stand eine angebrochene Flasche Sonnenmilch. Im Hintergrund des Fotos das Restaurant, dessen Terrasse verschwunden ist.

Ich versuche beide Bilder übereinanderzulegen, denn ich habe einen Hunger nach der Gleichzeitigkeit, der Gleichzeitigkeit vieler verschiedener Gegenwarten. Alles Vergangene war einmal Jetzt, hatte dieselbe Qualität der Wirklichkeit wie der jetzige Moment, und nicht die Schlieren und Farbfehler alter Aufnahmen. Anstelle der gelangweilten Engländerinnen fröhliche Zecher mit linken Ambitionen, die sich unter Franco und der heißen Sonne Spaniens vergnügen.

In schwierigen Zeiten scheint man sorgloser. Eine andere Qualität der Verzweiflung als die der Engländerinnen, die von frittierten Tintenfischringen träumen, die sie mit Sicherheit essen werden, wenn sie lange genug unter dem grauen Himmel darauf gewartet haben.

Mein Hunger nach Gleichzeitigkeit ist wie der nach einer Zigarette. Nach dem Geschmack der großen, endlosen Zigarette, aller Zigaretten, die ich schon in meinem Leben geraucht habe, an all den Orten, zu all den Zeiten, an denen ihr Geschmack ein besonderer war. Jeder Zigarette, die auf alten Aufnahmen, von den Helden der Bücher und in den Filmen geraucht wird, jeder Zigarette, die sich Sis doch noch vor dem Schlafengehen anzündet und von Monica in den Schlamm geschnippt wurde während des Krieges.
Ich zünde mir die letzte Marlboro Lights an, die noch in der zerdrückten Packung lag, und inhaliere den ungewohnten Rauch. Ich habe in den letzten Tagen vergessen zu rauchen und beobachte nun die Entropie der Rauchfäden. Was hier vergeht, muß auf der anderen Seite werden. Es ist mein Gottesdienst für alle versunkenen Momente des Rauchens.
Ich merke, wie mein Hunger nach Wissen und Gegenwart vor allem ein Mangel an Erinnerung ist. Was weiß ich von Monica? Nichts.

»Wo ist die Terrasse geblieben?« fragte ich sie bei unserem letzten Ausflug zum Strand. Wir legten unsere Bademäntel nebeneinander und gingen zum Meer. Vom Wasser aus konnte ich sehen, wie die Winterstürme den Beton der Promenade ausgehöhlt und den Sand unter ihm weggespült hatten.
Statt einer Antwort streckte Monica eine Hand ins kalte Wasser, als wollte sie die Temperatur überprüfen. »Whuuiii«, rief sie und schleuderte eine Handvoll in Richtung Restaurant, und wir ließen uns in die Wellen fallen. Das Meer hatte die Terrasse genauso gefressen wie den Pier, der

früher für die kleinen Fischerboote das flache Ufer überbrückte.

»Siehst du unser Haus?« fragte sie und zeigte auf einen der Hügel vor dem dunklen und baumlosen Hintergrund der Berge. »Ja«, sagte ich, weil das fragte sie jedesmal, nur war das Haus inzwischen schwieriger zu finden zwischen den Hochhäusern und Anwesen, die in den letzten Jahren dazugekommen waren. Ein ockerfarbenes Haus, in dem sich oben ihre Wohnung befand, wo sie die Winter verbrachte, die ihr in Schweden zu lang geworden waren.

Ich schaute zum Horizont, ein Lidstrich, auf dem die schwarzen Schemen der Tanker wie Klümpchen von Wimperntusche lagen.

Vom Balkon der Wohnung aus kann man an manchen Tagen das blasse Ryff-Gebirge sehen, Afrika, wie eine Fata Morgana, ein anderer Kontinent, der immer da ist, schläfrig und fremd.

Eine alte Frau mit einer Schirmmütze und einer reflektierenden Müllabfuhrjacke kommt herangeschlurft und fegt unmotiviert die Straße vor dem Haus. Sie schiebt einen Palmwedel zur Seite, der ihr mit seinem langen Stiel im Weg liegt. Das Geräusch ihres Reisigbesens begleitet mich entlang der Kommode und dem Treppengeländer, auf das ich mich stütze bis zum Zimmer und meinem Bett.

Wir sahen uns manchmal im Winter und fast jeden Sommer. Wobei der Winter an der Küste von Südspanien auch ein Sommer ist, eine Spiegelung des Sommers, ein Klon, den Monica mit sich genommen hat. So wie die Hitze hier in Bangkok ein Doppelgänger ist, kein eigenes Klima, sondern der verfremdete Klang meiner Sommererinnerung.

Ich ermüde bei der Gleichzeitigkeit aller Erinnerungen, der Gerüche, der Bilder und Worte und schließe die Augen.
Wir fuhren zurück zu dem Haus auf dem Hügel und hörten spanische Schnulzen. Der Radiomoderator rollte die R's, und im Dunkel der Garage drehten wir ihn aus.

Glas

Es war der Tag, an dem ich in eine Scherbe trat, und der erste Tag allein im Haus unserer Freunde, die hier mit ihren Kindern leben. Übersteuerter Techno schepperte aus den kleinen Boxen vor dem Supermarkt.

Menschen kamen aus allen Richtungen und verschwanden wieder, liefen über Fußgängerbrücken, schlenkerten mit ihren Taschen, drehten sich seitwärts auf den Bürgersteigen, um Entgegenkommenden Platz zu machen, oder zupften mit gedankenverlorenem Blick in den Rückspiegel an überflüssigen Haaren, während die Ampel in ihrer langen Rotphase war. Busse qualmten, und kichernde Mädchen in weißen Schulblusen gingen an mir vorbei und überquerten mit großen Schritten die Kreuzung.

Der Skytrain fuhr entlang der Hauptstraße auf seinen hohen Pfeilern, und unten warteten die Jungs mit ihren Motorrädern auf den schwarzen Stufen des Kinos und spielten Mühle.

Geschäftsleute kamen aus dem Skytrain und Schüler, Hausfrauen mit Einkäufen, die im Damensitz Platz nahmen und ihre Beine übereinanderschlugen, als sie auf den Motorrädern die kleine Straße hinuntergefahren wurden, die in einem ruhigen Wohnviertel endet. Ihre Schuhe wippten beim Anfahren gegen die Beschleunigung, die Tüten schwer auf ihren Knien. Die Fahrer machten dazu gelangweilte Gesichter und sahen in den hellen Abendhimmel statt auf die Straße.

Der Lange mit dem Halstuch nahm seinen Schlüssel vom Nummernbrett, das an einem Laternenpfosten angebracht ist, grinste und ließ mich aufsteigen.
Einmal hatte er ein Eichhörnchen auf seinem Tank liegen, eines der großen mit grauem buschigen Schwanz, wie man sie sonst entlang der Telefondrähte hüpfen sieht. Mit geweiteten Augen streckte es Arme und Beine von sich und versuchte sich ängstlich auf dem glatten Lack festzuhalten. Bodenwellen in der kleinen Straße sollen den Verkehr beruhigen, aber die Motorradfahrer fahren, ohne zu bremsen, durch die Lücke, die neben dem Bordstein geblieben ist für das Regenwasser.
Er rückte das Eichhörnchen jedesmal wieder zurecht, denn es machte nicht den geringsten Versuch, sein Herunterfallen zu verhindern. Es war ein totes Eichhörnchen. Es machte auch nicht den Eindruck, als sei es überfahren und dann von ihm aufgelesen worden. Sein Fell kam mir frisch vor, als sei es nach seinem Tod von dem Langen mit dem Halstuch gewaschen und gekämmt worden.
Wir rasten die kleine Straße runter, und an seine Weste mit der Nummer gebeugt, roch ich den schweren Duft der Gärten vermischt mit dem Staub und dem Schweiß der vergangenen Hitze. Wolken standen hoch über den Banktürmen, die die letzten Sonnenstrahlen reflektierten, und ein Kondensstreifen, pfirsichfarben, zerwehte langsam. Es erinnerte mich an Schweden.
Schon vor dieser letzten Fahrt, als ich entlang des dichten Verkehrs ging und beinahe von einem Bus überfahren worden wäre, hatte ich eine Ahnung, daß ich besser zu Hause geblieben wäre. Am Ausgang des Skytrains hatte ich das Gefühl, etwas Dunkles, Gewaltiges würde mich begleiten,

eine Wolke, unsichtbar und so spannungsgeladen, wie vor einem Gewitter.

Ich schaute in die falsche Richtung, als ich mich gerade vom Bordstein abstoßen wollte, um die Straße zu überqueren. Was für eine schöne Bewegung, auf der Kante des Bordsteins leicht nach vorne zu fallen, um den Schwung für die nächsten Schritte zu nehmen über die leere, erwartungsvolle Straße. Der Bus kam so dicht an meinem Gesicht vorbei, daß die Luft meine Augenbrauen hochbürstete.

Der Bus hielt, Leute stiegen aus, drängten sich an mir vorbei auf dem engen Bürgersteig, und andere mit ausdruckslosen Gesichtern stiegen ein. Mit einer schwarzen Rauchwolke fuhr er wieder davon. Meine Kopfhaut prickelte. Ich war weniger erschrocken als neugierig, was als nächstes passieren würde. Die nächste Ampelphase startete mit einem wütenden Geheul von Motoren, und Lieferwagen und Kleinlaster rasten über die makellose Schwärze des frischen Asphalts zum nächsten Rot.

Linksverkehr. Mir fiel ein, daß Rolf Dieter Brinkmann vielleicht der gleichen Täuschung erlegen war, als er in London die Straße überquerte und überfahren wurde. Die Lässigkeit, die die Fortbewegung in einer Stadt erfordert und die einen in der Eile den Verkehr nur aus der gewohnten Richtung erwarten läßt.

Ich wartete den nächsten Bus ab, an eine Säule der überdachten Haltestelle gelehnt, und ging dann, als er genauso unspektakulär abgefahren war, mit zitternden Knien auf die andere Straßenseite. So schnell erwischt einen der Tod nicht. Eine Warnung.

Bangkok ist eine Stadt, an die man sich zu schnell gewöhnt, an ihren Verkehr, ihren Lärm und ihre Dichte, durch die man sich geschmeidig bewegt. Menschen, schmale Bürgersteige, Motorräder, die zwischen den Autos entlangrasen, alles scheint so gut ineinander zu greifen, so alltäglich, daß es mich noch nie gewundert hat, keinen einzigen Unfall oder Verletzten gesehen zu haben.

Nach ein paar Tagen in der Stadt ist Sis mit unseren Freunden und deren Kindern ans Meer gefahren, das nur ein paar Zugstunden entfernt liegt. Sis wollte unbedingt in der Sonne liegen, und nicht einmal die Möglichkeit, von den Kindern mit Sand beworfen zu werden, schreckte sie ab. Ich hatte keine Lust, faul zu sein und in langatmigen Büchern zu lesen. Viel lieber bin ich zurückgeblieben und hatte das Haus für mich allein. Ein großes Haus mit dunklen Holzböden unten und hellen, luftigen Zimmern oben, deren Fenster alle zum Garten zeigen, auf ein wildes, sonnenbeschienenes Grün, das von hellen Pistazienfarben bis zu staubigen Ledertönen reicht.

Ich freute mich auf das Haus und ging langsam, mit wachen Augen, so wie am ersten Tag, als mir alles neu erschien. Aber die harmlose Fahrt bis zum Tor war voll von plötzlichen Autos, die ungelenk ausscherten oder abbogen, ein Betonmischlaster, blind, fuhr rückwärts, und am Ende sprang ein Hund uns in den Weg, als wir fast schon an ihm vorbei waren.

Kaum war ich abgestiegen, lag er wieder da und beobachtete mit mir den Fahrer, der aus Langeweile Slalom fuhr auf seinem Weg zurück zur Hauptstraße. Mit seiner flatternden Weste sah er aus wie ein torkelnder Vogel.

Ich wunderte mich über die plötzliche Helligkeit der Straße, die nun wieder freundlich zwischen den Villen und schmalen Stadthäusern, den hohen Wohntürmen mit

Wächtern vor den Toren und den verwilderten Grundstükken lag.
Vor mehr als einer Woche sind Sis und ich hier angekommen, und ich kenne die Straße, schnell und langsam. Es ist nicht das erstemal, daß wir unsere Freunde besuchen. Frühmorgens gehe ich die Straße entlang mit großen Schritten, hungrig nach der kühlen Nachtluft, und rede mit mir selbst: »Die Gesichter gleich, die Häuser reich, Bäume und Himmel sind weich, und die Kinder verstecken die Frösche, die verrecken, wenn ihnen die Sonne auf die Schädel brennt.« Es ist mir so zur Gewohnheit geworden, daß ich abends, wenn ich mit dem Motorradtaxi zurückfahre, mein Selbstgespräch beschleunige, »HauszuverkaufendieMaidsdielaufenHundediespringenundsichinSicherheitbringen«. Dazu verwischen die Tore und Bäume, und die elektronische Melodie des Eismanns verzerrt sich. Nur die Gesichter der wenigen Fußgänger werden deutlicher. In dem Moment, in dem ich an ihnen vorbeifahre, werden sie zu Portraits.
Am Ende wartet stets das blaue Tor zum Haus unserer Freunde auf mich. Ein Tor aus schmucklosem Eisen, aus den Anfängen der neunziger Jahre; angestoßen und abgeblättert, als wäre jedes seiner Jahre in den Tropen ein Hundejahr gewesen. Ein rostiger Stacheldraht ist seine Krone, Scherben aus Bierflaschen sind den Pfosten eingelassen gegen Einbrecher, die nie kommen. Eine Bougainvillea mit rosafarbenen Blüten lehnt sich von der Nachbarmauer herüber.
Es ist oft so, daß auf einen, und noch wahrscheinlicher auf zwei Beinaheunfälle ein echter folgt. Es liegt in der Natur der Dinge, dachte ich, nachdem ich mich sicher ge-

wähnt hatte, ein Bier und ein Glas in der Hand, den Kühlschrank mit einem Bein zustieß und das Glas fallen ließ. Verärgert darüber, daß das Glas runterfiel, bevor ich mir das kalte Bier eingießen konnte, trat ich barfuß in die Scherben. Dieses billige Dreckszeug!, dieses Preßglas!, das für einen Hungerlohn auf den Philippinen hergestellt wird, es zerspringt in feinste Splitter, wenn es am Boden aufschlägt.
Mein Blut hatte, das störte mich beim Kehren, die ungewöhnliche Farbe und Konsistenz von Tomatensaft und Milch. Hell und dick. Es war nicht so, wie es aus dem Finger tropft, dunkel wie Wein und dünn. Es war satt und fett und klebte in Perlen an den Borsten des Plastikbesens, der es nur noch mehr verschmierte.
Erleichtert, daß ich allein war, wollte ich erst aufwischen. Sis wäre wieder aufgeregter gewesen als ich, und die Kinder hätten wahrscheinlich ihre Finger in die Pfützen gesteckt aus Neugier. Ganz zu schweigen von unseren Freunden, denen schlecht geworden wäre, ich hätte sie alle beruhigen müssen. Sogar an die Wand neben dem Kühlschrank war das Blut hochgespritzt.
Ich setzte mich auf die Treppe und trank mein kaltes Bier. Vor der Spüle sah es aus, als hätte jemand eine Leiche entsorgt, und vor allem um meinen rechten Fuß entstand auf dem dunkelroten Fußboden eine Lache, in der sich die Neonlichter der Küche spiegelten. Aber ich fühlte mich leicht. Das drohende Unheil war verschwunden, und ich kam mir vor wie ein Vodoopriester, der das Unglück mit einem Blutopfer abgewendet hatte. Nur daß ich an meinem linken Fuß einen Zeh nicht mehr bewegen konnte, und auch das Blut hörte nicht auf, aus mir herauszulaufen. Erst versuchte

ich es mit einem Verband, dann mit einem Handtuch, und am Ende steckte ich meinen Fuß und das vollgesogene Frottee in eine Plastiktüte und rief ein Taxi.
Der Taxifahrer war guter Dinge. Er redete über das heiße Wetter und lachte, wenn ich mich nach vorne beugte und in der blutigen Tüte nachsah. Er lachte, weil er annahm, ich würde mich vor Schmerzen krümmen, aber da war kein Schmerz, nichts. Nur das Gefühl leichter Taubheit in den Fußsohlen.
Sparen wir uns das Krankenhaus. Alle Krankenhäuser riechen schlecht. Ich wachte aus der Narkose auf mit einem wunden Gefühl im Hals und zwei eingegipsten Beinen. Mein rechtes, gesundes Bein war eingegipst worden, damit ich erst gar nicht auf die Idee käme, herumzulaufen.
Auf dem Weg nach Hause tröstete mich der Taxifahrer mit der Geschichte von seinem Bruder, der, nachdem er auf eine Mine an der Grenze zu Kambodscha getreten war, auf nur einem Bein ins Krankenhaus gelaufen sei. Und so schöne Krücken hätte er auch nicht bekommen. Er blieb sitzen, als ich umständlich aus dem Taxi kletterte. Für seine Lügengeschichte gab ich ihm kein Trinkgeld.
Was war ich für ein Idiot, daß ich glaubte, mit meinem Unfall wäre das Unglück abgewendet.

Es war früher Morgen. Ich hatte zwei Aluminiumkrücken aus Taiwan und Gipsbeine, die weiß waren wie der Schnee in den Alpen.
Es begann zu dämmern, und ich wußte noch nicht, daß Monica im selben Moment schon im Krankenhaus lag, um zu sterben. Ich freundete mich mit dem Gedanken an, es mir gemütlich zu machen, statt wie ich es vorhatte, die

Stadt zu erkunden. Ein paar Tage in dem schönen Haus, mit Nachbarn, die freundlich winken, wenn man neugierig in ihre Gärten schaut.

Ich muß mich bewegen, normalerweise, schon eine Stunde auf einem Stuhl still zu sitzen kann mich wahnsinnig machen. Ich muß einfach aufstehen, auch wenn ich mich gleich wieder hinsetze. Schon morgens springe ich aus dem Bett, unruhig, ohne daß ich genau wüßte wozu.
Ich bin Maler, und die meisten meiner Bilder sind photorealistisch, wofür so viel Schwung ungeeignet ist. Es gibt auch kein Papier, das groß genug ist für meine Skizzen und Zeichnungen am Morgen, und so grundiere ich meist meine Leinwände bis zur Erschöpfung und höre dazu das Gorillaz-Tape.
Die Gewalt, die jeder Morgen bringt, meine unerklärliche Euphorie, müßte gebremst werden durch einen überproportionalen Kraftaufwand beim Malen.
Ich wünschte, ich könnte wandern im Sonnensystem. Morgens wäre ich auf dem Jupiter, unter dessen Schwerkraft ich kaum die Hand heben könnte, später wäre ich auf der Erde und am Abend auf der Venus, auf der mir die fragilsten, eben kraftlosesten Pinselstriche gelingen würden.
Es ist, als müßte die Kunst den Körper überwinden. Ich verfluche den Stoff, der Männer auf Berge treibt und auf Fußmärsche durch die Mongolei, wo sie erst in der Erschöpfung den Zustand finden, nach dem sie sich gesehnt haben. Nach meiner vierten Grundierung kann ich endlich anfangen zu malen, während Sis sich noch im Bett räkelt und im Halbschlaf das meiste ihrer Arbeit erledigt hat.
Nichts ist in der Kunst unwichtiger als Fleiß. Schnapp-

schüsse von Freunden, die sie bei mir vergessen haben, Kinderzeichnungen und Homepages von Travellern sind meine Vorlagen. Davon kann ich leben. Mein Galerist ist ein geschickter Geschäftsmann. Er verkauft mich als Schüler von Gerhard Richter, der ich nicht bin.
Was also meine Arbeit, mehr noch meinen Erfolg ausmacht, hat nichts zu tun damit, daß ich manchmal tagelang an einer Arbeit sitze und mir Mühe gebe. Es hat auch nichts mit der Inspiration zu tun, die mich gerade die abstrakten Sachen ab und zu einfach raushauen läßt. Zu nichts ist die ganze Kraft und Sprunghaftigkeit gut, nicht einmal jetzt, da ich eingegipst bis über beide Knie nur wenige Meter weit komme.

Ich habe mich in das Zimmer gelegt, und nun, da mein Zustand ein ausschließlich bewegungsloser ist, bemerke ich, daß es in mir ein Pendant zu meiner Rastlosigkeit gibt. So unruhig ich in jeder Minute meines Lebens bin, so absolut regungslos kann ich sein, wenn ich erst mal damit anfange. Es scheint kein Dazwischen zu geben.
Die ersten zwei Tage habe ich noch versucht, auf den Krükken bis zum Tor zu kommen, nichts hätte ich lieber getan, als im Cineplex neben der Haltestelle des Skytrains einen Cappuccino zu trinken, im Country Coffee, wo die Mädchen am Tresen jedesmal kichern, weil sie mich beim ersten Besuch für David Beckham hielten. Ich kann ihre Gesichter auch kaum auseinanderhalten. Und nichts hätte ich lieber getan, als in eines der nach frischem Teppichbelag riechenden Kinos zu gehen, um mir ein amerikanisches Märchen anzusehen mit einer Tüte süßem Popcorn auf den Knien. Sogar für den alten König wäre ich aufgestanden,

dessen gute Taten in einem computeranimierten Trailer vor dem Hauptfilm gepriesen werden.
Schon nach kurzer Zeit war mir Bangkok vertraut. Es hat mich sogar beim erstenmal an Berlin erinnert. Großflächig, unromantisch und mit keiner wirklichen Mitte, sondern mit vielen, wo man sie eben finden mag. Beide Städte sind häßlich und bergen in ihrem Lärm und ihrer sinnlosen Geschäftigkeit Orte mit einer besonderen Bedeutung. Jeder sucht sich diese Orte und spinnt dann sein eigenes Netz der Stadt, die er sich wünscht. Ein Restaurant, in das man gerne geht, eine Straßenecke, an der man einmal im Morgengrauen ein hübsches Mädchen kotzen sah, der Park, in dem chinesische Männer auf einem ehemaligen Spielplatz Gewichte stemmen.
Weder Bangkok noch sein Umland haben etwas Exotisches, ich muß das sagen, sonst entsteht mit dem Namen sofort ein seltsames Bild, eine Wunschvorstellung, die jede Möglichkeit des normalen Lebens zerstört. Es ist, knapp gesagt, einfach nur sehr, sehr warm.
Als mit dem Fall der Berliner Mauer sich für beide Seiten eine benachbarte und doch neue Stadt öffnete, war es ein wenig so, als wäre der Traum von der Tür in einen noch unbekannten Teil der eigenen Wohnung wahr geworden. Seitdem geht es mir oft so, daß Städte für mich wie durch den Fall einer unsichtbaren Mauer ineinander übergehen. Landschaften, Tausende von Kilometern voneinander entfernt, sehen sich plötzlich ähnlich. Sogar Sis sagt oft, obwohl sie Schweden kaum kennt, manche Landschaften und Stimmungen würden sie an Schweden erinnern.
Im Garten unserer Freunde steht ein hoher Busch zwischen Haus und Nachbarhaus, der dicht und undurchsich-

tig ist. Schon nach ein paar Tagen hatte ich die fixe Idee, daß das Gebüsch ein direkter Durchgang zum sommerlichen Tiergarten sein muß. Genau am asseligen Spielplatz mit Blick auf Schloß Bellevue käme ich heraus, würde ich nur einmal durch sein dichtes Gestrüpp springen.
Aber genauso wie es mir unmöglich ist, durch den Busch zu springen und vor allem wieder zurück, kommt es nicht in Frage, ans Ende der Straße oder überhaupt nur bis ans Tor zu gehen. Nach meinen ersten Versuchen schleppte ich mich also zurück ins Haus und in das Zimmer mit Blick auf den regungslosen Flußarm, das ich mir eingerichtet hatte, damit ich tagsüber dem Trubel des Familienlebens entgehen konnte. Bei so viel Leuten im Haus wird ständig geschrien, gekocht und telefoniert, zusätzlich zu der Aufregung, daß die wir zu Besuch sind und ein wenig das eintönige Leben hier aufheitern.
Plötzlich war die ganze Aufregung weg und ich in diesem Zimmer, in dem ich mich nicht mehr verstecken muß, sondern in dem ich jetzt festsitze. Das kehrt meine Flucht in ein Verlangen um, nach Telefonklingeln, Kindergekreische und Erwachsenengebabbel. Vor allem nach einem Curry, wie es an jeder Straße von Frauen an fahrbaren Ständen verkauft wird.

Ich mache eine neue Beobachtung in der Stille der Tage: Wenn ich gehe, unruhig bin und ständig den Ort wechsle, sind meine Gedanken ein Atem, der sich der Geschwindigkeit und dem Schrittwechsel anpaßt. Als gehörten die Gedanken zu einer Musik, die mich synchron begleitet.
In der Ruhe aber, wenn ich still bin, werden meine Gedanken zu einem zarten Qualm, der aufsteigt. Ich beobachte

ihre Bewegung, wie sie sich kräuseln und schließlich auflösen. Es bleibt mir viel Zeit, in der ich an die Decke starren kann.
Unter dem Gips juckt etwas. Statt Krücken hätten sie mir einen Unter-dem-Gips-Kratzer mitgeben sollen. Ein langes Ding mit kleinen Gabelenden dran, womit ich unter der harten Schale kratzen könnte. Dabei kann ich mich glücklich schätzen, der Schmerz kam nie, nur eine Gefühllosigkeit ist da, an deren Rändern es mich juckt. Eine Taubheit, wie sie nach einem Ausflug in den Schnee in den Zehen zurückbleibt.
Da sind winzige Ameisen, die aufgeregt in der Dunkelheit herumlaufen und etwas suchen auf meinen Beinen, aber nicht finden können. Ein Kribbeln und Knabbern, als ernährten sie sich von meinem Schweiß. Sie werden mehr und mehr und nagen an meinem Körper, der verschwinden wird wie der von Monica.
Angesichts ihres nahen Todes denke ich wieder an das lächerliche Ereignis mit der Scherbe vor einigen Tagen. Ich variiere es mit den grausamen Möglichkeiten des Todes, die zur Verfügung standen.
Es besteht ein Zusammenhang zwischen der Gewalt, die mich begleitet hat am Tag des Unfalls, und der, die stets als Phantasie und Unruhe in meinem Kopf ist. Eine Aufladung, die dazu führt, mir das Schlimmste auszudenken, mit allen Möglichkeiten.
Mein Kopf, abgerissen vom Bus, wäre hochgeschleudert worden auf die Plattform des Skytrains und in einen der gerade abfahrenden Waggons gerollt, während mein Körper mit sprühenden Blutfontänen in die Menge gestolpert wäre und in die Stände, an denen Bananen in heißem Öl

ausgebacken wurden, genauso wie ich, mein bisheriges Überleben vorausgesetzt, in der kleinen Straße vom Motorrad auf einen der bajonettartigen Zäune hätte geschleudert werden können oder unter den Betonmischlaster geraten und dann in der plötzlich auslaufenden Masse erstickt und erstarrt wäre, so wie ich zu guter Letzt auch durch das blaue Tor hätte katapultiert werden können, das mich wie ein Eierschneider filetiert hätte, so daß mir, wie dem Mann in dem kanadischen Film »The Cube«, nichts anderes übriggeblieben wäre, als sanft auf den Boden zu blättern. Der eigene Tod hat eine gewisse Komik, wenn man dabei nicht stirbt.

Ich lasse vorsichtshalber nichts aus, denn eine Spur von Aberglauben läßt mich immer das Schlimmste annehmen, um es zu verhindern. Durchaus eine schlechte Angewohnheit. Schon längst habe ich mir ausgemalt, was inzwischen unseren Freunden, ihren Kindern und meiner Sis alles am Strand hätte zustoßen können. Warum sollten sie sonst noch nicht angerufen haben? Die furchtbarsten Verbrechen finden statt an Thailands Stränden, auch wenn es das friedlichste Land der Erde ist, das keine Kriege und kaum sinnlose Verbrechen wie der Westen kennt.

Als läge der Phantasie der Zauberstab in der Hand, alles Vorgestellte zu bannen, als wäre mit der vorgestellten Gewalt das Schreckliche verbrannt wie eine Opfergabe aus buntem Papier.

Ein Regenschauer prasselt auf das dünne Dach. Erst ticken einzelne Tropfen, dann knallt das Wasser wütend herunter. Es strömt von der Dachkante und sammelt sich in den Pfützen, die in einer anderen Geschwindigkeit versickern werden, unendlich langsamer im Vergleich zu der Eile, in der sie entstehen.

Seit wie vielen Tagen bin ich in meinem Zimmer? Drei? Oder vier? Der letzte Tag, also der erste allein, ist mir noch deutlich vor Augen, die darauffolgenden dafür um so weniger. Ich hätte Kerben machen sollen in das weiche Holz des Türrahmens. Nach den leeren Thunfischdosen zu urteilen, die sich in einer Abfalltüte häufen, bin ich hier sogar schon fünf Tage. Aber mein Zeitbegriff tut sich schwer mit der Maßeinheit leerer Thunfischdosen.

Ich werde Susan, die Nachbarin, bitten, mir eine andere Sorte mitzubringen. Schon bei meinem ersten Ausbruchsversuch zum Tor war sie neugierig herausgekommen, als ich vor ihrer Einfahrt eine Pause machte. Sie hat mir sofort angeboten, das Nötigste für mich einzukaufen, denn sie fährt mehrmals am Tag einkaufen mit ihrem Jeep, weil sie sonst nichts zu tun hat. Das Herumfahren mit dem Auto, um die im Vergleich zum Aufwand winzigen Besorgungen zu machen, gehört hier zum Status der Besserverdiener. Auf Vorrat einkaufen und zu Fuß gehen ist was für Arme.

Susan bringt mir Thunfisch mit, nur sie als Thai kann den Aufdruck auf den Dosen lesen. Ständig sind die Sorten mit Algen und chinesischen Pilzen ausverkauft, behauptet sie, dafür bringt sie mir Thunfisch in Tomatensoße und Zwiebeln, so wie es die Rucksacktouristen lieben und was fürchterlich schmeckt. Sie bringt mir auch Obst und Wasser, aber ihre Zeit scheint knapp zu sein. Wir reden kaum miteinander.

Sie und ihr deutscher Mann, der irgendein Großprojekt für Siemens leitet, sind in einem Harleyclub und fahren in ihrer Freizeit übers Land mit ihren Maschinen. Meist nach

Pattaya ans Meer. Abends spielt sie Billard mit den Bikern, die in regelmäßigen Abständen zum Tequila-Wetttrinken eingeladen werden, oder sie sitzt vor dem großen Fernseher und zappt die Nachmittage durchs Satellitenprogramm.
Ich beobachtete das Treiben gerne oben vom Fenster unseres Gästezimmers aus, und manchmal lagen Sis und ich da und versuchten uns im Lippenlesen bei den Filmen, die wir zwar durch die große Glasfront mitsehen, aber nicht mithören konnten. Susan, die stundenlang regungslos auf der Couch lag und meistens dabei schlief, war ein vertrautes Bild. Wenn sie also die Einkäufe abstellt und mir das Obst schält, um gleich darauf wieder zu verschwinden, weiß ich, wohin sie so schnell wieder verschwindet.

War das am zweiten Tag, als sie gerade gehen wollte und ich anfing zu heulen? Sie stand schon in der Tür und zögerte, die Sonnenbrille auf den Kopf geschoben. Ich konnte nicht anders, sie war wirklich bemüht darum, daß es mir an nichts fehlt, aber eine plötzliche Furcht, ich könnte nun allein sein in meiner Ohnmacht bis zum nächsten Tag, ließ mich verzweifeln. Sie war irritiert, aber da ich mich weigerte, sie mit einer entschuldigenden Geste zu entlassen, kam sie zurück und nahm mich kurz in den Arm.
Sie spricht ein seltsames Kauderwelsch aus Deutsch und Englisch, mit dem sie mich zu trösten versuchte. »Ja, ja, ja«, sagte sie auf deutsch, und dann, »it's all right.« Ihr T-Shirt roch warm und ungewaschen, und ihre Körperlichkeit erinnerte mich an Sis, ihre Hand, die meine Schulter drückte, und die Weichheit ihres Busens. Als ich ihr zu schwer wurde, stand sie abrupt auf und verabschiedete sich.
Vielleicht schämte sie sich auch für mich, denn selbst in

Anbetracht, daß ich ein Ausländer bin, dem man eher verzeiht, habe ich ihr gegenüber Gefühle gezeigt, mit denen sie nichts zu tun hat.
Dabei war der Grund für meine Tränen so einfach. Sie wußte nichts von dem Anruf, daß Monica im Sterben liegt und daß sie nur noch wenige Tage, wenn nicht Stunden zu leben hat. Kurz bevor Susan mit ihren Einkäufen kam, war ich ans Telefon gegangen, weil es ständig und ausdauernd geklingelt hatte, als ließe der Anrufer sich nicht abschütteln. Dabei war es der nahe Tod, der so unerbittlich anklopfte.
Die Nachricht fiel wie ein Stein in einen tiefen Brunnen, fiel und fiel, und ich war fürs erste gelassen. Es kam nicht völlig unerwartet, daß sie eines Tages sterben könnte. Ich war traurig, ein wenig, aber so als wäre das der Gang der Dinge. So klar die Nachricht war, die Ingela mit flacher Stimme überbracht hatte, so unzweideutig, daß ich noch nicht einmal nachfragte, ob es wirklich stimme und keine Täuschung der Ärzte wäre, so war meine Stimmung lediglich eine gedämpfte.
Der Stein fiel und er fiel, es vergingen einige Stunden, in denen ich über den Tod nachdachte, leicht und ohne Ressentiment, als würden mich das Leben und Sterben der Menschen nur als ein Echo erreichen.
Ich habe mein Leben lang über den Tod nachgedacht, aber eher in der Form von Unglücken und brutalen Todesarten. Dank Nachrichten und Spielfilmen kann ich mir alles vorstellen. Alles. Furchtbare, herzzerreißende Szenen, die schließlich überkippen ins Lächerliche, Groteske. Aber daß jemand einfach stirbt, unsichtbar, fern, kann ich in seiner Schlichtheit doch nicht fassen.

Als Kind war es für mich das Selbstverständlichste, daß alles wird und vergeht, daß wir sind, was wir essen, und danach auch wieder dazu verfallen. Daß es kein Geheimnis gibt hinter dem Leben, nur Gegenwart, materiell wie Erde, Gras und Fleisch. Selbst das Licht, hat man uns früh beigebracht, besteht nur aus Photonen, die auf uns prallen. Atome zerfallen, Teilchen beschleunigen sich, und alles hat eine Masse, die sich verwandelt und vergeht. Mein Körper, mein Hirn, jeder noch so kleine Denkvorgang, jede Regung des Gefühls, alles ein Werk chemischer Reaktionen. Ein schöner Gedanke. Die Welt gewinnt damit an Klarheit. Warum, konnte ich nicht erklären.

Aber warum sollten wir nicht zerfallen und endgültig verschwinden, wenn wir sterben, was spricht dagegen? Es ist immer noch so, als wäre der Glaube an eine rein materielle Welt mein innerster Baustein, mein Schutz.

Erst durch die Musik geriet mein naiver Glaube ins Wanken und noch stärker als Verliebtsein überzeugte sie mich vom Immateriellen. Mit dem ersten, bewußten Hören von Musik wurde mir klar, wie fein der Unterschied ist zwischen lebendig und tot, zwischen Glück, Unglück, Sehnsucht und Hoffnung und dem Gegenteil davon, dem Nichts, dem Verschwundensein, dem Tod, der all das beendet. Mit jedem Stück, das mich mitnimmt und wieder zurückläßt in der Stille, geht es mir so.

Das letztemal war vor einer Woche. Wir fuhren auf der Autobahn durch die Landschaft der Wolkenkratzer im Abendlicht und hörten »Emergency 72« von Turin Brakes. Das ist etwas ganz anderes, als auf der Autobahn durch die Landschaft der Wolkenkratzer im Abendlicht zu fahren und keine Musik zu hören. Ohne den hohen, verlangenden Gesang und die elektrische Melancholie der Gitarre in dem Stück wäre es nur eine Fahrt im Abendlicht gewesen. Mit der Musik machte es Sinn, am Leben zu sein, sie verlieh der Gegenwart des Abends einen süßen Schmerz. Und auf einmal war das Stück vorbei.

Ich lauschte der Stille in meinem Zimmer, bis ich in einem plötzlichen Anfall von Verzweiflung meine Zeichnungen zerfetzte und aus dem Fenster schleuderte, auf den Gips hämmerte und Gläser und Teller an die Wand warf, wo sie, aus Plastik, nur mit einem unbefriedigenden Geräusch abprallten. Ein Ekel vor meiner Leichtherzigkeit und Gleichgültigkeit hatte mich erfaßt, eine Abscheu vor der Gelassenheit, mit der ich über das Schreckliche hinwegging. Leise hörte ich den Stein aufschlagen, auf dem Grund meines Herzens.

Alles, was ich dachte durch meinen lächerlichen Unfall abgewendet zu haben, das ganze Unglück, das ich nur auf mich gemünzt und vorüber geglaubt hatte, traf nun Monica, die weit von mir entfernt im Sterben lag. Das taube Gefühl der Füße wanderte in die Hände von den Schlägen auf den Gips.

Der Regen hört auf. Ich bin erstaunt, wieviel auf einen jeden Tag einprasseln kann, wie einen das Leben hetzt und vorantreibt und dann in der Stille alles stehenbleibt. Die Zeit, jedes Gefühl. Als würde die Welt da draußen in ihrer ständigen Bewegung nur verstärkt und verzerrt werden durch das wütende Hämmern auf dem Dach, als würden der Unfall und die Aufregung persifliert durch diesen kurzen Ausbruch des Himmels, der sich lustig über mich macht und mich am Ende wieder in der Stille allein läßt.

Selbst das leise Klicken eines Tropfens kommt mir plötzlich vor wie Hohn.
Ist nicht jeder Tag und seine Menschen robust und biegsam, aber gleichzeitig das Leben darin zart wie Papier? In einem unbemerkten Moment zerreißt es und gibt den Anblick frei auf eine traurige und rohe Welt.
Mit dem Ende des Regens ist der Blick wieder frei auf die leere Wand des Nachbarhauses, das auf der anderen Seite des kleinen Kanals steht. Der Wellblechzaun, der es umgibt, ist löchrig. Der große Fikus tropft sinnlos auf die Wasseroberfläche.

Das Zimmer war anfangs leer. Ich habe die Spinnweben von den graugetünchten Wänden entfernt, einen Stuhl reingestellt, einen kleinen Tisch und dieses Klappbett, von dem aus ich auf das Gewirr der Äste des großen Baums sehen kann und auf die Rücken der niedrigen Häuser, deren Eingänge sich in der nächsten Nebenstraße befinden.
Ein kleiner Ventilator aus blauem Plastik steht am Boden und bläst mich an, während der Wind nur selten und mit einer schwachen Bewegung von der Tür zum gegenüberliegenden Fenster geht, als hätte er sich nur im Zimmer getäuscht.
Bevor ich eingegipst wurde, hatte ich das Zimmer schon so weit eingerichtet, um lesen oder zeichen oder um ungestört nichts tun zu können. Nicht daß ich vor einem leeren Blatt saß und nicht weiterkam, mir fehlte nur die entscheidende Idee. Ich wollte, wenn ich ehrlich bin, auch gar nicht arbeiten. Ich wollte das, was ich jetzt gezwungenermaßen tue, die Zeit verstreichen lassen mit einem schönen Ausblick. Nur habe ich jetzt nicht mehr das Gefühl, daß mir noch viel Zeit bleibt. Wegen Monica.
An den Wänden des Zimmers sind noch die Spuren voriger Bewohner zu sehen. Kleine, gelbe Fitzel von schmutzig gewordenem Doppelklebeband, mit denen Bilder befestigt waren, die jetzt fehlen.
Wenn ich die Augen schließe, höre ich das Summen des Ventilators und jemanden, der in einiger Entfernung einen

Holzbalken bearbeitet oder mit ihm auf den Boden schlägt, warum auch immer. Er tut es mit einer Ausdauer, die das Geräusch natürlich erscheinen läßt, wie das Pfeifen der Vögel oder ihr Krächzen, das unbeeindruckt von dem Klopfen auf Holz in einem anderen, undurchschaubaren Rhythmus zu hören ist.

Da ist ein Vogel, der mit seinem Pfeifen das Fallen einer Murmel imitiert. »Phiiii Phiii Phii Phi Phi PhiPhiPhi-Phiih.« Es sind erst lange, dann immer kürzer werdende Pfiffe, mit denen er die Murmel ausrollen läßt.

Ich weiß nicht, ob es an dem Zimmer liegt, das mir neu und doch vertraut ist, oder an meiner Bewegungslosigkeit, die mir der Arzt verordnet hat. Vielleicht liegt es auch am Geräusch des Vogels, das er immer wiederholt. Ich höre seinem Pfeifen zu und bemerke, wie schnell der erste und lange Ton, kaum gehört, bereits vergangen ist, wie alles eben Geschehene bis auf die schmale Linie des Jetzt bereits vergangen ist.

Es ist ein seltsames Gefühl, als wäre auf einmal alles Vergangenheit und einem Gedächtnis überlassen, dem Kurzzeitgedächtnis, dem Langzeitgedächtnis, den Speichermedien. Es ist eine Beobachtung, die mich beinahe peinigt.

Sie gleicht jener seltsamen Erkenntnis, die ich hatte, als ich 16 war und ein Buch mit in die Ferien genommen hatte, die »Pensées« von Pascal, einem französischen Philosophen des 17. Jahrhunderts, der mich mit der Überlegung überraschte, daß wir nur einen Teil der Welt wahrnehmen, aber das mikroskopisch Kleine und das riesig Große nicht sehen können, also nur die Welt unserer Größenordnung bemerken. Lebensformen, Landschaften und Gesetze konnten bestehen über und unter uns, von denen wir nichts wußten.

Im Gegensatz zu der Zeit, als er das aufschrieb, gab es, als ich es las, schon Aufnahmen mit dem Elektronenmikroskop und das Wissen, daß das Leben und unser Sonnensystem nur ein Augenaufschlag sind in der Geschichte des Kosmos. Nichts anderes hatte er gemeint. Unsere komplexe Sicht der Dinge, unsere Zivilisation und Geschichte sind nichts als eine mögliche Variante des Lebens.

Ich las die »Pensées« an einem schwedischen See, allein, und mir wurde ganz schwindelig davon. See und Wälder, Wolken und Tannenzapfen sahen mich einmal auf eine zweideutige Weise an.

Denselben Schwindel spüre ich jetzt, da ich auf der Festung der Vergangenheit stehe, auf totem Stein, gigantisch, über mir nur die Luft, das Ungewisse. Ständig wächst die Festung und wird höher, eine Masse toter Ereignisse, die sich auftürmen unter mir, während ich in schwindelerregender Höhe stehe.

Ich halte mich am Bett fest und hebe vorsichtig ein schweres Bein hoch, das sich mit einem Klopfen spürbar macht. Ich zögere, ob mich der Gedanke nun völlig deprimieren soll.

Es ist die Panik, daß Monica sterben wird, die mich so empfinden läßt. Es ist, als bliebe mir nur noch wenig Zeit, viel zu wenig Zeit bis zu ihrem Tod, bis sie eingeht in die unheimliche Festung.

Ich muß sie aufhalten, aber das sichere Gefühl, das letztemal mit ihr gesprochen zu haben, erledigt den Rest meiner Hoffnung. Ich will, daß sie unter den Lebenden bleibt.

Ich hätte besser zuhören sollen. Sie hat jahrelang darauf gewartet, und jetzt bleiben nur noch Stunden, Tage bis alles, was Monica war, nur noch erinnert werden kann.

Kann ich nicht eine Verbindung herstellen, indem ich die Augen schließe und wie durch ein lichtloses Zimmer durch die Dunkelheit zu ihr gehe, um ihre Haut zu riechen, ihre Hand zu halten und meinen Kopf neben ihren zu legen?
Ihr langsamer, etwas keuchender Atem, sie hat die Augen geschlossen. Ihr Mund, der etwas offensteht, die Hände flach und entspannt auf der Decke. Ich küsse ihre Wange, die, seitdem sie die Winter in Spanien verbringt, mit vielen kleinen Falten übersät nach Sonne duftet.
Sie riecht nach Flieder und dem gebleichten Sand am Meer. Sie riecht nach Schlaf und nach Schweiß, in dem das Aroma von Whiskey und Birken gespeichert ist. Ich ignoriere den Geruch der Seife, mit der sich Ärzte und Schwestern die Hände waschen.
Ich möchte ein Summen hören, einen Laut, den sie im Traum macht zur Bestätigung, daß ich da bin, bei ihr. Eine Zeitung raschelt, und ich öffne wieder die Augen. War da jemand? Ich überlege, ob Vögel ein Geräusch machen können wie eine Zeitung im Wind.

Susan steht da mit einer Einkaufstüte. Sie sieht mich besorgt an und fragt, ob ich Fieber habe. Dann packt sie die Tüte auf dem Tisch aus. »Thunfisch«, »Schokolade«, sie nennt alles beim Namen. »Mineralwasser, Lemon«, »Brot«. Brot!, sie sagt es auf deutsch. Nüsse und kleine süße Bananen. Als sie fertig ist, dreht sie sich unschlüssig um. Ob ich noch was bräuchte, ich sähe bleich aus.
Sie hat ein freches Gesicht, eine spitze Nase und Augen, die gleichzeitig neugierig sind und mißtrauisch. Sie macht einen Schritt vor und fühlt mit ausgestrecktem Arm meine

Stirn. Ich wäre heiß, sie würde mir Paracetamol aus der Apotheke bringen, und ich müßte viel Wasser trinken, dann steht sie wieder in der Tür. Irgend etwas schreckt sie ab. Ich rieche an meinem Arm. Leichter Schweiß. Ich bin unrasiert, fühle mich aber nicht schlecht.

Sie kommt zurück und nimmt den Müll mit. Ob sie meine Freunde anrufen soll? Wenn ich eine Telefonnummer hätte, dann hätte ich sie selbst angerufen. Kann sie sich nicht einen Moment hinsetzen? Aber ich sage nur, nein nein, alles in Ordnung, und klopfe auf den Gips. Sie kann nicht wissen, wie umständlich es ist, mir selbst den Arsch abzuwischen, ans Telefon zu gehen, vor allem, wenn jemand nach dem vierten Klingeln wieder auflegt, oder aus einer Dose im Liegen zu essen.

»Suuusaaaaan!« Sie zuckt zusammen bei der Stimme ihres Mannes und verschwindet. Wenn sie sich mal einen Moment zu mir setzen würde, dann hätte ich nicht das ständige Gefühl in ihrer Gegenwart, daß ich ein unnützes Teil der normalen Welt geworden bin.

Ich denke an Sis und an die Freunde mit ihren Kindern, mit denen ich jetzt am Strand sein könnte. Das wäre ein gipsloses, vom Sterben Monicas noch nichts ahnendes und ständig bewegtes Leben. Ballspiele, Sonne, Sandburgen, Reden, Trinken, der ganze Irrsinn der Sorglosigkeit. Den würde ich jetzt, da nicht einmal Susan mit mir reden will, gerne gegen das eintauschen, was ich hier habe. Es war nicht nur der Stein, der in den Brunnen gefallen ist.

Unsere Freunde, die stets aufgedreht sind wie ihre Kinder. Höchstens ein Tag vergeht mit Herumhängen, bis sie spätestens am Abend wieder unruhig ausschwärmen, als wäre ihr Vorrat an Aufregung zu Ende gegangen. Nach ein paar Tagen mit ihnen, an denen alles besichtigt und alles mögliche gesehen und erlebt werden mußte, hatte ich mich in das leere Zimmer zurückgezogen. Eine naive Möglichkeit führt mich in Versuchung: Wäre ich mit ans Meer gefahren, läge dann auch Monica nicht im Sterben?

Aber das Leben verzweigt sich keineswegs in verschiedene Bahnen der Möglichkeiten. Wenn ich dort das, dann hätte ich das, wäre nicht jenes. Ich schließe mich den Fatalisten an: Es gibt nur eine Möglichkeit. Um ihr Licht tanzen wir wie Motten.

Ich bin erschöpft, darum neige ich dazu. Ich hatte mich in das Zimmer zurückgezogen, und um so lieber war es mir, als unsere unruhigen Freunde mit Sis und den Kindern ans Meer fahren wollten. Da können sie sich nun austoben, dachte ich, statt mir auf die Nerven zu gehen.

Jeden Abend, seitdem wir hier sind, wurde getrunken und geredet bis spät in die Nacht, bis mir die Worte ausgingen. Als wären sie im Gefängnis gewesen, haben sie diesen andauernden Drang, etwas zu unternehmen und jeden Tag besonders zu gestalten, was mir fernliegt, vor allem im Moment.

Weil sie mich spätestens am Nachmittag fragten, ob ich nicht doch etwas unternehmen wollte, frage ich mich, in welchem Verhältnis das Herumliegen und Zurückziehen zum Hinausgehen und Erleben steht, zu dem mich unsere Freunde ständig drängten, weil sie selbst gerne ausgehen und etwas erleben und ihnen sonst langweilig wird. Ihr Erlebtes scheint dann gleich zu verpuffen, weswegen ihr Haus angefüllt ist mit Erinnerungen, den eingeschweißten Notfallbroschüren aller Airlines, Devotionalien aus fernen

Ecken der Popkultur und Kitsch. Eine Brechung des Spießigen, ein Museum der Angst vor der Langeweile, das mir gefällt, weil es nicht meins ist.
Sogar der zerknautschte Müll der Kinder gefällt mir, die Puppen, zerbogenen Federballschäger, der zerschlissene Fußball von Bayern München, das Pokemon mit dem herausgerissenen Arm, verschiedene defekte und deswegen ehemals ferngesteuerte Autos, Lichtschwerter ohne Licht und angeknabberte Comic-Hefte.
Der fröhliche Müll der Kinder ergänzt hervorragend den Erinnerungskitsch, der die Wohnung schmückt.
Ich bewundere sie für diese mühselige Arbeit und bin gleichzeitig froh, daß es nicht meine Erinnerungen sind. Ich bringe nie etwas mit und hebe nie etwas auf. Jedesmal fühle ich mich derart satt vom Erlebten, daß ich erschöpft und glücklich in mein leeres Zuhause zurückkehre.
Auch meine Erinnerung verblaßt, und sie hat nichts, woran sie sich festhalten kann. Darum weiß ich nicht, welche Art des Erlebens die bessere ist, ihre oder meine. Die aufgekratzte, ins Besondere gesteigerte, oder die im Erleben verschwindende, vorsichtige Art. Die gleichen Gegenstände, die sie unterwegs freudig kaufen oder klauen, um damit ihr Haus zu schmücken und zuzumüllen, sehe ich mir auch an und gehe dann erleichtert weiter. Zu Hause blicke ich auf eine leere Wand.
Eine weiße Wand. Sie funktioniert wie ein abstraktes Bild, in das sich immer neue Bedeutungen legen können, so wie die Wände in meinem Zimmer hier leer sind und ich die Bilder, die einmal mit den Klebestreifen an der Wand befestigt waren, in meiner Vorstellung jederzeit auswechseln kann.

Im Moment ist da eins von der chinesischen Mauer, die sich von oben gesehen an einem Sommerabend bis zum Horizont schlängelt. Auch eine Festung, fällt mir ein. War es nicht sogar so, daß Arbeiter darin eingemauert wurden? Ein Weg führt auf ihr entlang, unterbrochen immer wieder von Türmen. Ich habe Lust, auf der Mauer entlangzurennen, immer geradeaus. Wie der Skytrain, der auf seinem schmalen Weg über der verstopften Stadt entlangrast. Ich könnte laufen, laufen, laufen.
Das würde meinen Heißhunger auf das Leben befriedigen, meine Gedanken anregen und den Anflug von Irrsinn beseitigen, den man als Einsamer hat, allein und regungslos. Wie stickig das Zimmer ist.
Die chinesische Mauer wird zu einer Landschaft aus Inseln, deren Felsen wie glatte Walrücken aus dem Wasser ragen. Moose, Bäume und Gras klammern sich fest auf den schwedischen Schären, die sich nicht weit von Monicas Haus im Sommer ausbreiten. Im Winter für mich nicht vorhandene Inseln, die durch Brücken verbunden sind und doch allein in der Sonne ihre stummen Felsen wärmen.
Ein trockenes Moos fleckt die Steine in verschiedenen Farben, rötlich, gelb, grau, vermischt mit einem matten Grün, so daß ihre Rücken an manchen Stellen mit einem abstrakten Muster versehen sind, als wären sie mit Kerzen betropft worden.
In den Sommern mit Monica, in denen ich allein war, aber ständig in ihrer Nähe, war Monica mein Schutzschild gegen das Asoziale der Einsamkeit. In der Unaufgeregtheit jedes Sommers saß sie still irgendwo und las oder malte.

Wollten wir etwas unternehmen, fuhren wir an den Strand oder nur in den Supermarkt, um an den langen Tagen überhaupt irgend etwas Außergewöhnliches zu tun. Langweilige Dinge, deren Wiederholungen ich liebte.

Wir sehen uns. Das einzige, das ich nach Ingelas Anruf tun wollte, war vergessen. Ich konnte nicht, wie sonst meine Art, alles auf einmal tun, vor allem keine Trauer empfinden, ohne das Gefühl zu haben, etwas Kitschiges zu tun. Ich ließ Monica, um es mir leichter zu machen, verblassen. Nur am Abend sah ich mir ihr Bild an, ein Paßbild, das sie mir mit ihrem letzten Brief geschickt hatte.

Sie hatte es aus dem rührenden Grund geschickt, mir näher zu sein, damit ich mich ihr näher fühle, denn auch in unseren Briefen haben wir uns gerne wiederholt und immer wieder geschrieben, wie sehr wir uns vermissen und daß wir uns nächsten Sommer sehen. Für einen Außenstehenden müssen es die langweiligsten Mitteilungen gewesen sein, die er je gelesen hat.

Sie blickt streng auf jenem Bild und doch kraftlos. Es ist der gleichzeitig ungeduldige und doch um endlose und nutzlose Stunden wissende Blick des Alters. Sie blickt fast so, als würde sie mich gleich erschrecken. Ihr ausdrucksloses Gesicht verriet immer die plötzliche Grimasse, mit der sie mich überraschen wollte.

Auf das Kuvert, in dem das Bild gewesen war, hatte sie einen Vogel und einen Schmetterling geklebt, wie eine junge Brieffreundin.

Ich erinnere mich, wie ich ein wenig verärgert darüber war, daß sie in ihrem letzten Brief alltägliche Details aus ihrem Leben beschrieben hatte, als müßte sie mich tatsächlich informieren über die Kleinigkeiten, die eine Woche von der nächsten unterschieden. Sie hatte nicht wie sonst ihre Briefe gefüllt mit Versicherungen des Vermissens und den Allgemeinheiten, die wir beide teilten, sondern sie hatte unwichtige Neuigkeiten eingestreut, wie in einen Brief an jemanden, der einem nicht so nahesteht. Sie erklärte mir etwas, das zusammenhing mit ihrem Freund, der behandelt werden mußte, weswegen sie mit ihm mitfahren wollte, um ihn nicht allein zu lassen. Es klang wie etwas, das ich mir denken konnte, das sie mir aber trotzdem erklärte. Vielleicht weil mir ihr Freund suspekt war. Ein Schimmer der Entschuldigung für ihn war in ihren Zeilen versteckt. Dabei habe ich ihr immer gesagt, es sei völlig egal, was die Freunde dachten, und vor allem die Verwandten, wenn sie diesen Mann nur liebte. Sie liebte ihn und ich habe mich bei ihr nie über ihn beschwert.

Warum waren unsere Briefe wie die Gespräche am Telefon immer ein Spiel der Wiederholungen? Die leeren Nachrichten, die nur dazu dienten, Kontakt aufzunehmen, uns gegenseitig aneinander zu erinnern, was genauso gut in den Gesprächspausen am Telefon funktionierte wie zwischen den Zeilen unserer Briefe.

Ich habe andere Briefe geschrieben, begeisterte und ausschweifende zur gleichen Zeit. Nicht an sie, weil wir ein Leben miteinander geteilt haben. Was gibt es da Lausigeres als Informationen über die Gegenwart der Leben, die man gerade nicht teilt. Ich bin eifersüchtig auf den Freund.

Das Fieber scheint gesunken. Der kurze Schlaf hat mich erfrischt, und als wäre meine düstere Stimmung davon

weggewischt, mache ich ein Reset. Push this button to reset all functions:
Die Sommer und gelegentlichen Winter haben wir ein Leben geteilt, das durchaus ein gleichbleibender Strom war. Jeden Sommer meines Lebens wurde ich zu einer Frau nach Schweden gebracht und freundete mich mit ihr an, obwohl sie wesentlich älter war. Daß wir verwandt sind, war nur ein Vorwand, um uns nicht zu viel Mühe geben zu müssen beim Anfreunden. Unsere Verwandtschaft hat unsere Freundschaft nur auf eine gedankenlose Weise vereinfacht.
Denke ich daran, wie seltsam meine Wege mit Freunden immer waren und wie ich sie aus den Augen verloren habe, wie selten es welche gab, mit denen ich diese Form der Eintönigkeit pflegen konnte, muß ich sagen, daß Monica meine beste Freundin war.
Ich dachte nie dran, daß Monica aus meiner Familie ist. Verwandtschaft verbindet mich nicht. Eher habe ich sogar den Abstand zu meinen nächsten Verwandten genossen wie den zu entfernten Cousinen, deshalb bedaure ich die Menschen, die von ihren Eltern geprägt sind, von dem Nest, in dem sie aufgewachsen sind, und die eine kompliziertere Beziehung zu ihren Verwandten und Eltern empfinden als zu anderen Menschen.
Ich stelle immer wieder mit Verwunderung fest, wie sehr manche ihre Eltern und Verwandten mit diesem besonderen Familienblick betrachten und dadurch eine ähnliche Verblendung erleiden wie die Anhänger politischer Parteien, die weder sich noch ihre Feinde in einem klaren Licht sehen können.
Verwandtschaft ist wie ein Dorf, nach dessen Gewohnheiten man sich sehnt und das man aus gutem Grund längst

verlassen hat. In die Welt geworfen, konnte ich nie anders, als alle Menschen gleich zu betrachten. Die einen bleiben im Dorf, die anderen zieht es in die Stadt. Monica war wie ich immer eine Städterin, wie auch Ingela, die mich aufzog. Beide sind Seelenverwandte, wie man sie nur in den großen Städten unter Millionen Gesichtern manchmal findet.

Beiden sehe ich, wenn man will, entfernt ähnlich, aber sie sind deswegen nie auf die Idee gekommen, etwas von ihnen hätte sich in mir reproduziert. Vielleicht waren sie stolz, aber ich hätte auch ein fremdes Kind sein können.
Eines zeichnet Monica und Ingela nur vor allen anderen aus. Daß ich sie am längsten beobachten konnte und deshalb so viel von ihnen weiß, daß es sich schon gefügt hat in die Amorphheit des Vertrauten. Es muß ihnen auch so gegangen sein mit mir, denn sie kennen mich vielleicht besser als ich mich selbst. Aber sie wissen kaum etwas von mir, so wie ich von ihnen.
Sie haben mich beide erstaunt mit den sonderbarsten und sicher normalsten Kleinigkeiten, denn das Sichwundern über jemand Nahestehenden kann zur Gewohnheit werden. Mit dem Kennenlernen ging es mir immer so, daß ich jeden, den ich besser kenne, nach einer Weile glaube zu verstehen, aber dieses Gefühl mit den Jahren wieder schwindet, weil ab einer bestimmten Größe der Vertrautheit die wirklichen Geheimnisse dahinter ein besseres Versteck finden.
So ist es, wenn ich Ingela besuche und einen Plastikbecher entdecke mit einer Kippe drin, die sie unter dem Wasserhahn gelöscht hat, und einem harten Stück Pfannkuchen, das aussieht wie eine Skulptur von Richard Serra. Warum

wundere ich mich noch, wenn mir beim Herunterholen eines Buchs eine halbausgetrunkene Kaffeetasse mit Lippenstiftspuren entgegenkommt, die sie, ebenfalls auf der Suche nach einem Buch, dort oben stehengelassen hat.

Ingela hinterläßt immer eine Spur ihrer Sprunghaftigkeit und liegt am liebsten im Bett. Dort macht sie Notizen über die Angelegenheiten, die sie noch zu erledigen hat, und so finde ich sie manchmal vor, wenn sie bei Licht eingeschlafen ist. Ihre Hand hält die Notizen, als hätte sie als letztes notiert: Schlafen.

Ihre Notizen sind Stellvertreter für die dringenden Angelegenheiten, die sie noch erledigen muß, und für die Ideen, die sie unbedingt verwirklichen will. Darum verschwinden die Notizen auch unter Zeitungen, Tellern oder Kleidern, denn Ingela lebt in archäologischen Schichten. Sie lebt chronologisch, indem sie alles Aktuelle sichtbar ausbreitet, dann wieder Neues darauf legt, das nächste, das sie interessiert, aufgeschlagene Bücher, Zeitungsartikel, Briefe, Prospekte, Kleidungsstücke, Kinderzeichnungen, Käsebrote. Für mich, der ich mit dieser Ordnung aufwuchs, war das keineswegs sonderbar, denn als Kind schien mir nichts einleuchtender, als die Welt wie ein Erforscher des eigenen Lebens auszustatten.

Es erinnert mich immer wieder an Francis Bacon, der in seinem Atelier eine surreale Landschaft schuf, aus Farbschichten, Papier und abgelegten Pinseln.

Aber waren die Schichten von Bacon kompakt, sind die Stapel von Ingela multiple Objekte. Sie repräsentieren die verschlungenen Wege eines Lebens, denn an jede Stelle kann man zurückkehren und den Faden wieder aufnehmen.

Wie Monica hat Ingela die angenehme Eigenschaft, mich neben sich lesen oder etwas anderes für mich tun zu lassen, ohne ständig auf ein Gespräch zurückkommen zu müssen. Ich hatte also Gelegenheit, wie sie versunken meinen täglichen Beschäftigungen nachzugehen. Ich hätte wie Ingela der Welt eine eigene Ordnung verschaffen oder wie Monica länger im Bett liegen können, um gegen Mittag mit geordneten Gedanken an die Arbeit zu gehen.
Nie gemachte Aufnahmen zeigen mich, wie ich im Morgengrauen besinnungslos Ideen in die schwerfällige Reiseschreibmaschine tippe, die ich alle wieder zerknüllt habe, wenn Monica mit ihrem ersten Kaffee erscheint. Oder wie ich mit einem Wischmob vor Ingelas Bett knie und den Staub jage, der unter ihr ungestört die Form einer Skulptur von Duchamps angenommen hat. Die Vertrautheit mit ihrer Welt ließ mich nichts von ihnen lernen, noch die Geheimnisse erkennen.
Einmal fand ich beim Aufräumen einen Liebesbrief von einem mir unbekannten Mann, dessen Schrift ich kaum lesen konnte. Nichts erschien mir natürlicher als ein Liebesbrief an Ingela, der zwischen die Seiten eines Buches geklemmt war, das sie las, als derjenige sie verehrte.
Heute würde ich den Brief lesen, nachdem ich Erfahrung habe mit meiner eigenen unleserlichen Handschrift.
Heute wäre ich neugierig, so wie mich Monica neugierig gemacht hat im letzten Sommer, als sie alt, vielleicht müde, zu Ingela sagte, daß ihr Leben keineswegs so gleichförmig war, wie es aussah. Das schwedische Leben, zu dem später das spanische Leben kam, die auch für mich wie sehr ruhige, glückliche Leben aussahen.
Ich wußte nicht, daß Monica Liebhaber hatte. Andere

Männer, die sie sich neben ihrem Mann als Liebhaber hielt. Sie hat es mir nicht erzählt, sonst hätte sie den Code gebrochen zwischen uns, sondern Ingela. Daß es ihr schnell langweilig geworden war mit ihrem Mann, der sich mit jedem Tag mehr aus ihrem selbstbewußten Leben zurückzog. Sie hat es ihm nicht erzählt und mir auch nicht, sondern Ingela, die ihre Vertraute, aber vor allem ihre Rivalin ist.
Wenn ich eines beneide, dann ist es das Vertrauen, das Frauen zueinander haben können, mehr noch die Fähigkeit zur spontanen Verschwörung. Die Verschwörung, sich die einfachsten Dinge, die so wesentlich sind, zu sagen, auch wenn sie sich kaum kennen. In der Schule ging ich deswegen nicht zum Fußball, sondern zum Handarbeiten, weil ich mich nicht mit anderen anschreien, sondern den Gesprächen der Mädchen zuhören wollte, die über alles Soziale sprachen, mit einer Offenheit, bei der meine Ohren mehr als einmal rot wurden. Ich strickte einen Schal von zehn Metern Länge.
Natürlich machten sie den Fehler zu glauben, ich sei nicht ganz dicht, oder sie vermuteten, ich würde mich für ein Mädchen halten. Wie sehr sie sich täuschten. Nichts konnte für einen Jungen interessanter sein, als die Gespräche derjenigen zu belauschen, die er für ihre soziale Intelligenz liebte, und natürlich dafür, daß sie Mädchen waren mit honigfarbener Haut und zartem Flaum hinter den Ohren.
Die anderen Jungs waren zu feige, sie hauten sich lieber auf die Fresse, damit eins der Mädchen mal rüberschaute und beschämt lächelte, was immer als Aufforderung verstanden wurde, sich noch gröbere Späße auszudenken. Was den Jungs einfach erschien, war mir zu umständlich. Mich interessierten nur die Mädchen.

Monica hat den Mann geheiratet, der genauso gut wie sie vom Zehn-Meter-Turm springen konnte, während die anderen Jungs ihr nur die Handtücher reichten.
Sie sieht mich an auf einem alten Bild, das sie jung zeigt und auf dem sie aus dem Fahrerfenster eines Armeelastwagens in die Kamera blickt. Mit der Hand am Steuer sieht sie aus wie der Sommer, der durchsichtig ist in seiner Schönheit. Ihr Blick geht weit über den Betrachter hinaus.
Die Männer waren in sie verliebt. Sie hat früh geheiratet, und die Männer waren immer noch verliebt. So wie ich verliebt war, als sie mich zum erstenmal in den Armen hielt. Verliebt in ihre Einsamkeit und das Glück, an nichts mehr denken zu müssen.

An nichts zu denken fällt mir nicht schwer. Es ist eine Übung des Sommers. Im stillen Gras zu liegen und den Grillen zu lauschen. Den Duft der von der Sonne gebleichten Halme zu riechen. In der Wärme des Sommers, seiner Überfülle an Licht und seiner seltsam alerten Schläfrigkeit gegen Mittag ist ein Dröhnen, wie man es nur auf einem riesigen Schiff, mit den Motoren tief unter sich, spüren kann.
Diese Sommer waren erfüllt von einer Leere, einer Eintönigkeit, die mich in den Zustand des Dämmerns versetzten, des lautlosen Gleitens der Gedanken. Ich stellte mir vor, ich lebte auf einem kleinen, flachen Planeten, und die ganze Welt um mich herum wäre erfunden. Eine Erfindung, um mich hinwegzutrösten über das Fehlen der Welt, von der ich nur gehört hatte.
Ingela war eine Agentin und auch Monica nicht frei von dem Verdacht, eine zu sein, denn ihre Geschichten waren

vor so langer Zeit passiert und so entfernt, daß sie sich in Schwarzweißaufnahmen verwandelt hatten.

Ich saß mit Monica auf der Veranda mit Blick über die Kornfelder und die Eisenbahnlinie, hinter der der geschraubte Schornstein der Papierfabrik an manchen Tagen die Ursache zu sein schien für die Armee der weißen Wolken über uns.

Sie zeigte mir Medaillen, die sie verliehen bekommen hatte beim Auto-Orientierungsrennen, als beste Fahrerin Südschwedens. Ingela war zweite geworden. Sie erzählte mir Geschichten zu diesen Medaillen, und ich war zufrieden, daß außerhalb unseres flachen kleinen Planeten die Welt noch weitererfunden wurde.

In dieser albernen Vorstellung, die Welt wäre nur das, was man kennt, liegt eine Wahrheit. Erst ist sie kindisch, später wird sie selbstverständlich, denn als Erwachsener betrachtet man die Welt nur von sich aus. Wahr oder unwahr sind nur noch das Ergebnis von Empfindungen.

Ich war mir nicht sicher, ob die Welt nun da war oder nicht, ich empfand sie als erfunden, vor allem, weil ich gerne Zeitungen las und in Zeitschriften blätterte. Die Welt der Zeitungen und Zeitschriften war die etwas einseitige, aber ereignisreiche Welt der Zeitungsgeschichtenerfinder. Die Welt Monicas war die lustig erzählte Welt der Monicageschichten, die ich schon kannte und deren Wiederholungen ich mochte. Zwischen ihrer Welt und der der Zeitungen bestand kein Zusammenhang. Die Zeitungsgeschichten standen auf Papier und waren deshalb besonders bemüht um eine Fülle und Deutlichkeit. Die Monicageschichten waren von Monica, die lieber etwas wegließ und nur kurz erzählte. Sie machte ein freundliches Gesicht beim Erzählen. Es konnte vielsagend sein oder gar nichts bedeuten.

Wenn ich heute daran denke, wie sich für mich die nach und nach bekannte Welt zusammenfügte, erinnert mich das an Ost-Berlin nach dem Mauerfall, als ich nur einzelne Teile der Stadt kannte. Ich ging die Auguststraße runter und kam an ihrem Ende auf die Rosenthalerstraße. Ich war verblüfft, daß beide Straßen eine gemeinsame Ecke hatten, denn ich kannte sowohl die eine wie die andere Straße von anderen Richtungen her, und jede gehörte für mich zu einer eigenen Welt, wie entfernt voneinander liegende Stadtteile. Das passierte mir an vielen Stellen, bis sich schließlich ein Raumgefühl für Ost-Berlin einstellte und eine Stadt mit eindeutigen Richtungen entstand, für die ich einen Sinn bekam, so wie ich versuche, einen inneren Plan für Bangkok zu haben, was beinahe unmöglich scheint.

Monica kann in diesem Moment schon tot sein. Oder schwebt sie noch unter den Geräten, schon halb in der Welt, in die sie langsam hinübergleitet? Stimmt es, daß man mit dem Sterben anfängt, in der Erinnerung zu leben? Anders als Berlin, das sich zusammenfügt, wenn ich an seine Teile denke, habe ich nur ein Bild von Monica, wenn ich mich an sie erinnere: Ihr Gesicht.

Ihre Augen, die mich immer ansahen, als würden wir gleich einen Ausflug mit ihrem Wagen machen über die Feldwege. Als müßten wir gleich ausbrechen und losfahren ohne Plan, obwohl uns keiner daran hinderte, nicht einmal der Sommer.

In Berlin sind die Sommer erfüllt von Erleben, Ausgehen und Kennenlernen. Die aufgeladenen Tage und Nächte in den Straßen und im Tiergarten, in den Kellerclubs und den Küchen, deren geöffnete Fenster stets auf stille Höfe im Morgengrauen gehen. Verschwitzte Sommer, trüb und wie auf Droge von den vielen Menschen, die um einen herum sind mit ihrer ständigen Reibung.
In Schweden dagegen verebben die Gespräche, und die Landschaft liegt flach unter den endlos langen Tagen. Wäre da nicht die Bleiche und Gedankenlosigkeit in jeder Bewegung, es wäre romantisch, unerträglich.
Zu den Tagen im Gras, auf schattigen Ästen in moosigen Bäumen, und zu den flachen Felsen, die überall durch die dünne Schicht der Erde brechen, gruppieren sich wahllos andere Ereignisse, die lässig wie Laub durch meine Erinnerung schweben: Das Blättern in alten Ausgaben des Stern, Federballspiele auf schrundigem Rasen, das Tauchen bis zum schlammigen Grund eines eiskalten Sees.
Sogar der erste Kuß gehört dazu, obwohl er nicht in Schweden geküßt wurde und nicht im Sommer. Der erste Kuß war entweder am Eingang der Tiefgarage oder im überheizten Becken eines Schwimmbads der deutschen Kleinstadt, in der ich aufwuchs. Aber er gehört wegen seiner Kälte zum Sommer, als wäre er auf dem Grund des Sees geküßt worden. Ihre Lippen waren kalt, und wir preßten kurz unsere Münder aufeinander, weil wir miteinander gingen.

Blut

Ein großer Vogel sitzt vor mir auf dem Ast. Er sieht auf die Skyline. Glastürme ragen aus dem zarten Nebel des Smogs. Ein Meer von flachen Dächern erstreckt sich bis zum Rand der sichtbaren Welt. Gärten liegen vor uns, in denen Palmen auf einen Windhauch warten. Der große Vogel sieht mich an mit schräg gehaltenem Kopf.
»Hallo«, sage ich, lauter als ich wollte. Aber er sieht wieder auf die Stadt und antwortet nicht. Ich hätte einen bunten Vogel erwartet in den Tropen, aber er ist schwarz wie ein Rabe. Nur an seinem Flügel hat er eine weiße Stelle, und seinen Nacken ziert ein leuchtend gelber Fleck. Ihm muß warm sein unter seinem dichten Gefieder, und mit dem Gefühl unerträglicher Hitze in mir wache ich auf.
Das Telefon bemerke ich erst, als es schon eine Weile klingelt. Ich befürchte, es könnte jeden Moment aufhören, und mit einem Satz springe ich hoch, nur daß ich nicht losrennen kann. Als ich mit den Krücken ankomme, ist Schweigen in der Leitung. Ein Knacken und Rauschen, von dem ich mir nicht sicher bin, ob sie es ist. Oder es ist einfach niemand dran.
»Monica?« Ich meine, Mädchenstimmen zu hören, die sich in der Ferne etwas Lustiges auf deutsch erzählen, dann einen Vogel, der keckernd lacht.
Ich schalte den Computer ein und warte. Das Schnalzen der Modems. Wie beim Autofahren mit leicht geöffnetem Fenster habe ich ohne ein begleitendes Geräusch nicht das

Gefühl, daß etwas passiert. Monica konnte auch nie mit geschlossenen Fenstern fahren.
Nach dem Einwählen verstummt das Geräusch. Keine Mails, nur eine ist zurückgekommen mit einem langen Vorwort in einer Maschinensprache. Return to sender. Mein Galerist hat sich in Luft aufgelöst. Aber der Gedanke erheitert mich nur kurz. Ich hätte nicht nach Mails sehen sollen, die keiner mir geschrieben hat.
Ich surfe eine Weile herum und sehe mir ein Realvideo an, das einen Tempel zeigt, in dem buddhistische Mönche beten. Eine europäische Familie kniet und überreicht ihnen orangefarbene Eimer mit Geschenkschleifen. Ein älterer Mönch mit Brille sitzt an einem Schreibtisch und ignoriert das klingelnde Telefon vor ihm. Es ist möglich, jede Art von Zeremonie, Begräbnis, Geburt, Ahnengedenken oder Segnung online zu buchen.
Ich sitze eine Weile ratlos herum und schaue auf den geflickten Holzzaun, der mehr zur Zierde jedes Haus auf dem Areal umgibt. Auf der Tischtennisplatte vor dem Eingang könnte Post liegen, aber das kann ich von hier aus nicht sehen. Niemand weiß, daß ich hier bin, und das Telefon erwidert meinen Blick nicht. Ich schalte den Drucker ein und versuche, wenigstens die Mail auszudrucken. Etwas fasziniert mich an ihrer Maschinensprache, aber der Drucker antwortet nicht. Er macht lediglich quietschende Geräusche und reinigt sich.
Ich stelle das Telefon, so weit die Schnur reicht, ins Zimmers hinein und pinkle in die Dusche. Das Geräusch des Wassers aus dem Brausekopf klingt erfrischend, und ein brennender Durst überkommt mich, als hätte ich seit Tagen nichts getrunken. Dabei fällt mir ein, daß Monica, als

sie ins Krankenhaus kam, schon fast ausgetrocknet war. Sie war wegen der ihr noch unbekannten Krankheit so erschöpft gewesen, daß sie die Treppe ihrer spanischen Wohnung herunterfiel.
Wieder auf dem Bett leere ich die ganze Eineinhalb-Liter-Flasche und träume von Tüten voller Wasserflaschen, wie sie hier in großen Stapeln an den Eingängen der Supermärkte stehen. Früher hätte ich mich für lauwarmes und stilles Wasser nicht einmal umgedreht.
Die ein bis zwei Liter, die täglich zu trinken Ärzte einem gerne anraten, hätte ich auch im heißesten Sommer nicht heruntergebracht.
Ich täusche mich nicht, wenn ich Monica nie ein Glas Wasser habe trinken sehen. Von den wenigsten Menschen erinnere ich gieriges oder auch nur gesundes Trinken von Wasser.
Nicht einmal Monica hat später, als sie dieses seltsame Herzklopfen bekam, an gesunde Ernährung geglaubt, an Vitamine, Mineralien und Ballaststoffe, sie hat überhaupt dem Wahn mißtraut, eine gesunde Ernährung würde einen am Leben erhalten.
Sie hat ihren Whiskey selbst gebrannt. Darauf steht in Schweden eine lange Gefängnisstrafe. Leise gluggerten die Kanister mit Alkohol, denen später der Geschmack von Scotch beigegeben wurde.

Sie steht auf dem Balkon ihrer spanischen Wohnung, ein wenig zusammengesunken vor dem Panorama des Sonnenuntergangs über Gibraltar. Die Hand auf dem Geländer, wartet sie darauf, daß der Fotograf sein Bild schießt. Offensichtlich mag sie das Foto nicht, aber es zeigt viel von

der Umgebung und der Stimmung und damit wieder gar nichts. Wie eine Postkarte.
Sie geht sofort wieder in die Küche, spült die Gläser der eben getrunkenen Drinks ab und bereitet etwas für das Abendessen vor. Ich muß sie nur ablenken, dann kommt sie wieder zurück und setzt sich zu mir auf den Balkon, während ich eine Zigarette rauche. Aber ich bin nicht derjenige, der das Foto gemacht hat.
Ich habe Bilder von ihr gemacht, unscharf, wie sie gebückt über einem Kreuzworträtsel sitzt, oder einer Hose von mir, die sie flickt. Meine Bilder vom Balkon aus, ohne sie, sind gestochen scharf und langweilig. Von ihr habe ich, glaube ich, nie wirklich Bilder gemacht. Nie habe ich sie archiviert als etwas, das vergangen sein könnte.
Ich muß lachen, denn unsere Freunde, bei denen wir hier zu Besuch sind, machen ausschließlich Fotos, auf denen einer im Bild steht. Von jeder Reise bringen sie paketeweise Bilder mit, auf denen entweder sie mit einem koketten Lächeln oder er mit gespielt seriöser Miene zu sehen ist, meist im Vordergrund und leicht unscharf, weil das Hauptaugenmerk auf dem Hintergrund liegt, der indischen Landschaft oder der chinesischen Großstadt oder was auch immer das Ziel ihrer Reise war, sie stehen jedesmal im Weg.
Sie scheinen nahtlos dazu übergegangen zu sein, nachdem sie zuvor immer ihre Kinder vor einem zu erinnernden Hintergrund fotografiert haben und die sich jetzt weigern. So fotografieren sich die Eltern nun gegenseitig auf ihren Reisebildern und machen, ohne es zu merken, Kindergesichter dazu.
Sie hatte schon bald nachdem ihr Mann gestorben war, einen Freund, einen ehemaligen Lastwagenfahrer, der wie

sie die Zeit nach der Pensionierung in Südspanien verbrachte. Ein Prolet, der Kautabak kaute.
In Schweden nichts Ungewöhnliches, aber er kaute den Tabak auf eine besonders proletige Weise.
Ganz sicher war er es, der sie vor dem schönen Sonnenuntergang fotografieren wollte, seine schöne Freundin und seinen Sonnenuntergang vom Hügel aus, denn beides hatte er sich mit dem Tod ihres Mannes erobert, weswegen sie sich auch peinlich berührt wegduckte.
Vielleicht war sie noch verliebt in ihn, aber ganz sicher war sie ihm verfallen, so wie Ingela dem Bierdosenproleten verfallen war, der mir gern mal eins über die Rübe zog, wenn sie zur Arbeit gegangen war.
Ein Luftzug kommt auf, und ich spüre den kalten Schweiß auf mir. Erst als sie die Treppe heruntergefallen ist, hat man bemerkt, wie krank sie eigentlich war. Das ist keine zwei Wochen her.
Diesmal höre ich das Klingeln des Telefons sofort und laufe hin, ohne mich wirklich auf die Krücken zu stützen. Kein Mensch kann sich ernsthaft auf Krücken fortbewegen, also gehe ich mit dem Gips, genauer gesagt auf den ausgesparten Fersen, obwohl ich das auf gar keinen Fall sollte. Kein Schmerz.
Es ist Ingela, die bei ihr sitzt. Es gibt nichts Neues. Sie ist die meiste Zeit nicht bei Bewußtsein. Seit unserem Gespräch, sagt Ingela, scheint sie friedlich zu schlafen, wie ein Stein, mit fast unmerklichem Atem. Ich sehe auf das rote Plastiktelefon mit den weißen Tasten. Es scheint auch leicht zu atmen. Wir schweigen.
Ingela erzählt von den Verwandten, die keine Zeit haben, weil sie Bankkonten auflösen müssen und andere Dinge er-

ledigen, die jetzt anstehen, da sie sie quasi schon für tot halten. Vielleicht ist es auch ihre Art, sich auf den Wettlauf mit dem Tod einzulassen und sich dem Unabwendbaren zu entziehen. Sie sind nicht da, und Ingela verbringt auch die Nächte neben ihr.
Ich bitte sie, Monica den Hörer ans Ohr zu halten.
»Monica?« Ich versuche ihren Atem zu hören, dann lege ich auf.

Der Wandschrank mit den Büchern, die Sitzgruppe mit den zerknautschten Kissen und am Ende der Kühlschrank, zu dem ich mich geschleppt habe, alles scheint, wenn ich es ansehe, nach einem Moment des Zögerns langsam ein- und auszuatmen. Ich hätte das Telefon nicht auf den Boden stellen sollen. Beim Aufstehen wurde mir schwarz vor Augen. Ich halte mich am Türrahmen fest und gehe vorsichtig über die Stelle mit dem Blut, von dem die Ränder noch zu sehen sind. Sie driften auseinander und ziehen sich wieder zusammen. Susan muß das alles aufgewischt haben. Ins Bett. Der Weg hat mich meine ganze Kraft gekostet, oder der Rest des Biers, das ich getrunken habe, weil es das einzige kalte Getränk war.
Ingela sagte, sie schläft die meiste Zeit, und ich dämmere wieder hinüber, erleichtert, eine Lage für meinen Körper gefunden zu haben, in der ich ihn abstellen kann wie einen zu schweren Koffer. Ich gleite ab in einen sanften Zustand der Erinnerung an alles bisher Geschehene, bis ich am Meer bin, das erst an den Füßen leckt und schließlich weiter und weiter steigt, bis nur noch mein Gesicht aus dem Wasser ragt. Wie damals, als ich und Sis im warmen Golf von Siam trieben und die Sterne beobachteten.

Dabei hat mich das Vergangene nie versucht, stets nur die Zukunft, oder eine Gegenwart, die schon Schwung genommen hat, um in das Kommende einzutreten. Insofern bin ich ein typisches Kind einer Generation, die die Gegenwart und den ständigen Neuanfang verehrt. Opfer auch einer neuen Metaphysik, die über die Werbung immer wieder ein neues Zeitalter verspricht. Ich bin sogar extrem in der Fähigkeit, alles Gewesene zu vergessen, um besser anfangen zu können mit dem, das ich für neu halte.
Meine jetzige Lage ist eine Umkehrung. Nicht nur, daß ich mich nicht bewegen kann, es erwartet mich auch in der Zukunft nichts als das Gewohnte. So sehr ich mich danach sehne, daß Sis zurückkehrt, so vorhersehbar ist es, daß wir die letzten Tage im Garten verbringen werden mit unseren Freunden.
Sehnen. Sich etwas Gewohntes zurückwünschen. Wiederholen. Den Sommer. Was für ein Zusammenspiel der Umstände, daß ich mir die Sehnen durchtrennt habe. Als wäre das, was kommt, abgeschnitten von mir.

Wie eine Schärenlandschaft liegt die Vergangenheit da, in der sich graue See und bewaldete Felsenrücken bis zum Horizont erstrecken. Ich rudere in der alten Segeljolle, der schon vor Jahren der Mast weggebrochen ist, und die Wellen beginnen auf- und abzuatmen. Noch nie habe ich das Rudern so gehaßt.
Den Raum der Geschichte versuche ich zu begreifen. Den Raum, in dem ich mich befinde. Eine Welle der Verzweiflung überkommt mich, bis ich merke, daß es Selbstmitleid ist.
Ich wünschte ich könnte Monica in ihrem Dämmer antref-

fen, aber meine Augen gehen sofort wieder auf, und alle Schläfrigkeit ist verschwunden.

Ein Vogel macht »Uuuuih? Uuuuih? Uuuuih?«. Ob er weiß, daß der hohe Ton am Ende eine Frage andeutet? Keiner antwortet ihm. »Uuuuih? Uuuuih? Uuuuih?«, immer fordernder, bis er mit einem Mal aufhört. Ich bin mir nie sicher, ob die Vögel mich verstehen. Manchmal ahme ich sie nach, wie damals die Möwe in Schweden, die mich verwundert auf dem Felsen umkreiste. Ich verändere ein wenig den Ton, um zu hören, ob sie mir folgen. Ratloses Schweigen dann, bis sie vorsichtig wieder ihre Töne anschlagen. Nur der Beo kann sie nachmachen. Ganz oben im Baum über dem Flußarm soll ein Nest sein. Manchmal sieht man ihn fliegen, ein Vogel, schwarz wie eine Krähe, als hätte er sich aus dem winterlichen Europa hierherverirrt.

Die anderen Vögel bleiben unsichtbar. Sind es kleine, rote, leuchtend blaue? So nah auch ihre Rufe sind, ich habe noch keinen von ihnen gesehen. Ich imitiere das »Uuuuih«, indem ich so laut pfeife, wie ich kann. Der hohe Ton am Ende ist schwierig, und ich pfeife, bis mir die Lippen schmerzen.

»Uuuuih? Uuuuih?«

Susan steht mit einem Fieberthermometer in der Tür und betrachtet mich interessiert.

»Hallo Susan«, Sprechen ist doch sehr viel einfacher.

Sie unterdrückt ein Lächeln und kommt entschlossen auf mich zu: »Umdrehen!« befiehlt sie mir. Oh nein, denke ich, nicht dort. Mehr als auf die Seite legen kann ich mich nicht, und sie zieht ungeschickt an den Shorts, das Thermometer in der Hand wie ein Messer.

»No no!« sage ich. Sie hat sie schon fast heruntergezerrt, da stoße ich ihre Hand weg.
»Messen!« herrscht sie mich an, »Fiebermessen!« Wir kämpfen einen Moment, und ich bin überrascht von ihrer Stärke. Nur mit Mühe kann ich mir die Hose wieder hochziehen.
»Susan!« Sie erschrickt, als sie den Namen hört, und ich schnappe nach dem Thermometer. Sie sieht auf den Boden, verwirrt. Ich stecke es mir unter den Arm und falle zurück in mein Kissen. Als das Thermometer piept, merke ich, daß Susan wieder gegangen ist. 34,6 Grad. Unter dem Arm messen bringt es nicht.

Wie klaustrophobisch klein das Zimmer ist. Es wird von Tag zu Tag winziger. Dagegen scheint mir der Stuhl gewachsen zu sein. Stuhl ist das falsche Wort, er hat ein geblümtes Polster und Schnitzereien in der Lehne, mäandernde Pflanzen, deren Blüten unter den vielen Farbschichten zu Klumpen geworden sind. Neureichenbarock. Er macht den Eindruck, als wäre er in den letzten Tagen fetter geworden. Er eignet sich hervorragend als Ablage für meine Gipsbeine.
Wie schmucklos dagegen das Zimmer ist, Tür und Fenster sind ohne Klinken, einfache Riegel verschließen sie, und obwohl Moskitonetze vor den Fenstern sind, stechen mich abends die Mücken. Sie kommen aus der Dunkelheit des Hauses, in dem sie sich tagsüber verstecken. Ich habe die Wand verschönert mit ihren erschlagenen Körpern, und im Zwielicht sehe ich Gesichter in den Mustern, die sie mit meinem Blut gemalt haben.
Der Raum meines Lebens sollte natürlich größer sein, eine

Halle, eine Wohnung mit verwinkelten Zimmerfluchten, großen Sälen und heimlichen Erkern, Platz für viele Gäste, viel Leben. Davon träume ich, seitdem ich meine erste Berliner Wohnung gesehen habe. Die Verschachtelung des Gehirns, dem sich das Leben nachbildet. Das Gehirn, das sich dem verzweigten Leben anpaßt.
Monicas Turm, die vielen Garderoben, die sich unter den Dachschrägen verstecken. Ich versuche das Zimmer in eine der Garderoben zu verwandeln, in denen ich nur gebückt vorwärts kam. Aber es fehlen: Alte Kleider, Briefe, Dokumente, kaputte Golfschläger, Hutschachteln, Kinderschwimmwesten. Die schwere Reiseschreibmaschine, die sie mir zum dreizehnten Geburtstag geschenkt hat.
Ich kann nicht alles haben. Doch. Ein warmes Abendessen wäre schön. Aber die süßen Bananen haben schon den fiebrigen Nichtgeschmack, der mir auch jedes andere Essen verleiden würde. Ein warmes Essen, frischgekocht. Eine Suppe wäre gut. Aber natürlich wird einem noch heißer, wenn man in der Hitze etwas Heißes ißt. Entgegen der landläufigen Meinung, das wäre gesund in der Hitze. Eine salzige Suppe, die ich löffeln kann, während mir die Köchin zusieht. Und, schmeckts? Ja, köstlich! Wirklich? Ja, unschlagbar. Die beste Suppe, die ich seit langem gegessen habe. Ich bin offensichtlich schon in einem Zustand, in dem mir die Vorstellung besser schmeckt als das wirkliche Essen. Monica ißt auch nichts mehr. Sie wird ernährt von einem Beutel Zucker, der neben ihr hängt.

Monica! Bist du wach? Hast du das Gefühl, dein Leben hat ein gutes Ende? Hast du überhaupt das Gefühl, dein Leben endet? Ingela erzählte, du hättest nach Champagner ge-

fragt, und sie hat dir eine kleine Flasche Sekt ins Zimmer geschmuggelt. Mit Plastikbechern habt ihr angestoßen, und du hast den anderen zugeprostet, wie so oft zuvor, nur daß diesmal niemand da war. Ein letztes Fest.
Was könnte ich dir mitbringen? Ich kann mich erinnern, daß du Steine mit einer Art Schleuder glattgeschliffen hast. Wir redeten darüber, wie schade es ist, daß man so schöne Steine am Meer findet, die ihren Glanz verlieren, wenn sie trocknen. Deswegen hast du sie poliert. Sie sollten glänzen wie Speckstein, weich werden wie ein Handschmeichler, wie Sis sagen würde.
Wenn Sis und ich an die Ostsee fahren, sucht sie sich gerne diese dunklen, leicht durchscheinenden Steine und fühlt sie in der Hand. Wenn einer gut in der Hand und weich auf der Haut liegt, dann nennt sie ihn Handschmeichler und nimmt ihn mit. Was äußerst selten vorkommt.
So wie es selten vorkommt, daß wir uns nicht aneinanderlegen wie Löffel, wenn wir im Bett liegen und einschlafen. Ich lege die Arme um sie und ziehe die Knie an, wobei ich mich wundere, wie gut ihr runder Arsch in meinen Lendenknick paßt. Ein Gegenstück wie Afrika zu Südamerika. Die auch nicht zusammenpassen auf den ersten Blick.
Weil sie kleiner ist, ist sie mein Handschmeichler, und ich kann ihre Haare riechen, den Duft ihrer Poren am Kopf, der leicht an meinen Lippen vibriert, wenn sie redet wie üblich vor dem Einschlafen. Ihr Geruch verändert sich, wenn sie schläft, sich in den Schlaf geredet hat und endlich schweigt. Sie wird sich einsam fühlen ohne mich, der sie mit seinem Körper zudeckt, der tagsüber kühl und nachts warm ist. Ich wäre ein Phänomen, sagt Sis, nie kannte sie

einen Mann, der in der Nacht heizt. Dumme Nuß, natürlich gibt es keine anderen Männer außer mir.
Susan könnte mir eine Decke bringen, weiß der Teufel, wann sie wiederkommt. Mir ist kalt. Ich nehme T-Shirts, Hosen, Hemden und Socken und decke mich damit zu. Wer denkt schon an eine Decke in den Tropen? Noch nie habe ich bemerkt, wie kalt es gegen Abend wird. Das erklärt, warum ich hier an der Hauptstraße neulich ein Geschäft gesehen habe, das nichts als bunte Polyesterdecken verkaufte, die zusammengefaltet in großen Glasschränken lagen. Ein absurder Anblick, wenn man gerade von der heißen und stickigen Luft der Straße hereinkommt.
Sis, die schläft, zusammengerollt unter Laken und Decken in einem Ferienbungalow am Strand. Sie haßt es, in der Nacht zu frieren. Sie steht auf und zieht sich Socken an und einen Pulli, ohne den sie nie verreist.
Der Kleiderberg auf mir ist angenehm, er umarmt mich. Sis wäre neidisch. Im Unterschied zu ihr haben die Kleider auch den Vorteil, daß sie die Klappe halten. Stumme Gegenstände, die neben mir herleben, so daß sie mir oft vorkommen wie stille Menschen. Ich könnte sie anschreien, auf Knien darum bitten, die würden sich nicht bewegen, und doch habe ich das Gefühl, sie sehen mich an wie jetzt mein Aschenbecher.
Er ist aus Blech und hat einen abnehmbaren Aufsatz mit vier Ablagen. Noch jemand hier, der raucht? Entschuldige, Aschenbecher. So wie er geduldig neben meinem Bett verharrt, habe ich das Gefühl, ohne mir ein Gesicht oder Augen zu denken, er sieht mich an. Er sieht mich auf eine zurückhaltende und höfliche Art an wie ein Ding aus der Natur. Wie ein Stein oder ein Baum. Und je länger er mich

ansieht, desto mehr habe ich den Eindruck, er sieht durch mich hindurch, als wäre ich selbst nur ein Ding. Vielleicht ist mein ganzes Leben für ihn nur ein Augenschlag.
Ich wünsche mir oft die Menschen so, daß sie um mich sind wie die warme Gegenwart der Dinge.
Wir sitzen mit unseren Freunden auf dem Holzboden auf kleinen Kissen und trinken Bier, hören Musik und reden. Wir haben uns, weil wir uns so selten sehen, einiges zu erzählen, und dann auch wieder gar nichts, eine Frage der Stimmung. Ich sehe ihnen zu beim Reden, Sis und meinen Freunden, manchmal tollen die Kinder noch herum und werden zum zehntenmal ins Bett geschickt. Sie wollen mitreden. Ich höre irgendwann auf zu reden. Mein Wortvorrat ist klein.
Ich sehe ihnen gerne zu, trinke mit, und langsam werden sie zu Einrichtungsgegenständen, die aufspringen, um die Musik zu wechseln, sich eine neue Zigarette anzünden und stiller werden, desto später der Abend. Wenn sie dann daliegen, betrunken und leergeredet, und der Musik zuhören, werden sie zu perfekten Möbeln. Sie sind still, und ich bin nicht allein.
Gegenstände haben etwas durchaus Persönliches, und in manchen fremden Wohnungen sind sie mir sympathisch, in anderen fühle ich ihre Feindseligkeit. Bin ich zu Besuch, warte ich, bis der Freund oder Gastgeber verschwindet, um einen Kaffee zu kochen oder ans Telefon zu gehen, dann wird die Gegenwart des Raums sogar verstärkt, als säße noch ein taubstummes oder uraltes Familienmitglied mit im Raum und warte mit mir zusammen auf das Ende des Gesprächs. Aber da ist niemand, nichts als Einrichtungsgegenstände und bei Sis' Eltern eine Uhr, die mich scharf

antickt, als würde sie neugierig jede meiner Bewegungen beobachten. Teufel der Zeit, der mit einem Hämmerchen auf meine Hirnschale klopft.
Uhren, die in Hausfluren oder Wohnungseingängen meiner Spielfreunde tickten. Es war so üblich, daß ich im Eingang warten mußte, bis einer der Eltern den Freund zur Tür geholt hatte. Diese kurze Zeitspanne war immer furchtbar, weil ich gleichzeitig den muffigen Familiengeruch wahrnehmen konnte und die Enge des Eingangs oder Flurs, als wäre das Haus verstopft.
Was mich aber wirklich ängstigte, war, daß der Eingang das war, was man Gästen zuerst zeigen wollte, der erste Eindruck, und mein Blick fiel dabei immer auf die Verschönerungen der entrückten Hausmütter, auf Strohblumen und schmiedeeiserne Bilderrahmen, an die auch Schlüssel gehängt werden konnten. Eine Welt kahl wie der Mars. Dieser Eindruck vermischte sich jedesmal mit dem Freund, der endlich kam, und ich mußte dann um so schneller spielen, damit der tote Eindruck wieder von ihm wich. Wenn sie mich wenigstens reingelassen hätten, damit ich in die Zimmer meiner Freunde raufkonnte, in ihre Welt.
Ich verabredete mich mehr und mehr draußen, auf dem Parkplatz oder an der Straße auf der Höhe des Kiosks. Die Außenwelt ist, anders als die überbordende Persönlichkeit der Wohnungen, neutral. Der graue Strand, die Moderne, die uns Neubauten geschenkt hat aus schweigsamem Beton, das Gras, das ausbleicht in der Sonne.

Wenn ich die schäbigen Möbel und den Müll hier sehe, muß ich zugeben, daß ich eigene Räume noch nie mochte. Ich gehöre zu den Menschen, die sich nicht einrichten können. Unternehme ich einen Versuch in diese Richtung, überfällt mich auf halbem Wege eine Lähmung. Eine Angst vor der Seßhaftigkeit. Auch die Abneigung gegen Besitz wird dann unerträglich, daß mir die Dinge gehören, vor allem daß deren Zusammenstellung mich selbst widerspiegelt. Furchtbar, in einer Umgebung sein zu müssen, die ich mir selbst eingerichtet habe. Es ist etwas anderes mit den Bildern, die über lange Zeit im Atelier hängen. Sie sind komplexe Wesen. Aber schon der CD-Player, der stets an der gleichen Stelle steht, kann mich deprimieren.

Ich breche jedesmal meine Einrichtungsversuche ab und hinterlasse mein Zimmer oder die ganze Wohnung in einem Zustand der Rumpeligkeit. Ich bin sowieso lieber bei Sis oder bei Freunden, die sich angenehm eingerichtet haben. Und wenn es nach mir ginge, könnten sie mich da allein lassen, weggehen, damit sie mich nicht stören in meiner neuen Umgebung, so wie jetzt auch. Schließlich habe ich sie auf die Idee gebracht, ans Meer zu fahren.

Oder sie bleiben da, sind still, lesen oder unterhalten sich mit jemand anderem, ignorieren mich. Letztendlich bin ich selbst ein Einrichtungsgegenstand, ein Modul, das sich am liebsten bei Freunden aufstellt. So wie ich lange zwischen meinen Bildern sitzen und warten kann, auf ein Zeichen von ihnen, wie es weitergeht.

Ich saß oft allein in dem großen Wohnzimmer von Monica und ihrem Mann. Sie oben in ihrem Turmzimmer, beim Batiken, er im Garten mit einer Zeitung oder schon tot. Er starb sehr früh, und auch davor war er sehr still.

Vom Wohnzimmer führt eine große Flügeltür ohne Flügel ins Eßzimmer, zur anderen Seite ist eine Art Salon, von dem man, wenn man die schmale verglaste Veranda passiert hat, über die Holztreppe in den Garten kommt. Zwischen Salon und Wohnzimmer ist nur die Andeutung einer Wand, ein Mauervorsprung, auf dem eine Schale steht unter einer Lampe. Gegenüber ist der Kamin.

Vom Sofa aus, mit Blick auf einen Ausschnitt des blauen Eßzimmers und den Salon mit dem Sekretär und dem verstimmten Piano, konnte ich mich nie entscheiden, ob ich die Einrichtung mag. Ich konnte sie mir ohne Monica nicht vorstellen, denn wenn es einen Gegenstand gab in diesem Haus, den ich liebte, war sie es.

Neben ihr konnte ich den ganzen Tag sitzen, liegen, stehen, ohne daß wir ein Wort wechseln mußten, und am liebsten war sie mir bei einer Beschäftigung wie dem Nähen oder Lesen des Lokalteils, in dem sie die Wohnungs- und Hausangebote studierte.

Ich habe mich nie gefragt, wie Monica sich damals eingerichtet hat in dem neuen Haus, das ihr Mann gekauft hatte, ohne sie zu fragen. Wer sich entschied für die Ölbilder mit Landschaftsmotiven, die Regale mit den moosfarbenen Enzyklopädien, die dunklen Sessel und die Vasen aus der nahe gelegenen Glashütte. Es war für mich immer eine Einrichtung gewesen wie ein Hilfsverb, das ohne Monica keinerlei Bedeutung hat.

Vielleicht konnte ich mit der Einrichtung nichts anfangen, weil ich das Haus schon von Kind auf so kannte und immer die Drohung darin spürte, ich könnte es eines Tages erben und ohne sie darin zurückbleiben.

Als Kind sagte ich ihr einmal, als wir nebeneinander im Bett einschliefen, ich hätte Angst, am nächsten Morgen neben einer Leiche aufzuwachen. An die Angst kann ich mich nicht mehr erinnern, aber an den Satz, denn sie hatte mehr als 25 Jahre Zeit, mir diese Geschichte jeden Sommer wieder und wieder zu erzählen. Wenn ich nicht da war, erzählte sie sie mir am Telefon, das fand sie sehr lustig, gerade als Antwort auf meine belanglose Frage, wie es ihr ginge, und ich antwortete ihr jedesmal, das wäre doch unglaublich lange her, ich wüßte überhaupt nicht, wie ich damals darauf gekommen wäre.

Aber ich weiß, daß es der Geruch ihres Eau de Colognes gewesen war, der sich über Nacht in eine blumige Muffigkeit verwandelt hatte. Der verwelkte Geruch hatte mich auf die Idee mit der Leiche gebracht.

Als unser Gespräch zu Ende war, habe ich nicht gezögert aufzulegen, wie nach jedem anderen Gespräch mit ihr. Obwohl ich wußte, das es unser letztes war. Und bis jetzt verspüre ich noch keinen einzigen Moment der Reue oder Scham darüber, daß ich nicht mehr erzählt oder gefragt habe. Sie mit ihrer Flüsterstimme, ich mit meiner lauten, die ich senkte, obwohl sie mich nur schlecht verstand. Als unser Gespräch klang, als wäre es zu Ende, legte ich auf.
Manchmal bin ich mir nicht sicher, ob ich kalt bin. Ob ich nicht in manchen Momenten kalt bin, wie einer, der ohne zu zögern an einem Bettler vorbeigeht, ohne ihm wenigstens Geld zu geben, was ich immer tue. Geld geben. Auch eine Form der Geringschätzung, über die ich dann nachdenke, weil mich das Elend der anderen nicht losläßt, bis ich sie, geplagt, lösche aus meinem Gedächtnis.
Das Elend verfolgt mich mit den gemischten Gefühlen der Zuneigung, die sich nicht mit ihnen einlassen will, und der Faszination, daß sie nichts haben. Frei sind und elend. Mein schlechtes Gewissen verfolgt mich, wovon sie absolut nichts haben. So wie Monica nichts von meinem Gefühl hat, daß ich nicht so schnell hätte auflegen sollen.
Sie wollte nicht mehr plaudern, sie schwebt nun in ihrem somnambulen Zustand. Woran denkt sie?
Erinnert man sich klarer, wenn man stirbt? Während sie so daliegt, wird sie gewaschen und gepflegt von den Schwestern, die freundlich, aber rabiat sind. Sie müssen unange-

nehme Dinge mit ihr machen, damit sie noch atmen kann, und je schlimmer es ist, desto härter sind sie. Ist das die Kälte, die der Verstand braucht?
Denkt sie daran, daß sie ihrem Mann gegenüber kalt war, aus Gewohnheit, weil sie, als sie älter wurden, mehr nebeneinanderher lebten als zusammen? Er starb vor 15 Jahren, deswegen erinnere ich ihn schlechter, und auch weil ich mich nie mit ihm befreundete.
Unter der Kühle ist eine Empfindlichkeit, eine Unsicherheit, eine Enttäuschung oder gar nichts. So wie er herzlich und gleichzeitig desinteressiert mir gegenüber als Kind war, weil Männer sich nicht mit Kindern abgeben. Sie gönnen sich und den Kindern gerne etwas Aufregendes, aber sie wollen den Alltag nicht mit ihnen teilen. So war es zumindest bei ihrem Mann, der nur brummte, wenn ich ihn etwas fragte.
So wie Ingela, immer kühl war, eine Frau, die arbeiten ging und alleine ein Kind aufzog. Sie war eine kühle Schönheit, sagten ihre Freunde gerne, die manchmal zu Besuch kamen. Sie ist es noch. Sie zog mich auf, zum Glück ohne mich zu bemuttern. Ist das die Kühle, die Schönheit braucht?
Aber an meiner Kälte zweifle ich, wenn ich sie bemerke. Nein, es ist eher so, daß ich mich im nachhinein der Kaltherzigkeit verdächtige. Unsere Freunde hier sind in manchen Dingen kalt, ohne daß sie es bemerken, und Sis ist es auch.
Als wir durch die Shoppingarkade am Siam Center schlenderten, gingen sie an der Frau vorbei, die ihr Kind auf den Armen hielt. Sie saß unter einer Fußgängerbrücke im lauten Verkehr und beugte sich über einen vielleicht fünfjähri-

gen Jungen, dessen Arme leblos herabhingen. Sie kühlte seine Stirn mit einem Tuch und weinte.

Ich habe hier noch nie jemanden, nicht in den ärmsten Gassen, weinen sehen in seinem Elend. Unsere Freunde und Sis gingen einfach weiter wie die Thais auch, nur die Kinder blieben stehen und wollten wissen, was mit dem Kind los ist.

Bis zum Abend habe ich meine gerade noch fröhlichen, mit Sis und den Kindern herumalbernden Freunde gehaßt dafür, daß sie mit betretenen Gesichtern auf mich warteten, als ich hinging und ihr letztendlich nur Geld gegeben habe für den Arzt. Sis wartete in der Nacht vergeblich darauf, daß ich ihr den Arsch wärme und die Hände auf die Schultern lege beim Einschlafen.

Ich hätte mitgehen sollen, den Jungen tragen, ein Taxi nehmen. Mein Verachtung verpuffte, und am nächsten Morgen saßen wir wieder beim Frühstück und kommentierten den Politik- und den Gesellschaftsteil der Tageszeitung, aus der wir uns abwechselnd vorlassen. Mitleid und Verachtung waren im Schlaf versickert, und meine Kälte gegenüber Sis hatte sich wieder in die harmlose Stimmung verwandelt, in der wir gemeine Bemerkungen über Prominente machten.

Ich habe Sis nicht gefragt, was sie dachte an der lärmenden Straße, und auch nicht, ob sie meine Enttäuschung bemerkte, als ich sie alleine schlafen ließ. Vielleicht weil ich die Antwort schon kannte: Daß man sich selbst retten muß in manchen Momenten, vor dem Mitleid und der Sorge, die niemandem nützt und zu nichts führt. Auch wenn es nicht wahr ist, weil Sis' Herz noch größer ist als ihr Hintern.

Ich glaube, es gibt mehr und mehr Leute wie mich und Sis und unsere Freunde, die ihre Kälte manchmal falsch anwenden. Ein Kind schlecht behandeln, einen schlechten Menschen gut. Sich einfach irren, kein Maß finden, scheitern. Ich überlege, ob das am Ende besser ist als die wohldosierte Kühle, mit der Monica ihren Mann behandelte. Oder mit der er sie behandelte. War es denn so?
Es ist so genau nicht mehr herauszufinden. Ich habe nur einen Unterschied bemerkt in der Art, diese Kühle zu zeigen. Während ihr Mann, so wie auch ich, die Kälte schweigend und nichtstuend verbreitete, können Monica und Ingela genauso wie Sis ihre Kühle betonen mit einem Blick oder indem sie etwas in eisigem Ton sagen, um es unmißverständlich zu machen. Alle drei schneiden jemanden, der ihnen nicht paßt, während ich mich unentschlossen wegdrehe.
Aber was hätte ich ihr noch sagen können, wenn ich nicht aufgelegt hätte? Wenn sie dann gehört hätte, daß meine Stimme von Tränen erstickt wird, weil ich es nicht mehr ertrage, wäre das nicht grausamer gewesen? Quälende Minuten, in denen jeder dem Atem des anderen zugehört hätte, ich ihrem leisen, rasselnden, sie meinem stillen mit einem albernen Schluchzen.

Als ich 18 war, dachte ich, ich wäre zu alt, um sie wie jeden Sommer in Schweden zu besuchen. Ich kam zwei Sommer lang nicht. Es dauerte eine Weile, bevor ich begriff, daß in Schweden bei Monica zu sein nichts mit Kindheit zu tun hat. Daß es nicht kindisch ist. Waren es sogar mehr als zwei Jahre?
Ich habe es auf einmal verachtet, lächerlich gefunden, wie

ein Kind den Sommer mit Monica zu verbringen. Die Sommer, in denen nichts passiert, außer daß die Sonne dem Gras einen Duft entlockt, der nur in unserem Garten nach Schnee und Honig riecht.
Ich habe mich weggedreht, und sie hat auf mich gewartet.

Ein anderer Vogel hat seine Arbeit aufgenommen. Sein Gesang klingt wie ein kehliges Nachäffen des Hundegebells jenseits des Zauns. Ein kleiner Köter hat es sich zur Gewohnheit gemacht, ausdauernd zu kläffen, in einem durchzubellen. Ich höre ihn deswegen kaum noch. Erst als der Vogel anfängt mit seinem »Auh! Auh! Auh! Auh!«, merke ich, daß der Hund Pausen macht, in denen der Vogel ihm antwortet.

Daß ich einige Jahre nicht dort war, ist mir in besserer Erinnerung als die Sommer, in denen ich da war. Weil mir etwas fehlte. Sie sind mir auch besser in Erinnerung, weil das Gehirn sich Wiederholungen nicht merkt, sondern sie in eine beinahe schon Zellstruktur gewordene Gewohnheit verwandelt.
Schon bevor ich nicht kam, war ich als Fünfzehnjähriger mit einer Art Fantomaskostüm um das Haus in Schweden geschlichen und hatte von einem Baum aus die Nachbarskinder beobachtet, statt mit ihnen zu spielen. Zwei Mädchen. Die eine war mir plötzlich zu klein, die andere zu dick. Ich war zu arrogant, als daß ich mit ihnen auf der Wiese vor dem Haus Fangen gespielt oder in ihrem Zimmer gesessen hätte, wo wir jahrelang Karten gespielt, uns verkleidet oder alberne Witze erzählt hatten.

Was ich später wieder liebte, auch wenn ich nie wieder mit den Nachbarskindern spielte, fand ich zu dieser Zeit lächerlich. Die Mutter der beiden Mädchen, die immer etwas verquollene Augen hatte und unglaublich langsam sprach, der Vater, der dichte Koteletten trug und die langen Haare in den Nacken gekämmt hatte. Die Mutter saß tagsüber in der Küche mit einem Bier und sah den Schafen zu auf der Weide. Ihr Mann war oft wochenlang weg, weil er am Polarkreis Kühlanlagen von Atomkraftwerken zusammenschweißte.

Heute wüßte ich keine bessere Gesellschaft, als mit ihnen im Garten zu sitzen, jeder ein Bier in der Hand mit Blick auf die grasenden Schafe, und manchmal machen sie eine trockene Bemerkung, die ich erwidere in der Sprache, die ich von ihren Kindern gelernt habe.

Als ich nicht nach Schweden kam wie jeden Sommer, war es wegen meiner Verstandeskälte. Ich spielte Fußball im Tiergarten und begrüßte Mädchen mit ruppigen Bemerkungen. Ich schwitzte in T-Shirts, in denen ich dann stinkend verschiedene Freundinnen umarmte, die ich im Grunde für ihre Dummheit verachtete. Ich hatte entdeckt, daß ich meinen pubertären Verstand mit Kälte versorgen mußte. Das Abtrennen der Gefühle mit einer scharfen Klinge.

Deswegen frage ich mich gerade, ob das Auflegen nach unserem Gespräch eine Geste mit jener Klinge war. Ob eine hinter der Sorglosigkeit verborgene Ohnmacht mich hat auflegen lassen. Bei dem letzten Gespräch mit jemandem, den ich liebe.

Ich bin älter geworden. Ich dusche mich, bevor ich Sis küsse. Und ich lasse Fußball spielen und schaue nicht einmal mehr zu. Wie ich überhaupt jeden Sport verachte. Ich drehe mich sogar weg, wenn über Sport gesprochen wird. Die Übertreibung hat sich also nicht verflüchtigt. Ich bin nur klüger geworden in meiner Albernheit.

Sis versteht überhaupt nichts mehr, wenn ich ihr erkläre, daß ich alles hassen und lieben kann, daß es Augenblicke gibt, in denen nichts meiner Verachtung entgeht, und auch nicht meiner Liebe.

Sie sieht mich dann an mit ihren grünen Augen, als wäre ich nicht ganz bei Trost, und vermischt in ihrem Blick etwas Verachtung und Furcht mit ihrer Liebe, was ihre Zuneigung zu mir so wohldosiert macht.

Sie weiß zum Glück nichts von meiner abgrundtiefen Verachtung, die ich manchmal für sie empfinde, wie an dem Tag, als sie die elende Frau mit dem Kind nur anstarrte, und sie weiß auch zum Glück nichts von der abgöttischen Verehrung und besinnungslosen Liebe, die ich für sie habe in den unpassendsten Momenten, vor einem Supermarktregal, wo sie, eine Hand an ihrer Hose reibend, in die Produktbeschreibung einer Feuchtigkeitscreme vertieft ist, die sie gar nicht braucht, oder mitten in einer betrunkenen Diskussion über Globalisierung, bei der wir allein in der Küche sitzen und laut streiten, weil es uns Spaß macht.

Sie weiß zum Glück nichts von meinen Gewaltphantasien, deren Slapstick meine Angst besiegen soll. Wenn ich ihr das jetzt sagte, würde sie lachen, mich auslachen, weil sie es nicht verstehen würde. Dafür wüßte sie, daß das Schreckliche auf eine ganz andere Art kommen kann. Monicas Sterben würde sie begreifen, wovon ich noch Lichtjahre entfernt bin.

Ich war damals, als ich nicht nach Schweden fuhr, auch auf eine unangenehme Weise gerecht, denn ein Bruder Monicas, überhaupt diese ganze Generation, hatte mit den Nazis geliebäugelt, die nie in Schweden eingefallen sind, weshalb die Schweden sich eine verstohlene Bewunderung für sie leisten konnten, auch nach dem Krieg. Später haben sie Olof Palme gehaßt, weil er Sozialdemokrat und so häßlich war wie Jassir Arafat. Sie haben ihm keine Träne nachgeweint, als er von Neonazis vor einem Kino ermordet wurde.

Dafür habe ich diese Generation verachtet, Monica weniger als die Männer, für ihre sture Bewunderung der sportlichen und klaren Naziwelt. Aber genau das war der Fehler, sie dafür so stumpf zu verachten mit der paranoiden Hellhörigkeit eines 18jährigen, der nur ein Deutschland kannte, das sich nie von diesem Alptraum erholt hatte, während sie in ihrem Schweden saßen an der frischen Luft und die Schönheit der nordischen Weite verpesteten mit ihrer Nazisympathie.

In einem Anfall größenwahnsinniger Gerechtigkeit habe ich die Schweden verachtet und das kaputte Deutschland, wie überhaupt die ganze Welt, weil auch sie zu klein und minderwertig war, zu jämmerlich, erbärmlich und falsch, gescheitert und verlogen.

»Schwäche-Nazi«, sagt Sis gerne zu mir, wenn sie solch eine Regung bei mir bemerkt, weil sie das auch von sich kennt, andere für ihre Schwächen zu hassen.

Aber die gleiche Welt konnte ich zärtlich lieben, bewundern und verbessern. Ich wollte nicht auf der Seite der armseligen Verachter bleiben, die nie etwas bewunderten und sich nie etwas Geliebtem unterwerfen wollten.

Das Seltsamste ist, daß diese Schaumschlägerei, die treffend meinen Charakter skizzierte, daß dieses Auf und Ab von Niedermetzeln und hündisch Lieben mich vor allem vor einem bewahrte: es mit ganzem Herzen zu tun.
Genau diesen Verdacht hatte ich, als ich auflegte, daß ich sie nicht von Herzen liebe, so wie ich glaube, daß sie mich liebt. Daß ich ihr, obwohl sie so weit entfernt ist, wie sie nur sein kann, nicht das Gefühl geben kann, das sie verdient, denn an der Erinnerung unseres Lebens rutsche ich ab wie an einer glatten Wand. Unser langes Leben gemeinsam hat es für mich unmöglich gemacht aufzuhören. Es kann nicht zu Ende sein.
Ein kalter Schauer überkommt mich bei ihrem letzten »Vi ses«, wir sehen uns. Wo zum Teufel? Die Wand neben mir, von der ich gerade gehofft hatte, sie würde sich dematerialisieren und meine Hand hindurchlassen in Monicas Welt, ist hart. Sie macht ein hohles Geräusch, aber sie ist, anders als die Luft, angenehm kühl. Erfrischend auf meiner Haut ist die Fläche der Farbe.

Monica saß weiter in ihrem Turmzimmer und malte Wachs auf die Stoffe, die sie später einfärbte. Lange liebte sie die psychedelischen Muster, die die Schnüre um die Stoffe in den Farbbädern hinterließen, bis sich das erschöpfte und sie anfing, Bilder zu batiken. Blumen, später ganze Ansichten, Stilleben von Dörfern und dem Leben am Meer. Sie malte von Fotografien ab, und wenn ich es recht bedenke, dann habe ich das von ihr. Während sie die Linien nachmalte, entstanden in meinem Kopf schon die ersten Bilder in den Farben der gelbstichigen Fotografien. Jahre bevor ich sie wirklich malte.

Sie saß dort oben, während ich wieder zu ihr kam im Sommer und im Wohnzimmer saß, rauchte und Skizzen machte für Wandgemälde, in denen nie ein Hakenkreuz fehlen durfte. Wenn sie fertig war, kam sie runter, und ich packte mein Zeug weg, was meine Laune schlagartig verbesserte.
Wie früher spielten wir gemeinsam Karten und sahen uns Tierfilme an, die eine sonore englische Männerstimme kommentierte. Gazellen, die gerissen wurden, Löwen, die vor den Augen ihrer Weibchen und Kinder alles auffraßen, Leoparden, die in Zeitlupe durch die Savanne flogen, und Gottesanbeterinnen, die ihren Männchen bei der Kopulation den Kopf abbissen. Wir sahen uns auch Dokumentarfilme über Ameisen an, die wie die Holzscheite im Kamin knisterten und summten.
Über dem offenen Kamin hing die Nachbildung eines Teufels, der an der Außenseite von Notre Dame mit aufgestütztem Kopf die Welt betrachtet. Die Miniatur sah vor sich auf den Boden, wohin die Glut aus dem Kamin fiel, und wir saßen im Dunkel des Wohnzimmers, sahen auf dem Bildschirm nervösen Insekten zu und aßen dazu Bulle. Kleine Hefekuchen mit Zuckerglasur.
Manchmal beobachtete ich, wie das Gesicht des Teufels sich im schwachen und unruhigen Licht belebte. Monica machte ihn gerne nach und rief »Whuuuhouu«, während sie das Gesicht verzog. Aber sie täuschte sich, wenn sie glaubte, der Teufel hätte mir als Kind Angst eingejagt. Es waren die Ameisen, die mich in meinen Träumen beschäftigten, und dann wachte ich nachts auf, weil es mich am ganzen Körper juckte.
Wenn ich bedenke, was alles meiner Liebe und meinem Haß standhalten mußte, dann sind die Ameisen eine

merkwürdige Ausnahme. Nie habe ich sie gefürchtet oder bewundert, nie hatte ich Mitleid oder Zorn für sie übrig, so wie es mir schon mit einer erschlagenen Hornisse ging. Die Ameisen blieben trotz ihrer Größe auf dem Fernsehbildschirm eine Metapher für die Menschen von einem Kirchturm aus betrachtet. Und für sie war es ähnlich. Ich unterschied mich nicht sehr von andern großen Dingen in ihrer Welt, ich gehörte zu ihrer Landschaft.

Das Kribbeln unter dem Gips hat aufgehört. Möglich, daß kein Platz mehr ist zwischen Haut und Verband, so heiß und angeschwollen ist mein linkes Bein. An den Fersen tropft Schweiß heraus und bildet eine winzige Pfütze. Unerträglich lang hängt ein Tropfen am Gipsrand und zittert, dann füllt er sich endlich mit genügend Flüssigkeit und fällt herunter.

Ich schaue aus dem Fenster, auf die Finger der reglosen Palmblätter und die Mücke, die unbeirrt über dem Fensterrahmen vor mir rotiert in einer engen, rasenden Bahn.

Gehen wir nicht oft Sekunde für Sekunde mit einem Bewußtsein durchs Leben, das uns die detailliertesten Erinnerungen wiedergeben müßte, so wie sich mir jetzt Mücke und Palmblätter als ewiger Nachmittag einprägen? Nehmen wir nicht manchmal Schritt für Schritt die Gegenwart in einer geradezu unheimlichen Überdeutlichkeit wahr, so wie ich im Gras lag in Schweden und die rasenden Atome der schläfrigen Gerüche und Geräusche spürte? Und doch waren die ersten Erinnerungsfetzen, die mir nach unserem Telefongespräch kamen, lose Momente der Empfindungen. Das Rot und die Stofflichkeit einer Jacke, die sie trug. Der Staub, den ich im letzten Abendlicht an den Fenstern vorbeisinken sah. Und dann auf einmal der Geruch ihres Eau de Colognes und wie sie es zum Schlafengehen auftrug.

Gemessen an der Zeit, die wir zusammen verbracht haben, ist das nichts. Es ist gemessen an all den Sommern und gelegentlichen Wintern, an dem ganzen Leben, das wir geteilt haben, gar nichts. Da wo ein Strom der klarsten Erinnerungen und Momente unseres gemeinsamen Lebens sein sollte, ist nichts als ein vages Bild in meinem Innern. Ein vernichtendes Gefühl, daß die Abermillionen Bilder, Regungen und Worte über die Jahre verschmolzen sind und jetzt, da ich jedes einzelne von ihnen noch einmal erforschen will, nicht mehr herauszulösen sind. Verschmolzen mit ihr und verloren, wenn sie stirbt.

Ein heißer Tag, wieder. Jeder Tag ist ein heißer Tag hier. Ich habe geschlafen wie ein Stein und von Deutschland geträumt. Dort ist noch nicht einmal die Sonne aufgegangen. Es ist kalt, aber die ersten Bäume haben ausgeschlagen im falschen Frühling, und falls sich später die Sonne zeigt, kann man draußen sitzen in Berlin, falls die Besitzer der Bars und Cafés schlechtgelaunt ihre Tische und Stühle rausgestellt haben. Die Menschen laufen noch mit Jacken und Schals herum, nur die Schwulen zeigen sich schon in ihren engen T-Shirts.
Auf dem Winterfeldplatz fahren Kinder mit ihren Eltern Rollschuh, und die Reste von Streusand lassen die Anfänger stolpern. In Mitte oder Friedrichshain sitzt man auf den Bordsteinen mit einem riesigen Café Latte, und die Sonnenseiten der Straßen sind voll mit Menschen, die über den Sommer reden, obwohl erst Ende Februar ist. Das Haus in Schweden steht leer.
Schweiß läuft mir über die Brust und tränkt mein Hemd. Der Ventilator ist aus, vielleicht gibt es gerade keinen Strom. Der gelegentliche Wind meidet mich, er steigt lieber zu den Hochhäusern auf und streicht über die Glasflächen der Penthäuser, deren Bewohner nichts von ihm spüren. Er fährt lieber durch die Kronen der Bäume, um dort das Geräusch von weichem Tropfenregen zu erzeugen, der nie den Boden erreicht. Dafür scheint die Sonne auf den Beton und das struppige Gras, und Luft und Dach

speichern ihre Wärme für die Nacht, wenn sie sich wieder auf den Weg macht um den Erdball nach Deutschland, Amerika, Japan und wieder hierher.
Ich meide dunkle Kleidung, weil vom Schwitzen weiße Ränder zurückbleiben, was ich bisher nur von Schuhen kannte, mit denen ich durch das Gemisch von Schnee und Streusalz gelaufen bin. Auf dem Leder wie auf den blauen Hemden und schwarzen T-Shirts blieben weiße, gezackte Ränder zurück, die Sonneneruptionen ähneln.
Es ist keiner da, der mich sehen könnte, aber ich mag es nicht. Ich werfe die verschwitzten Kleider auf einen Haufen in der Ecke, aus dem ich sie wieder hervorziehen werde, wenn ich sie brauche.
Ich denke daran, was ich jetzt essen könnte. Der Gedanke, daß es nichts zu essen geben könnte, macht mir Hunger. Ich esse auch auf Reisen sofort den Proviant auf, eben weil er nur begrenzt zur Verfügung steht. Ich bin nicht der einzige, dem es so geht, sonst wären die Fluglinien gar nicht in der Lage, so viele Menschen ein bis zwei Stunden mit ihrem schlechten Essen bei Laune zu halten.
Auf langen Flügen reichen sie Nüßchen oder Mehlklumpen, die gierig verschlungen werden, schenken Getränke aus und fragen nach einer Weile nach, ob man mehr will, nur um die stanniolverpackte Mahlzeit hinauszuzögern, auf die jeder sehnsüchtig wartet wie auf den gewaltfreien Film, der einem ein Lebensproblem fern von der Wirklichkeit vortäuscht zum Einschlafen.
Aber hätten sie mich nicht wachgehalten mit ihren ständigen Getränken und Durchsagen, dann hätte ich nicht die Lichter der Moskauer Nacht gesehen, die sich weit über die Landschaft erstreckten, und auch nicht am nächsten Mor-

gen die schlammbraunen Seen und Flüsse um Neu Delhi herum, bevor wir den Indischen Ozean und Burma überflogen. Zum Frühstück gab es Dosenwurst, und die Polen vor uns bestellten Bier, während Sis auf meinen Knien lag und schlief.

Spatzen fliegen aufgeregt vom Zaun am Fluß und kommen wieder zurück. Sie drehen rastlos ihre neugierigen Köpfe. Einer fliegt sogar aufs Fensterbrett und sieht sich in meinem Zimmer um nach Nahrung. Ich kann aber nichts entdecken, kein Brot, nur Obstschalen und leere Becher. Was gäbe ich jetzt für ein Stück bröseligen Kuchen, mit dem ich ihn zu mir locken könnte. Wir könnten uns unterhalten, während er Krümel pickt. Das Schreckhafte würde mich nicht stören, eher ablenken von dem langen Tag, den ich noch vor mir habe.
In dem Moment, als ich begreife, daß seine Augen seitlich liegen und er deswegen seinen Kopf so schnell hin- und herdreht, fliegt er fort. Er hat die Augen nicht parallel wie ich und kann somit nicht in eine Richtung sehen, so wie er auch nicht ausblenden kann, was hinter ihm ist.
Hätten wir Menschen die Augen nicht vorne, sondern an der Seite, womit wir uns in der Mitte eines Panoramablicks befänden, wäre dann nicht auch unser Zeit- und Raumbegriff ein anderer? So wie wir sehen, sind wir vorwärts- und rückwärtsgewandt, aber unsere Schritte folgen nur dem Blick, der nach vorne geht.
Ich warte, ob der Spatz noch wiederkommt, aber es folgt eine Stille, in die ich langsam hineindöse. Mein Mund ist trocken, aber ich bin zu faul, mich nach dem Wasser zu strecken.

Schritte kommen näher. Sie sind früher vom Meer zurück! Türenklappern, dann ein Schlappen, also würde jemand etwas suchen. Sis! Was für ein Glück, da steht sie im Schatten der Tür mit einem Tablett. Worauf wartet sie noch? Ich falle fast in Ohnmacht vor Freude, die Einsamkeit hat mich ausgetrocknet. Wieso fällt sie mir nicht um den Hals? Sis würde keine Sekunde zögern, mich zu umarmen, und ich breite die Arme aus, aber sie bleibt stehen.

Susan kommt herein und stellt das Tablett ab. Ohne mich anzusehen fragt sie, wie es mir geht, und setzt sich mit abwesendem Blick auf den Stuhl. Tatsächlich, die beiden sehen sich ähnlich. Die glatten Haare fallen beiden bis zur Schulter, sogar der Gang ist ähnlich, nur hat Sis nicht diese schmalen Augen. Susans Haut ist dunkel. Sie ist dünner, und in der Überraschung, daß sie nicht Sis ist, kommt sie mir ungewöhnlich schmal vor und nur mit der Andeutung eines Körpers wie die finnischen Vasen, die wir auf dem Flughafen von Helsinki gesehen haben.

Sie standen auf den hellhölzern designten Gängen in beleuchteten Vitrinen, dünn und zerbrechlich. Metaphysische Glaskörper, die mehr eine Idee verkörperten oder den Hauch einer Seelenregung als Gegenstände des täglichen Kunsthandwerks. Mit internationalen Preisen ausgezeichnet waren sie offensichtlich der ganze Stolz der Finnen, die mit gesunden Wintergesichtern zu den Gangways gingen. Seltsam wie dieser Traum von fragilen Wesen, der in den dunklen Nächten des Nordens gesponnen wurde, seine Entsprechung in den Körpern der Thais findet. Wie Susans erscheinen sie leicht und kindhaft. Als hätte sie nie die Krise der Pubertät und des Erwachsenwerdens berührt.

Ich beobachte, wie sie eine Flasche schüttelt und mir etwas davon auf einen Löffel gibt. Eine zu süße Flüssigkeit, von der ich noch zwei weitere Löffel schlucken soll. Das Zeug schmeckt im nachhinein bitter und schal, und sie gibt mir ein Glas mit Wasser.
Ihr Blick ist entrückt, und ich scheine auch so etwas wie ein Gegenstand geworden zu sein, in dessen Nähe sie sich einen Moment ausruhen kann. Ich sehe im Licht des Gartens die hellen Härchen auf ihrem Arm. Ihre Brust hebt und senkt sich so unmerklich und langsam, daß ich gerade einschlafen will, da rüttelt sie an meiner Schulter und hält mir ein Stück grüne Mango hin. Sie schmeckt bitter, und ich bin mir nicht sicher, ob ich überhaupt richtig schmekken kann. Susan zeigt mir das kleine Fläschchen mit dem roten Saft, das ich vorher schütteln soll.
»Du mußt das nehmen. Alle vier Stunden, gegen Fieber.« Sie reagiert nicht auf meinen aufmunternden Blick, der sie zum Bleiben bringen soll. Sie sieht weg und sagt, »Ich komme dann wiedersehen«, und geht.
Als sie weggeht, wundere ich mich wieder über die Verwechslung mit Sis. Susan ist dünn. So dünn, daß die schmalgeschnittenen Jeans am Bund hin- und herschlackern und ihren Gang übertreiben.
Was weiß ich über Susan? Ich habe nie bemerkt, daß sie ihre Hüften schwingt und nicht wie die anderen Frauen hier für einen geraden Gang die Füße abrollt. Sie geht mit Arschschwung und schlappt träge mit ihren Badelatschen. Die Schritte hören auf. Sie bleibt stehen irgendwo im Haus, als würde sie sich die Zeitungen auf dem Eßtisch ansehen, dann geht sie weiter, bis ich sie jenseits des Gartentors nicht mehr hören kann.

Sie kommt aus einer der ärmsten Gegenden Thailands, aus dem Norden, wo es nichts als Reis gibt, extreme Dürre oder verheerende Überschwemmungen, was schlecht zusammenpaßt. Viele Mädchen kommen von dort nach Bangkok, aber nur als Prostituierte können sie ihre weitverzweigten Familien zu Hause gut versorgen. Oder sie finden einen Farang, einen Weißen, der sie aushält.
Im Vorbeigehen habe ich Susan gesehen vor dem Panoramafernseher, oder sie stand in der Tür und grüßte müde, während sie ihre kleinen kläffenden Hunde wieder ins Haus scheuchte. Ihr Freund ist dieser dicke Deutsche, etwas älter als sie und sehr gesprächig. Er hat viel zu erzählen über die Hintergründe und Lebensläufe der Mädchen aus dem Norden, wie alle westlichen Männer. Väterliche Soziologen, die sich um die Mädchen sorgen und sie für ihren Sex bezahlen. Wahrscheinlich ist sie deswegen so müde. Von seinem Gerede, mit dem er mich schon am Gartentor aufgehalten hat.
Sis und mir ist aufgefallen, daß Susan und er englisch miteinander reden, aber wenn die deutschen Bikerfreunde zu einem Saufabend einfallen, ist das Gegröle auf deutsch. Als wäre das ein Pavlowscher Reflex der Exildeutschen, wenn sie betrunken sind.
Wenn er mit seiner Harley am Morgen zur Arbeit fährt, scheint sie nichts anderes zu tun zu haben, als zu schlafen und ihre Hunde zu streicheln. Manchmal höre ich, wie sie auf deutsch »Sitz!« ruft und dann wieder in Thai auf die Hunde einredet. Ein Sprachengewirr, mit dem sie allein bleibt, bis ihr Freund zurückkommt und sein erstes Bier aufmacht.

Sie hat ein Frühstück vor mein Bett gestellt. Zwei Eier und ein Thunfischsandwich. Eine Tasse Kaffee, auf der »Ich bin der Chef« steht und die einen Sprung hat. Der Kaffee ist übersüßt und kalt, eiskalt wie die Eier auch, hartgekochte, kalte Eier. Ich hasse hartgekochte Eier. Hartgekochte Eier sind eine Diät, und der Thunfisch hängt mir schon zum Hals heraus.

Wahrscheinlich etwas, das ihr Mann gerne ißt. Nachdem ich mich kurz geärgert habe, macht sie mir das sympathisch. Daß sie nicht kochen kann. Während sie vor dem Fernseher einschläft oder zum hundertstenmal in den Himmel sieht, ob es nicht Regen gibt, vergißt sie die Eier. Sie läßt sie so lange kochen, bis auch der Kaffee kalt geworden ist.

Monica und ihr Freund aßen auch Eier, unglaubliche Mengen von Eiern, denn er glaubt, das würde sie kräftigen, dabei kochte Monica früher sehr gerne und deckte die lange Tafel. Ständig stand sie wieder auf, weil sie glaubte, etwas vergessen zu haben, holte Salz, noch mehr Kartoffeln und Bier. Sie konnte nicht stillsitzen und sorgte sich um ihre Gäste, statt sich von ihrem Freund, wie es später Gewohnheit wurde, harte Eier kochen zu lassen und ein Knäckebrot dazu zu essen.

Unterhielt sie sich früher noch am Tisch mit den Freunden, die über die Jahre wegstarben, beobachtete sie später mehr und mehr die Schatten der Blätter auf den Vorhängen und das zarte Schwefellicht der schwedischen Sonne, das dazwischen zitterte.

Ihre Kinder kamen, die nachlässigen Verwandten und deren Freunde, die sich nicht mit Monica unterhalten wollten, sondern provinzielle Konversation betrieben über Golf

und Aktienfonds und die besonderen Funktionen ihrer Mobiltelefone.
Mit ihnen saßen wir am Tisch und aßen Fleisch, Kartoffeln und Salat, darin Eier, hartgekochte Eier, bei denen sie so tat, als würde sie sie mir vom Teller stehlen, weil sie wußte, daß ich sie nicht mochte. Ich saß immer neben ihr, und wir tranken viel Bier, normales Bier, das es wegen seiner Stärke nur in den staatlichen Läden gab.
Der Krieg spiegelt sich im Essen älterer Leute wieder, auch wenn sie damals nicht hungern mußten. Fleisch jeden Tag. Kartoffeln, schwere Soßen, Eisbomben, Sahne, Zucker, Speck und Eier. Nach dem Essen tranken wir von ihrem selbstgebrannten Schnaps, der in eine Absolut-Vodka-Flasche abgefüllt war.
Einmal kamen Vertreter der Nüchternheitsbewegung in ihre Wohnung, als sie noch in der Stadt am Park wohnte. Eine Hausbar war zu jener Zeit für die Spießbürger ein Ausdruck der Lasterhaftigkeit, vor allem hatten sich über die Jahre viele leere Flaschen angesammelt, weil sie zu faul war, sie wegzubringen. Die Kinder spielten gerne damit in der großen Wohnung, und nur mit Mühe konnte Monica die christlichen Spitzel wieder loswerden, die die Polizei alarmieren und die Kinder in ein Heim bringen lassen wollten. Darüber lachte sie und goß mir noch ein Glas ein.
Was mir Monica erst sehr viel später erzählte, als ich ihre Generation nicht mehr als Nazi-Sympathisanten verdächtigte, war, daß sie 1934 in Wien eine Schneiderlehre machte. Die Familie, bei der sie wohnte, beschwerte sich ständig darüber, daß es ihnen nur wegen der Juden so schlecht ginge. Sie reiste früher ab, weil ihr, wie sie sagte, die Nazistimmung unheimlich wurde.

Erst nach dem Krieg fuhr sie wieder nach Österreich, durch ein zerstörtes Deutschland, und filmte mit ihrem Mann die Ruinen, auf dem Weg in die Berge zum Skifahren.

Diese Filme verwahrte sie in einem kleinen Schrank in der Bibliothek. Nur sie konnte sie uns auf der kleinen Klappleinwand vorführen. Der Projektor brauchte noch den früher üblichen Strom von 110 Volt, und so hatte sie eine kleine Fußbodenheizung dazwischengeschaltet, über deren Wärmeregelung sie die Geschwindigkeit des Projektors verändern konnte.

Bei den seltenen Gelegenheiten, bei denen sie mir ihre Filme zeigte, sah ich sie auf einem schneebedeckten Berg mit Skifreunden oder von einem Zehn-Meter-Turm springen mit dem Verehrer, der später ihr Mann wurde. Ich sah sie vor dem zerstörten Reichstag, der aussah, als würde niemand ihn je wieder aufbauen.

Ich kann bis heute nicht fassen, wie viele verschiedene Welten in einer Person versammelt sein können. Nicht Welten der Vorstellung und des Erfindens, sondern Welten der Erfahrung. Körpergewordene Zeit.

Als ihr Mann, der zur See gefahren war, noch lebte, gab es Lachs, gekochten Lachs, geräucherten Lachs, gebeizten Lachs. Jeder aß Lachs gerne, wenn er ihn nicht schon als Kind zu oft vorgesetzt bekommen hatte. Dazu gab es die kleinen Kartoffeln von den Inseln.

Wir waren nur drei Kilometer vom Meer entfernt, aber schon zu der Zeit gab es keine Fischgeschäfte mehr. Nur eines, und das verkaufte ausschließlich eingelegten Hering. Er kaufte den aus Norwegen importierten Lachs an einer Tankstelle, die auch die Kartoffeln anbot, weil auch andere

Geschäfte zugemacht hatten wegen eines gigantischen Supermarkts, der 20 Kilometer entfernt lag.
Monicas Mann haßte diesen Supermarkt, und erst als er gestorben war, gingen wir dort den ganzen Tag einkaufen. Und zu essen gab es nur noch Fleisch.
Ich habe es mir erklärt damit, daß Monica lieber Fleisch aß und Whiskey trank, so wie in alten Hollywoodfilmen ständig blutige Steaks gegessen und Whiskey getrunken wird, morgens, mittags, abends, was sie, wenn wir zusammen fernsahen, genauso faszinierte wie mich. Und wir warteten nur darauf, daß wieder einer mit einem Steak auf seinem blauen Auge ins Bett ging.
Über das Fleisch lernte sie auch Styropor schätzen. Wenn wir im Garten saßen und den Rauch vom Grill fächerten, gab es zu den Würstchen majonäsigen Kartoffelsalat auf kleinen Styroporteller, die als Böden eingeschweißter Koteletts gedient hatten.
Die heißen Würstchen hinterließen Abdrücke in der Riffelung der Teller, und wenn Monica und ich die Teller wieder abspülten in der Küche, zeigte ich ihr die kleinen Dellen und Kerben, die aussahen wie Spuren von Zigaretten in billigen Hotelaschenbechern. Was mich ekelte, inspirierte sie. Sie spülte die Styroporteller vorsichtig ab, denn sie waren sehr zerbrechlich, und danach zeigte sie mir ihre neuen Bilder.
Einige ihrer gebatikten Stoffbilder hatte sie auf Styroporplatten befestigt, die so groß waren, daß sie die Bilder mit einem weißen Rand umrahmten. Sie hatte auch angefangen, aus zerbrochenem Styropor Bilder zu kleben, zusammen mit Holzstücken, die sie am Strand in Spanien gefunden hatte. Sie sammelte den Müll und trug ihn auf

Spaziergängen mit sich herum, befühlte die Stücke in der Hand und fügte sie später zu einem Bild zusammen. Schon allein die Materialität genügte ihr manchmal, die Riffelung eines von der Brandung abgeschmirgelten Styropor- oder Holzstücks.

Monica führte ein ideales Künstlerleben. Ihr Mann ging als Ingenieur arbeiten, und sie hatte den ganzen Tag Zeit, sich ihren Farben, Musterschnitten und Alltäglichkeiten zu widmen, die zu etwas Besonderem werden, je länger ein Leben dauert.

Mein Verlangen nach Kunst wurde von einem Hakenkreuz befriedigt, das ein Künstler in die Wand seiner Moabiter Wohnung gemeißelt hatte, als Persiflage auf die Vermietungspolitik der Spekulanten, von Gerhard Richters scheiblettendünnen Farborgien oder RAF-Bildern, von Kippenbergers Pillen im Wald und seinem gekreuzigten Frosch. Aber je älter ich wurde, desto weniger suspekt waren mir die minimalistischen Kunstwerke Monicas, die sie selbst nie als solche bezeichnet hätte.

Es gibt eine Serie von ihr, in der sie Fäden erforscht hat, die überall im Haus zu finden sind, unter Betten, auf Teppichen, Bettbezügen und Kleidern, die jeweils von einem Gegenstand zum anderen gewandert waren. Fäden, die sich in eine Form gelegt hatten wie verschnörkelte Buchstaben oder unordentliche Gartenschläuche, wie Notenschlüssel oder heruntergefallene Spaghetti.

Da es unmöglich war, die Fäden in ihrer ursprünglichen Form zu bewahren, hat sie sie auf Papier geklebt, so wie sie ihr nach dem Aufheben wieder aus der Hand gefallen sind. Wenn sie mir neue Formen zeigte und zu jeder eine Geschichte erzählte, saßen wir über die Styroporplatten

gebeugt im Turm, und ich roch ihr Parfum, das sie tagsüber auflegte. Nicht das Eau de Cologne, sondern ein süßliches Parfum wie Shalimar, das ich, obwohl ich süße Parfums nicht ausstehen kann, an ihr liebte. An ihr roch es nach Eismeer, nach dem weiten und kühlen Meer des Nordens, auf dessen Grund die Atom-U-Boote sinken.
Draußen stand die Camouflage der Birkenblätter, bewegt vom unhörbaren Gesang der Sonne.

Von sich erzählte Monica nicht gerne, sie wußte Geschichten zu ihren Bildern zu erzählen, die genauer waren, intimer in ihrer Abstraktion als die Geschichten aus ihrem Leben, die auch beim Erzählen Bilder blieben, Schnappschüsse, so wie sie bergeweise in der Truhe im Wohnzimmer zu finden waren.
Was hätte sie auch jemandem erzählen können, den sie von klein auf kannte? Je mehr ich darüber nachdenke, wird mir klar, wie wenig Monica und Ingela mir verraten haben über ihre Leben. Aber ist es nicht so, daß man denen, die man liebt, manche Dinge nicht verrät und schweigt über das, was einen im Innern bewegt? Ist es nicht so, daß man mit jemandem, den man liebt, lieber etwas Neues anfängt und ein anderes Leben führt, als das, das man schon kennt?
Ich weiß so wenig von Monicas Ängsten und dem Glück, das sie mit anderen geteilt hat. Sie verblaßt in meinem Bild mit den Ranken, die von der Dachkante ins Fenster hängen. Magentafarbene Blüten bleiben zurück und der blasse Himmel einer chinesischen Papierverpackung.

Ich esse die Eier. Susans Medikament macht mich schläfrig, und ich trinke den süßen Kaffee, der mich erfrischt.

Mein Geschmackssinn für Süßes ist zurückgekommen, den mein Fieber vorher betäubt hat. Nur das Bein ist weiterhin heiß. Ich würde es gerne in eine Wanne mit süßem kalten Kaffee tauchen, überhaupt würde ich gerne den Gips loswerden, bevor er mein Bein zerquetscht. Kein Messer in der Nähe.

Ich hacke mit einem Kugelschreiber auf den Gips ein, und aus der Ferne kommt ein halliges Knallen, als wollte es mich nachäffen. Die Spitze bricht ab, und das Knallen hört auf. Die Farbspur des Kugelschreibers bildet ein verschlungenes Muster.

Susan hat ein Magazin mitgebracht. Ein Hochglanzmagazin, wie sie in Hotellounges herumliegen. Kleider, Schmuck, schöne Welt. Marken, wie um sich festzuhalten in einer fremden Umgebung. Ich blättere es durch, es ist von anderen Magazinen nicht zu unterscheiden, es scheint überhaupt eine Wiederholung zu sein, eine Metaebene des Flüchtigen, das sich um wenige Dinge kümmert und sie variiert. Bilder und Stimmungen, die ich schon tausendmal gesehen habe.

Schläfrig lasse ich das kühle Papier auf mein Gesicht sinken, als mir eine Anzeige auffällt. Auf dem Foto einer Werbekampagne sehe ich einen alten Seat, der in einer geweißten Garage steht ohne Tor. Jemand hat eine Dekke aus Patchwork über ihn gelegt und das dann fotografiert.

Ich sehe mir das Bild immer wieder an, denn es könnte ihr gelber Seat in Spanien sein, mit den Lüftungsschlitzen anstelle des Kofferraums. Es könnte vor allem Monicas Patchworkdecke sein. Sie hat sie aus dreieckigen Stoffresten aller Farben und Muster zusammengenäht und mit

einem dunklen Saum umrandet. Aber nie hätte sie sie über ihr Auto gelegt.
Ich dachte immer, sie wäre es gewesen, die diese Art des Patchworks erfunden hat. Sie sammelte die Stoffe, so wie sie die Fäden auflas, und stapelte sie in einer Plastikbox, bis sie genug hatte für die nächste Decke. Dann begann sie ein simples, schnelles Patchwork aus den zurechtgeschnittenen Flicken.
So wie sie orangene Bezüge nähte für die Hollywoodschaukel und die Gartenstühle und simple Muster dafür fand, hatte sie diese Art von Patchwork erfunden, glaubte ich. Ich hatte vergessen, daß sie auch Zugang zur Welt in ihrem Turm hatte, daß sie die Interieurs in Filmen beobachtet und Magazine durchblättert hatte wie dieses. Ich hatte vergessen, daß sie ein viel längeres Leben und darin mehr gesehen hatte als ich.
Das Auto, über dem ihre Patchworkdecke liegt, hat ein italienisches Nummernschild. Es kann nicht ihr Auto sein, ihre Garage. Ihr Auto hätte sie, wie gesagt, nie zugedeckt. Ihre Patchworkdecken waren für die Betten, deren nackte Wäsche sie tagsüber nicht ertragen konnte. Zerwühltes Bettzeug, in das sich die Körper im Schlaf vergraben hatten.
Die Schwestern kommen mit frischer Bettwäsche, drehen sie zur Seite und heben sie aus Traum und Bett. Mit zackigen Bewegungen reißen sie die Bezüge herunter, ziehen die neuen über und klopfen die gestärkten Laken fest, damit sie straff sitzen für die nächsten Stunden.
Nichts hat Monica lieber gemacht, als bis um elf im Bett zu liegen. Während ihr Mann um sechs in der Küche stand und sich Frühstück machte, Zeitung las im Garten oder

schon von seinem ersten Spaziergang zurückkam, lag sie im Bett. Sie las oder döste wieder ein und träumte, so wie jetzt, nachdem die Schwestern gegangen sind.

Ich wache auf, als jemand meinen Namen ruft: »Beeen! Bäääähhn!« Es ist kühl geworden.

»Jaaa! Hier!« rufe ich zurück. Keine Antwort. Haben wir uns in meinem Traum nicht gerade unterhalten, Monica und ich? Von wo aus ruft sie mich? Ich glaube mich immer noch im Traum, bis ich merke, daß es die Stimme einer der Nachbarinnen von der anderen Seite des Flusses ist, die ruft: »Beeehn! … Bäääääääähn!« Eine ölige Stimme, die beim Rufen von ganz unten aufsteigt, um am Ende wieder abzufallen. Schüsseln klappern, etwas fällt auf den Boden, dann antwortet eine andere Stimme: »Oohjeeehh!«

In der Stille danach sehe ich auf die Reihe der Fenster mit den immer geschlossenen Gardinen und am benachbarten, niedrigen Haus, das ebenfalls mit Holz verkleidet ist, auf den Balkon, den nie jemand benutzt. Nicht einmal, um seine Wäsche aufzuhängen.

Die zum Fluß gelegene Seite scheint keinen zu interessieren. Gelbe Samen treiben neben Müll an der stillen Oberfläche, und eine Lotuspflanze hat ihre faltigen Blätter aufs Wasser gelegt.

Schweißtropfen liegen auf mir, als hätte mich ein Mönch besprengt. Ich wische sie ab mit der kratzigen Decke, die den Schweiß nur verteilt. Wo kommt die Decke her? Das Tablett mit den Eiern ist verschwunden, nur der Sandwichteller steht auf dem Stuhl neben mir und eine Flasche frisches Wasser. Ich trinke sie in einem Zug und lasse sie

leer auf den Boden fallen, wo sie mit einem hohlen Plastikdonkdonk unter den Tisch rollt. Zurück bleibt der Geschmack von rosa Lippenstift.
Die Anzeige aus dem Magazin lege ich weg. Sie war in meiner Hand zerknüllt, aber das Magazin ist verschwunden. »Monica!« rufe ich, aber niemand antwortet.
Gerade war sie noch hier, und wir haben uns unterhalten. Sie saß am Bett und hielt meine Hand. Sie wußte sogar, wann ich meine Medizin nehmen muß, nachdem sie auf ihre kleine Armbanduhr gesehen hat. Ihre Augen, die über all die Jahre die gleichen geblieben sind.
Sie sah jung aus, wie ich sie noch nie gesehen habe, und wir saßen in meinem Zimmer in Berlin, und es war ein furchtbar heißer Sommer. Sie war noch nie in meinem Zimmer in Berlin gewesen, und für einen Moment schämte ich mich für die Bilder, die Kleider über den Stühlen, die Bücher und die Platten, neben dem Plattenspieler, was ihr alles neu und fremd vorgekommen sein muß. Ihr schien nicht heiß zu sein. Sie hatte ihr roséfarbenes Kostüm an.
Wir unterhielten uns über die Erinnerung. Wir plauderten und sie war guter Dinge, während sie mich ab und zu mit ihrem Ärmel abtupfte. Obwohl sie jünger aussah, hatte sie die gleichen Augen, als wäre ihr Blick über all die Jahre immer unverrückt gleich geblieben. Fixsterne.
Wir unterhielten uns über die Zeit, und ich war erstaunt, weil wir uns nie ausführlich über solche Dinge unterhalten haben.
Sie hatte eine sehr klare Vorstellung der Zeit, sie sagte, die Vergangenheit bestehe aus verschiedenfarbigen Kugeln, in denen Erinnerungen eingeschlossen wären und die hinter ihr herschweben würden. Sie, in der Mitte, würde sich fort-

bewegen wie auf einem Laufband, das weiß beleuchtet ist und auf dem sie in Richtung Zukunft ginge. Dort sei die Schwelle zum orangenen Zimmer, das sie nie wirklich betreten konnte. Ihr Eindruck war also, mit den einzelnen Erinnerungen hinter ihr herschwebend, ginge sie beständig auf dieses leuchtende Orange zu, das sie nie erreichte.
Und ich hatte immer geglaubt, sie wäre mißtrauisch gegenüber intellektuellen und überspannten Vorstellungen. Sie erklärte es mir noch genauer:
»Und während du weitergehst, verwandelt sich das Orange im Laufe der Zeit in ein Weiß, als würde man ein Wassereis aussaugen. Erinnerst du dich an das Wassereis, an manchen Kiosken gibt es das noch, Wassereis, das in kleinen Plastikschläuchen verkauft wird?«
»Ja, Ja!« sagte ich begeistert. »Wir aßen immer jeder eins auf dem Parkplatz, nachdem wir einkaufen waren. Die Farbe und den Geschmack konnte man bis zum Boden heraussaugen, und mit dem Rest kühlte man seine wundgesogenen Lippen.«
Ich habe nicht mitbekommen, wann sie gegangen ist. Mit dem Geschmack von schmelzendem Wasser wachte ich auf.
Orange ist die Zukunft? Hell und warm. Ich versuche es mir vorzustellen. Das Orange der Erwartung aus der unmittelbaren Zukunft herausgesogen, ist der Nachmittag weiß.
Ihre Vorstellung der Zeit ist einleuchtend, und jetzt nach dem Aufwachen erscheint die Welt so einfach, so simpel, daß ich reinbrausen könnte in jeden Moment der Zukunft mit einer weißen Gischtwelle vor dem Bug. Gutgelaunt sehe ich in diese fröhliche Zukunft, an die Decke, aus dem

Fenster, eine Weile auf den Gips, bis mich die feinen Splitter der Gegenwart wieder einfangen.
Ich versuche zwei Situps, und sofort fängt mein Kopf an zu hämmern. Ich bleibe liegen, dann trockne ich mich ab mit einem T-Shirt und beobachte, wie zwischen den wenigen Haaren auf meiner Brust neue Schweißperlen auftauchen. Wenn es erst mal angefangen hat, hört es so schnell nicht mehr auf.
In meinem Traum waren Monicas Haare gelockt gewesen, wie es in den späten Siebzigern Mode war, und blond. Das erinnert mich daran, daß ich ein blondes Kind war. Meine Haare waren nicht immer dunkel, und wenn ich an mir heruntersehe, habe ich das Gefühl, einen anderen zu sehen, einen Mann mit dunkler Brustbehaarung.
Das gleiche passiert mir vor dem Spiegel. Meine Vorstellung von mir ist eine andere, ich sehe jemanden, der mir fremd ist. So schnell ich also freudig in die unmittelbare Zukunft rase, um sie zu erobern, so rückständig bin ich in meiner Selbstwahrnehmung.
Ich habe mich gerade daran gewöhnt, kurze Haare zu haben, da lasse ich sie schon wieder wachsen, weil ich zu lange Zeit kurze Haare hatte. An dem Tag, an dem mir weiße Brusthaare aus dem T-Shirt quellen, weil unbemerkt immer mehr Haare dazugekommen sind, werde ich wahrscheinlich behaupten, mein Körper wäre völlig haarlos.
Der Zustand des Körpers scheint dem Gefühl nach auch eine Erinnerung zu sein. Mit sechzehn war ich der einzige beim Fußball, der keine behaarten Beine hatte.
Ich hätte Monica fragen sollen, in welchem Alter sie sich selbst erinnert. Vielleicht ist sie für sich selbst zwanzig Jahre jünger, im Krankenhaus und auf der Schwelle zum

orangenen Zimmer. Es kann sein, daß die zwanzig Jahre jüngere Monica für sie ihre wahre Erscheinung ist, so wie Sis, die eher mollig ist und einen Kopf kleiner als ich, sich in ihrem Inneren fühlt wie eine große, dünne Person, die sie, selbst überrascht, nicht wieder vorfindet morgens im Spiegel.
Das ist auch der Grund, warum sie den Spiegel mit einem Tuch abgehängt hat und lange schläft. Sie schläft sich dünn und groß. Nicht daß sie unzufrieden wäre mit sich. Sie ist, wenn ich sie umarme, froh, so zu sein, wie ich sie mag. Sonst weiß ich nicht, ob sie sich mag. Sie kauft Kleider auf jeden Fall in den richtigen Größen und nicht wie unsere Freundin, bei der wir hier zu Besuch sind, ihre Hosen immer eine Größe zu klein. Gerade weil sie so dünn ist, meint Sis, und gerne noch dünner wäre.
So wie ich das gemacht habe als Jugendlicher, nur daß ich zu dick war von den täglichen Hefebulles und Vanilleeisen, und den Fleischgerichten mit Kartoffeln, mit denen mich Monica fütterte.
Ich zog zu enge Jeans an und mochte dieses Gefühl einer zweiten Haut, die mein Übergewicht umspannte und in Kraft verwandelte, wie auch das dicke Nachbarmädchen, mit dem ich spielte, immer superenge Sachen trug. Eines unserer Lieblingsspiele war, wir wären Erwachsene, die Hunger hatten, wenn sie von ihrer anstrengenden Arbeit nach Hause kamen. Monica, die immer luftige und elegante Sachen trug, aß wie eine junge Frau, die auf ihre Linie achtet. Ein großes Durcheinander der verschiedensten Körperempfindungen.
Ich stelle mir einen belebten Platz vor, auf dem jeder Mensch ein völlig anderes Bild von sich hat als ich von ihm.

Es ist wie mit den Bildern von Gillian Wearing, die Menschen fotografierte mit Pappschildern, auf denen sie sich mit einem Spruch selbst beschreiben sollten. Was die Menschen auf die Schilder über sich schrieben, widersprach der Erwartung, die man wegen des Äußeren der Person hatte, und offenbarte einen überraschenden Seelenzustand.
Und so hätte ich gerne, daß jeder Mensch auf diesem Platz ein Bild von sich dabei hat, auf dem er zu sehen ist, wie er sich wirklich glaubt. Er steckt es sich ans Revers, an die Bluse, ans T-Shirt, und es würde einem ganz schwindelig, so unterschiedlich wären Bild und Person.
Das Ganze setzt der Pascalschen Vorstellung vom trügerischen Eindruck des Sichtbaren und des Gedachten noch eins drauf. Sis, die ich so sehe, wie sie auch auf Fotografien zu sehen ist, sieht sich selbst anders, wobei ich derjenige bin, der sie richtig sieht. Aber die wahre Sis sieht dennoch nur sie selbst. Sie ist mir ja, weil ich sie schon so lange liebe, ein Rätsel, mehr und mehr, genauso wie Monica und Ingela mir ein Rätsel sind. Wenn ich also mit ihnen rede, sie ansehe, wir zusammen sind, sehen wir jeweils etwas anderes in dem anderen als er selbst. Und darauf reagieren wir wieder. Und da sogar das Bild, das wir von uns selbst haben, einer Täuschung unterliegt, ist die Wahrheit in der Mitte, soweit es überhaupt eine Wahrheit gibt, die eindeutig wahre Person, einen wirklichen Charakter, der in diesem Doppelspiel nie klar wird.
Das ist etwas, das mich mehr erfreut als verwirrt, weil die Wahrheit zwischen uns liegt. Wenn Sis mich nachlässig behandelt, grob wird und sogar eklig mir gegenüber aus dem Gefühl heraus, minderwertig zu sein, was sie zu einem noch größeren Egoismus antreibt, dann reagiere ich darauf

gekränkt. Ich empfinde die Erniedrigung, so wie man sich als Mann von zwei Freundinnen erniedrigt fühlt durch ihre ausschließliche Freudinnenhaftigkeit. Ich zahle es ihr heim mit noch schlechterer Laune und einer Grobheit, nur um einen Spiegel vorzuhalten, um ihr zu zeigen, wie es nicht geht. Aber angezogen von meiner Schweigsamkeit und meinem ungewohnten Egoismus, der in ihr eine zärtliche Liebe auslöst, vielleicht weil sie mich im gleichen minderwertigen Zweifel glaubt wie sie sich, endet unsere stumme Auseinandersetzung in einem Kuß und ungeteilter Zuneigung.
So vergehen manche Tage mit Sis, sie fließen über in eine glückliche, weil gegenseitige Auflösung von Irrtümern, die wir, jeder für sich allein, überhaupt nicht bemerkt haben.

Eine Kälte hüllt mich ein, als säße ich direkt neben der Klimaanlage im Kino. Die Thais sitzen da in ihren dünnen Hemden und genießen die Temperatur einer klaren Winternacht und trinken eisgekühlte Pepsi. Nur Sis und ich reiben uns gegenseitig warm durch die Wollpullover.

meinen Kopf in ihren Schoß. Es ist heiß, und die Wiese knistert hinter uns. Der Duft des trockenen Grases ist betörend.
Ingela erscheint in der Tür und ruft: »Essen ist gleich fertig«, und schlägt auf einen Gong, dann verschwindet sie wieder. Ich hoffe, es dauert. Ich möchte mich wiegen lassen und dem Haus zusehen, wie es in der hellen Sonne steht, unzerstörbar und schön.
»Das ist Monicas Turm, da saß sie und hat auf den Garten geschaut beim Arbeiten.« Sie war immer zu Hause. Daran habe ich nie gedacht. Während ihr Mann zur Arbeit fuhr, verbrachte sie die meiste Zeit zu Hause. Ich bewundere ihre Geduld. Sie saß den Sommer über in diesem Turm, wenn sie nicht mit mir in der Hollywoodschaukel saß, mein Kopf in ihrem Schoß, während ich das Haus betrachtete, das in der hellen Sonne stand, weiß und schön. Wie eine der Birken, deren Blätter bis zu unserem Tisch geweht sind.
Das kleine Fähnchen aus Metall auf dem Turm zeigt das Jahr 1899. Es dreht sich nach all den Jahren immer noch im Wind. Die Dachschindeln sind schief, und die weiße Farbe der Veranda blättert ab. Plötzlich erscheint Sis in der Tür und hämmert auf den Gong. »Essen ist gleich fertig!« Sie lächelt mir zu, und ich will aufspringen, damit sie mich nicht mit Susan sieht. Aber Monicas Hand hält mich fest. »Wir haben Zeit«, sagt sie, »wir haben Zeit.« Sie schaukelt uns wieder an mit kräftigen Stößen.
»Warst du glücklich?« frage ich Monica nach einer Weile und sehe auf den Turm. Wie immer läßt sie sich Zeit mit ihrer Antwort.
»Ich war glücklich, wenn wir ausgingen und Freunde trafen. Wenn du kamst, waren Ferien, aber sonst verreisten wir

viel, und ich war glücklich, in den Bergen oder auf dem Boot, wenn Lasse und ich rausgefahren sind mit dir auf die Inseln.«

»Und im Turm?« Die Hand vor mir ist jung, aber ich kann mich nicht umdrehen, um ihr Gesicht zu sehen.

»Im Turm war ich auch glücklich. Aber das Alleinsein hat ein blasseres Glück als das der Jugend. Ich habe dich beobachtet, wie du mit deinem Fantomasanzug auf Bäume geklettert bist. Du hast dich immer unbeobachtet geglaubt und hinter den Busch an der Hollywoodschaukel gepinkelt. Du hast so lange gebraucht, daß ich schon dachte, du hättest eine Fimose.«

»Was?« Ich will mich umdrehen, da erscheint Monica auf der Treppe und schlägt kräftig auf den Gong. Ich richte mich auf, und Sis sieht mich erstaunt an.

»Was ist?« Sie ist braungebrannt, und ihre Augen leuchten von den langen Nachmittagen unten am Meer.

»Wie lange sind wir schon hier?« frage ich überrascht und meine unseren Urlaub. Ich kratze an ihrer neuen Jeans.

»Wir haben uns doch gerade erst hingesetzt, entspann dich.« Sie steckt mir ihre Hand unters Hemd und streichelt meine Brust. Rosen schießen aus dem Beet.

»Sieh nur, die Rosen!« rufe ich und zeige auf ihre blassen Wassereisfarben, aber Sis zieht meinen Kopf heran, um mich zu küssen. Unsere Lippen berühren sich, und ich schließe die Augen, da schlage ich sie schon wieder auf, um mir sicher zu sein, daß es wirklich Sis ist.

Mit geschlossenen Augen und leicht geöffnetem Mund sieht sie aus wie damals, als wir uns das erste Mal küßten und ich sie ansah, um noch verliebter zu sein von ihrem bezaubernden Gesicht. Rasend verliebt. So habe ich sie lange

nicht mehr gesehen und küsse sie sanft auf den Mund und schließe doch die Augen für den Moment. Hat Monica die Augen geschlossen, wenn sie küßte?
Ich versuche mir ihren Mann vorzustellen und sie, wie sie sich zärtlich küssen. Zum ersten Mal auf den Felsen am Schwimmbad, wo sie sich kennenlernten. Wie sie andere Männer küßte oder wenn sie mit einer Freundin und ihrem Schwarm auf eine einsame Skihütte fuhr, als sie schon verheiratet war. Wenn sie den Anwalt besuchte, für den sie die Frau des Lebens war. Küßten sie sich auch noch, als er schon verheiratet war mit einer anderen Frau, die er nicht so liebte, und sie ihn mit ihrer Tochter besuchte, die abends seine Kinder hütete? Heimlich im Flur? Ich denke daran, wie schön sie war und ihr Mann dieses Haus kaufte außerhalb der Stadt, wo sie allein blieb mit ihren Kindern.
Ich fahre über die weiche Wange von Sis, die sich nicht bewegt unter meinen Händen, als Susan wütend in der Tür der Veranda erscheint und in wildem Stakkato auf den Gong einhämmert und schreit: »Ich habe gesagt, Essen ist fertig!!!!« Als sie sieht, wie ich erschrocken aufsehe, lacht sie wild und stemmt die Hände in die Seiten, bevor sie verschwindet. Wie wohl die Küsse von Susan schmecken? Die Rosen sind hoch gewachsen, ihr Rot ist hell und fiebrig.
Susan ist über mir und streicht mir über den Kopf, ich liege wieder in meinem Bett in dem kleinen Zimmer. Ist dieses Zimmer vielleicht doch ein Teil des Hauses in Schweden? Vor der Tür und den Fenstern ist es dunkel. Susan gibt mir Wasser.
»Du trinkst viel!« sagt sie mit einer seltsam gebrochenen Stimme. Ich sehe getrocknete Spucke auf ihren Lippen.

Vielleicht ist sie erschöpft, sie hält mir wieder das Glas hin und wiederholt: »Du trinkst viel!« Jetzt verstehe ich: Ich soll trinken. Sie füllt das Glas wieder und nickt mir zu, als ich ansetze.

»Ich muß mal«, sage ich. Das ganze Wasser will wieder raus, wozu trinke ich es überhaupt? Es läuft ja einfach nur durch. Ich sage noch mal, daß ich dringend pissen muß, pinkeln, urinieren, Wasser lassen. Sie versteht mich nicht. Sie redet Thai und sucht etwas im Zimmer, dann höre ich sie in der Küche in den Schränken suchen. Sie kommt wieder mit einer Glasflasche, einer Flasche Orangensaft, die wir aus Deutschland mit hierhergebracht und auf dem Flug ausgetrunken haben. Sie winkt mir, ich soll etwas machen. Sie sagt es in Thai, dann spricht sie im Befehlston: »Umdrehen!«

Sie zieht meine Shorts herunter und hält meinen Schwanz mit spitzen Fingern in die Öffnung der Flasche. Das Bein schmerzt, als ich mich zur Seite drehe, es pocht hart in seinem Kokon. Statt daß ich pinkle, schwillt mein Schwanz an von ihren spitzen Fingernägeln. Sie sind weiß lackiert. Als sie sieht, daß mein Schwanz größer wird, ruft sie überrascht: »Oooii«, und lacht. Ich gewöhne mich gerade an den Gedanken, sie könnte mir einen runterholen, als ich merke, daß die Schwellung sich auf das linke Bein zu übertragen scheint. Es schmerzt und sticht, es klopft wie verrückt, wie ein riesiger Dildo, der den Gips sprengen will. Aber der Gips gibt keinen Millimeter nach. Es juckt furchtbar darunter. Schmerz und Hämmern erreichen meine Schläfen, und plötzlich kann ich pinkeln. Mit jedem Tropfen spüre ich den Druck aus mir weichen und an seiner Stelle eine Scham über meine Erregung, aber Susan schüttelt nur die letzten Tropfen ab, zieht mir die Hose wieder hoch und schraubt die Flasche zu. Sie wischt sich die Hände ab an einem T-Shirt. Eine Leichtigkeit erreicht mich, die sich in mir ausbreitet.

Der Mond scheint durch das Fenster zum Garten, ein wilder großer Mond, der kalt die Nacht beleuchtet. Ich muß wieder eingeschlafen sein und öffne die Fenster. Früher als Kind habe ich aus dem Fenster gepinkelt, weil ich nicht runtergehen wollte aufs Klo, das neben der dunklen Eingangshalle liegt. Die Pisse lief übers Vordach in die Regenrinne. Aber da ist nichts. Als ich älter wurde und keine Angst mehr vor der Dunkelheit hatte, schnippte ich Kippen aufs Vordach. Jetzt spucke ich drauf. Das rote Ziegeldach über der Veranda hat eine große Anziehungskraft auf mich.
Am nächsten Morgen mußte ich auf das Dach steigen, um meine Kippen aufzusammeln. Dort konnte ich mich auch verstecken vor all den Verwandten, die manchmal einfielen und den ganzen Tag frühstückten, telefonierten, Federball spielten oder sich laut unterhielten. Die Schweden sind ein sehr einfaches Volk, je jünger, desto amerikanischer. Es vergeht keine Sekunde, die nicht mit ihrem sorglosen Unsinn aufgefüllt wird.
Die einzige, die mich auf dem Vordach sehen konnte, war Monica in ihrem Turm, und so verbrachten wir manchen Vormittag, ich auf dem Dach mit einem Päckchen Zigaretten und sie mit einem Kaffee in ihrem Arbeitszimmer, das sie abschließen konnte. Wir redeten kaum, ich trank von ihrem Kaffee, und sie sah mir beim Rauchen zu, das sie vor langer Zeit aufgegeben hatte. Wir genossen den Ausblick

über die Wiesen und Felder, auf das länger und länger werdende Gras im Garten und die Wolken, die manchmal wie Sahne auf einer Glasscheibe über uns hinwegglitten, landeinwärts.

Ich schaue zum Turm, der dunkel ist und leer. Von unten kommen Stimmen, und ich gehe ihnen nach über die hölzerne Wendeltreppe, die in die Eingangshalle führt. Aus dem Zimmer von Monicas Mann, das neben meinem liegt, höre ich ein Husten und leise das Radio. Ich kann sehen, wie er mit Schuhen auf dem Bett liegt, Zigarre raucht und ein Buch liest. Er ist gerne allein mit seinen John-le-Carré-Büchern, während unten die Frauen zugange sind und sich unterhalten.

Ein spätes Abendessen wird vorbereitet. Mädchen laufen mit Schüsseln aus der Küche an der Treppe vorbei ins Eßzimmer. Kerzen beleuchten das blaue Eßzimmer festlich. Eine Frau steht auf, als sie mich hereinkommen sieht, und führt mich an den Platz neben ihrem. Erst an dem graublauen Kostüm erkenne ich sie. Ihr Schwedisch ist sehr weich, nicht so hart, wie sie es in Bergmanfilmen reden, weswegen ich immer dachte, die Schauspieler wären Deutsche. Ihr Schwedisch ist das weiche der Küste. Das vom Meer geschliffene.

»Ich habe mir so gewünscht, dich noch einmal wiederzusehen!« stammle ich, aber die schöne Frau hält ihren Finger an den Mund. Sie muß im gleichen Alter sein wie ich, die Haare streng zurückgebunden, was ihr nicht die geringste Liebenswürdigkeit nimmt. Eine milde Zeit spiegelt sich wieder in ihrem Gesicht, obwohl Krieg gewesen sein muß damals. Ich kenne sie so nur von Bildern.

Sie duftet nach frischer Luft, als sei sie den ganzen Tag in ihrem Auto mit offenen Fenstern durch die Landschaft gefahren.

Sie streicht mir über die Brust, und als ich an mir heruntersehe, habe ich einen dunklen Anzug an und ein weißes Hemd, dessen Kragen über das Revers geschlagen ist. Sie scheint zufrieden mit meiner Verwandlung. Sis setzt sich neben sie und stellt eine Schale mit Kartoffeln auf dem Tisch ab. Sis trägt ein enggeschnittenes dunkelgrünes Kleid mit Pailletten am Oberteil. Ihre Haare hat sie wie Monica zurückgebunden. Sie sieht glücklich aus. Sie liebt Gesellschaft. Statt Musik hört man das emsige Gesumse aus der Küche und Schritte, die eifrig hin- und herlaufen. Die Mädchen, die ich vorhin gesehen habe, sind verschwunden.

Der Reihe nach kommen Frauen herein, deren Gesichter mir sehr vertraut sind. In jedes dieser Gesichter war ich einmal verliebt und habe es dann wieder dem Vergessen überlassen. Aber jetzt, da sie vor mir stehen, ist es, als hätte ich sie erst gestern das letzte Mal gesehen.

Ein wenig nervös denke ich an eine Situation, die sich mit fast jeder meiner Freundinnen wiederholt hat. Auf der Straße treffe ich mit einer neuen Liebe im Arm eine alte Liebe, was gleichzeitig beschämend ist und voll von grausamem Stolz. Im besten Fall plaudern wir kurz, als sei nie etwas gewesen, und auch meine neue Liebe kostet die Begegnung aus, denn die alte Liebe ist allein. Ich stelle mir dann vor, diese alte Liebe würde sich sofort darauf zusammentun mit den anderen von mir verlassenen Freundinnen, um gemeinsam herzuziehen über mich und meine neue Freundin. Aber die Stimmung hier ist feierlich und

gelassen, und neben Monica, die alle eingeladen zu haben scheint, fühle ich mich sicher.
So müssen die Treffen der Frauen gewesen sein, mit denen sich Monica im Krieg anfreundete, als sie alle Bereitschaftsfahrerinnen waren, falls die Deutschen doch kommen sollten. Sie sind bis heute befreundet, und wenn ich sie, viel älter geworden, zusammen sah, schien genau der gleiche ausgelassene Geist zu herrschen wie damals. Nur daß das hier nicht ihre, sondern meine Freundinnen sind. Und ich treffe mich auch nicht mit ihnen, um über Vergangenes zu reden.
Jetzt begreife ich: Es sind die Lieben, mit denen ich hier in Schweden war. Ich habe jede von ihnen hierhergebracht in das Haus von Monica, in einem der Sommer.
Jede bringt etwas aus der Küche mit und setzt sich. Dampfende Schüsseln, Platten mit Fisch und Schinken, Spargel und frische Bohnen, aber kein Duft davon kommt zu mir. Als alle Plätze um den Tisch besetzt sind, ist er reich gedeckt, es fehlen nur die Teller.
Ingela steht in der Tür und winkt mir zu, als würde sie mir Glück wünschen. Susan ist ständig am Tisch beschäftigt, ohne etwas hinzuzufügen oder wegzunehmen. Sie ist stark geschminkt und lacht laut über etwas, das jemand gesagt hat.
Die Frauen und Mädchen unterhalten sich, ihnen scheint nichts zu fehlen. Die Schüsseln dampfen weiter vor sich hin. Susan will sich nicht setzen, obwohl ich sie herwinke. Ich will ihr einen Stuhl holen, da schlägt Monica an ein Glas, und die Gespräche verstummen. Eine Weile ist es still, und nur das Zischen der Kerzen, in denen winzige Wasserbläschen eingeschlossen sind, ist zu hören. Sogar in

der Küche sind die Geräusche verstummt, bis auf ein versehentliches Klappern einer Untertasse, das schnell mit einem Tuch gedämpft wird.
Die Frauen und Mädchen rings um den Tisch reichen sich die Hände und beginnen zu summen. Erst leise, dann lauter, immer lauter, wobei ihre Stimmen zu einem einzigen Ton werden, der über dem Tisch schwebt und anschwillt, bis sie plötzlich alle in Gelächter ausbrechen und der Gesang in einen Tumult von Stimmen übergeht. Susan schenkt ein, und sie erheben die Gläser. Monica sagt: »Auf die Liebe!«, darauf wird getrunken und gelacht. Die ganze Tischrunde scheint überhaupt nichts ernstzunehmen.

Am anderen Ende sitzt ein Mädchen von vielleicht acht Jahren. Anja, meine erste Liebe aus dem Hochhaus, in dem wir beide wohnten. Im Treppenhaus zwischen dem zehnten und dem achten Stock schworen wir uns zu heiraten, später. Sie brachte ihren Goldfisch mit und ich meine Schildkröte, und wir ließen beide miteinander spielen. Die Schildkröte versuchte ständig, sich von der obersten Treppenstufe zu stürzen, und der Goldfisch schwamm wie ein Verrückter im Kreis herum. Aber dann war Anja weggezogen, und wir sahen uns nie wieder.
Sie beginnt zu sprechen. Ihre Stimme ist die einer Erwachsenen, aber es ist das Mädchen, das alle mit einer Geste zum Schweigen bringt:
»Ben war ein sehr netter Junge, aber als wir uns das erste Mal küßten, stellte er sich ganz schön blöd an.« Allgemeine Erheiterung. »Ich war so aufgeregt, und er drehte sich ständig weg. Als ich endlich meine Lippen auf seinen hatte, war sein Mund kalt, als wäre er erstarrt vor Schreck. Dabei

wollte ich nichts lieber als küssen.« Wieder Gelächter und freundliche Blicke, die so tun, als wüßten sie genau, was sie meint. »Schade, daß Mädchen sich schneller entwickeln als Jungs.« Zustimmendes Geraune, und Anja unterhält sich wieder mit den Frauen.

Moment mal! Wir waren acht Jahre alt! Aber ich bekomme kein Wort heraus. Ich hatte damals noch nicht einmal eine Vorstellung von Sex oder warum Küssen einen Sinn machen sollte.

Auf alten Geburtstagsfotos sitzen Anja und ich nebeneinander. Zwei Kinder mit blassen, runden Gesichtern und glänzendem Goldhaar, als hätte dieser besondere Tag alles weichgezeichnet. Wir waren blonde langhaarige Christkinder.

Ihre Mutter war Stewardeß und liiert mit dem Besitzer des Hochhauses, weswegen sie auch im Penthouse wohnten, angeblich mit einem atemberaubenden Rundblick. Ich weiß es nicht, denn ich durfte nicht zu ihnen in die Wohnung.

Anja siezte ihre Eltern, und ich durfte nicht zu ihr nach Hause. Ich sollte auch auf keinen Fall bei ihnen klingeln, sagte ihre Mutter freundlich und bestimmt. Die Mutter sprach mit ihrer beruhigenden Stewardessenstimme auf mich ein, während im Hintergrund ihr Freund, der Besitzer, ungastlich grunzte. Eine seltsame Familie, die das sozialdemokratische Du haßte.

Wo ist sie hingegangen? Wieso sitzt sie hier als Mädchen? Ich hätte sie gerne später als erwachsene Frau gesehen, verdammt noch mal. Wo lebt sie jetzt, mit wem? Es interessiert mich brennend, was sie mit ihren späteren Männern teilte. Die Geheimnisse, die ich nie erfahren werde.

Wir sehen uns auf den Bildern so ähnlich, und ich kann mir wirklich nicht vorstellen, wie sie später als Frau aussieht. Wie sich keiner vorstellen kann, daß ich das bin auf den Bildern rechts. Sie hat den Arztkoffer und das Stethoskop aus weißem Plastik in der Hand. Der, den sie abhört, das bin ich. Wir grinsen beide.

Ich weiß keinen einzigen Satz mehr, den wir uns gesagt haben. Jede Erinnerung aus dieser Zeit macht auf mich einen milchigen Eindruck. Die zwei Goldhelme. Ich würde sie heute nicht einmal auf der Straße erkennen, und auch dann nicht, wenn sie eine Ärztin wäre, die mich mit einem Stethoskop abhört.

Nach dem goldenen Zeitalter wuchsen wir auf im gestochen scharfen Zeitalter des Silber. Sie wurde ein Mädchen und ich ein Junge, die sich hätten küssen können. Aber da kannten wir uns schon längst nicht mehr. Mir kam sogar einmal der Verdacht, sie wäre gar nicht weggezogen. Dem Freund ihrer Mutter gehörte auch das Hochhaus nebenan, vielleicht war sie dahin gezogen, ohne daß ich sie je wiedergesehen hätte. Ohne Treppenhaus, das uns verbinden konnte.

Die Hochhäuser waren gebaut worden für moderne junge Paare und Kleinfamilien, die ein wenig besser verdienten. Für sie waren der Pool im Keller und die Sauna gedacht, die großen Fensterfronten im Wohnzimmer und die winzigen Küchen. Aber es wohnten hauptsächlich einsame Männer darin, die eine Vorliebe für Science Fiction hatten, oder alleinerziehende Mütter und gealterte Stewardessen mit einer Schwäche für vergammelte Bananen.

Ein Flair von Olympia 72 sollte in diesen Hochhäusern sein, die am Rand einer Arbeitersiedlung hochgezogen wurden. Wohnte Anja im Nachbarhaus und hatte abgenommen und sich die Haare gefärbt? Hatte sie einen Freund, mit dem sie sich in ihrem Zimmer einschloß und Roxy Music hörte, während ich unten auf der Straße immer noch Rollschuh fuhr?

Monica hat ihre Hand auf meinen Arm gelegt und erteilt der nächsten das Wort. Habe ich laut gedacht? Aber Anja beantwortet keine meiner Fragen, sie wirft mir eine Kußhand zu und dreht sich zu Bebe, die neben ihr sitzt. Ich blicke hilfesuchend zu Sis, die sich aber schon interessiert Bebe zugewandt hat.

Bebe ist vierzehn, und ich bedaure immer noch, daß sie keine abstehenden Ohren mehr hat. Sie hat ein sehr hübsches Trollgesicht, eine kleine Nase, Haare, die sich erst an den Spitzen locken. Auf eine sexy Art hat sie immer den Anflug eines Widerworts im Gesicht. Ich würde mich deswegen sofort wieder in sie verlieben, wenn nicht die Ohren fehlen würden.

Wenn Ingela Bebes Vater besuchte und sie abends mit anderen Künstlerhippies in der Küche saßen und kifften und tranken und über politische Utopien und sexuelle Freiheit faselten bis zum Morgengrauen, schliefen wir in einem Bett. Tagsüber waren wir zu schüchtern, um mehr als ein paar Worte zu wechseln, in der Dunkelheit aber redeten wir leise.

Sie räuspert sich. Ich nippe an meinem Glas, allem Anschein nach trinken wir Champagner oder Prosecco, der nur nach Wasser schmeckt. Ich muß noch erzählen, warum ausgerechnet ihr Vater mein späteres Liebesleben beeinflußte.

Ihr Vater war Automechaniker und Architekt, ich habe das nie ganz durchschaut, und einmal nahm er mich mit in seinem Citroën. Ich saß hinten und vorne neben ihm seine neue Freundin, eine rotblonde Dänin, die, wahrscheinlich mit Absicht, ein sehr lustiges Deutsch sprach. Er grinste sie ständig an, statt auf die Straße zu sehen, also fragte ich, um ihn abzulenken von ihr, wozu die ganzen rotweißen Packungen wären, die aufgerissen hinter mir auf der Ablage lagen. Ich reichte ihnen eine nach vorne und fragte: »Was ist das?« Der Vater von Bebe war in Ordnung, ich mochte ihn, aber in seinem hageren Gesicht waren Augen, die immer hungrig aussahen.
Die Dänin nahm die Packung und sagte: »Ohh, das ist aber schon wieder ein Packung leer geword«, und beide lachten wie blöde. Dann drehte er sich um und sagte, »Das sind Salben, die braucht man, wenn man sich beim Sex wundgerieben hat«. Obwohl die Ampel schon auf Grün stand, zwinkert er mir noch übertrieben zu. Ich war vielleicht 15, und die nächsten sechs Jahre verbrachte ich ohne die Gefahren des Sex.

Bebe hat ihre Stimme wiedergefunden: »Hier saß ich oft in dem einen Sommer, auf einem blauen Stuhl, der knarzte. Ich saß ganz still, damit keiner hören konnte, wo ich bin. Da! Das Bild mit dem Segelschiff hing damals auch da.« Bebe sieht sich um und zeigt auf einen der alten Wandteller. »Und da ist eine Frau in einem durchsichtigen Kleid. Wie die wollte ich immer sein.« Auf dem Motiv ist eine Frau zu sehen, die lässig an eine umgestürzte Säule gelehnt liegt in einer romantischen Landschaft. »Sie ist so … cool!« Bebes Blick wandert weiter im Zimmer, und alle lauschen gebannt. Dabei erzählt sie doch gar nichts von mir! Sie sieht mich nachsichtig an.

»Ben lag immer im Wohnzimmer auf dem Sofa und las Abenteuerromane, oder er schlich draußen durchs Gras mit einem Batiktuch um die Stirn gewickelt, das er aus dem Turm geklaut hatte.« Hallo, bitte, das muß doch nicht jeder wissen!

»Ich war eigentlich ganz glücklich so. Zum erstenmal in den Ferien in Schweden! Zusammen mit Ben! Weil ich war in Ben verliebt. Er war fünfzehn und ich fast vierzehn.« Sie trinkt einen Schluck. »Mit Ben hatte ich mein erstes sexuelles Erlebnis.« Waas? Wie bitte? Mit mir hatte Bebe ihr erstes sexuelles Erlebnis?

»Wenn Ben zu Besuch war bei uns, schliefen wir in einem Bett. Aber hier in Schweden schlief er auf dem Gang, obwohl neben mir noch Platz war. Also, eines Nachts hörte ich die Tür leise knarren. Ben kam hereingeschlichen, und ich dachte, er sucht vielleicht etwas, sein Buch vielleicht. Aber dann setzte er sich auf einmal leise neben mich. Ich tat so, als würde ich schlafen. Er saß neben mir und schaute mich erst nur an, dann legte er sich zu mir und fing an, mich zu streicheln!«

Susan schenkt sofort nach, nachdem ich mein Glas in einem Zug geleert habe. Man könnte eine Stecknadel fallen hören. Aus den Augenwinkeln sehe ich zu Monica, aber an ihrem Platz sitzt jetzt ein Teenager, der mit dem Kopf in den Händen aufmerksam lauscht.

»Er streichelte mein Gesicht, meine Brüste, und knöpfte langsam mein Hemd auf. Es war lustig. Wenn ich laut ausatmete oder einen Finger bewegte, hörte er sofort auf. Das dauerte vielleicht lang, bis er wieder anfing! Die Erwachsenen schliefen alle schon. Erst wußte ich nicht, was er will, und lag steif da, aber es war angenehm. Viel später zog er mir auch die Hose aus. So langsam, daß ich ungeduldig wurde. Ben zog sich übrigens nicht aus. Er streichelte neugierig meine Scham, meine Achseln, meinen Mund und meine Füße. Er fuhr um meine Brüste wie eine Acht und kam dabei meinen Brustwarzen immer näher.«

Meine Güte, ist da noch Platz unter dem Tisch? Und ich hatte geglaubt, kein Mensch wüßte von dieser Nacht außer mir! Vor allem nicht sie!

»Als es draußen hell wurde, geschah etwas Merkwürdiges. Kaum war Ben aus dem Zimmer verschwunden, war ich zittrig wie im Fieber. Die ganze Zeit mit Ben war wie ein Traum, und dann ging die Tür zu, und ich platzte fast. Auf jeden Fall hatte ich meinen ersten Orgasmus.«

Die Frauen applaudieren und rufen »Sehr schön!«. Bebe scheint sich nicht im geringsten zu schämen. Mich überkommt eine plötzliche Hitze. Muß denn jedes Geheimnis gelüftet werden? Sie hat geschlafen, sie hat geschlafen, sie hat geschlafen!

Ich rede nicht mehr mit mir selbst, sondern mit dem Kamin. Ich liege im Dunkeln auf dem Holzboden und rede mit einem Häuflein Asche. Es ist ein Traum, zum Glück, nur so kann ich hierhergeraten sein.

Ein Alptraum, wenn ich jetzt in eine Runde von Männern geraten wäre, die sich hier um den Kamin versammelt auf die Schenkel schlagen würden bei den Geschichten über mein Leben.

»Keine Angst«, sagt der Kamin mit der sonoren Stimme des Tierfilmkommentators.

»Wie bitte?« frage ich vorsichtig. Wie gerne habe ich dieser

Stimme gelauscht, die ich, wenn Monica schon im Bett war, versuchte nachzuahmen. Ein Räuspern ist aus seinem Innern zu hören:
»Es ist das Weibchen, das dem Männchen den Kopf abreißt.« Im Nebenzimmer weiterhin das Stimmengewirr der Frauen. Es ist wie in »Stadt der Frauen«, und ich hätte damals alles dafür gegeben, an Marcello Mastroiannis Stelle zu sein. Aber die Wahrheit kennt Bebe nicht. Warum ich von einem Tag auf den anderen nicht mehr in sie verliebt war. Sie weiß nicht alles.
Bebes Stimme verschafft sich noch einmal Gehör: »Der Sommer war vorbei, und als ich wieder in Deutschland war, passierte etwas Furchtbares. Ich habe schon immer unter meinen abstehenden Ohren gelitten. Und endlich war es soweit! Mein Vater brachte mich ins Krankenhaus, und dort wurden meine Ohren angelegt. Es war wie Geburtstag und Weihnachten gleichzeitig. Ich dachte, ich wäre jetzt endlich hübsch, aber dann traf ich Ben wieder. Ich weiß, er dachte, ich wäre zu klein für ihn, und dann noch zwei Klassen unter ihm! Unendlich weit entfernt. Aber ich dachte, wir könnten weiter ineinander verliebt sein oder so, einfach uns nur sehen und uns nicht trauen, das fand ich auch schön. Als Ben mich das erste Mal mit meinen neuen Ohren sah, behandelte er mich plötzlich wirklich wie zwei Klassen unter sich. Und ich wußte ganz genau, es waren die Ohren, weswegen er plötzlich so tat. Er hat sich nicht mal verabschiedet.«
»Ooohh«, geht ein Raunen durch die Reihen, »Nein!« sagt eine laut. Ich erwarte jetzt jeden Moment ein Schluchzen, da sagt die Stimme von Rina: »Dabei hat er doch selber so kleine Ohren!«, und das Gelächter wirbelt die gute Laune

wieder auf. Diese Hyänen. Ich war wirklich verliebt in ihre abstehenden Ohren. Kleine Muscheln, die so weit abstanden, daß sie ihre Haare dahinter festmachen konnte.
Als sie mir stolz ihre frisch angelegten Ohren zeigte, war all meine Verliebtheit von einem Moment auf den anderen verschwunden. Ich weiß wirklich nicht, warum. Sie hatte gerade den Verband abgenommen, und ich sagte, »Ooh!, Wow!«, und war enttäuscht. Sie sah auf einmal aus wie ein ganz normales Mädchen. Und ich Idiot habe wieder geglaubt, sie hätte nie etwas gemerkt.
Meine Ohren sind klein, na und? Ich würde jetzt zu gerne Rina hören, warum sie damals doch dem blöden Installationskünstler von der Akademie nachlief, obwohl wir ihn beide für einen Angeber hielten. Oder kann man den Grund für eine verlorene Liebe nicht erzählen? Sie sprach schon immer sehr leise, deshalb höre ich jetzt nur ein Flüstern.
Sie ist halb Italienerin. In der Schule lief ich ihr nach, weil sie so schön war. Ich war da, wo sie auch war, weil man sie an der Schule für ein wenig verrückt hielt. Genau das richtige für mich. Wir redeten jede Pause, über Kunst, Selbstmorde und Bücher, die kein Mensch außer uns gelesen hatte.
An einem Tag kam sie mit einem Paillettentop und ausgewaschenen Jeans in die Schule, am nächsten trug sie weite Türkenhosen und dazu ein grünes Hemd mit großem, spitzen Kragen. Das gefiel sogar den Jungs, die versuchten, so auszusehen wie Rudi Dutschke oder wie der Hauptdarsteller aus »Rote Sonne«, aber als Freundin war sie ihnen zu durchgeknallt. Sie spielten lieber Fußball und legten die großbusigen Weiber vom Land flach. Übrig blieben wir

beide. Es gab niemanden sonst, der sich gerne mit uns beschäftigt hätte.
Wegen Rina ging ich nach Berlin, nach der Schule. Wir wollten beide Kunst studieren und lebten in einer dunklen und kalten Zwei-Zimmer-Wohnung, in der zu jeder Tageszeit das Licht angeknipst war. Sogar nachts, weil es uns dann wärmer vorkam. Zu jeder Uhrzeit konnten wir zeichnen, ich meine Kreise, mit denen ich später an der Akademie abgelehnt wurde, sie ihre absurden Figuren, die auf den Blättern zu zerschmelzen schienen. Zwei davon hatten Kronen, denn wir waren Königskinder. Kein Paar.
Es fing damit an, daß wir uns dann doch küßten. Wenn man einmal anfängt, ein Liebespaar zu sein, kann man nicht wieder aufhören und Königskinder sein. Es war ein langer Winter. Ohne Übergang lagen wir nackt im Bett und schliefen miteinander, und dazwischen schauten wir auf die Eiskristalle an den Fenstern. Sie wollten nicht tauen.
Es war so etwas wie ein Projekt. Nicht sich in einen Filzmantel wickeln oder in einen ausgehöhlten Stein einschließen, sondern: Überwintern. Je kälter, desto mehr liebten wir uns, und als plötzlich der Frühling kam nach Monaten unter den Decken, war Rinas Liebe zu mir wie die Eisblumen weggeschmolzen.
Es ist ein Geraune und Gekichere, als würde Rina diesen einen Winter unglaublich spannend erzählen. Sie konnte schon immer besser aussschmücken. Vielleicht lügt sie sogar und behauptet, sie wäre verliebt gewesen. Das ist gemein. Sie war verliebt, schließlich war es Winter, und ich auch ständig verliebt gewesen.

Ich bin verliebt gewesen, mein ganzes Leben lang, immer wieder, auf den ersten Blick, auf den zweiten, in unbekannte Frauen, in Freundinnen, in Exfreundinnen, in Stars und Mädchen auf der Straße, für Jahre, Tage und für nur wenige Minuten. Mein ganzes Leben besteht aus diesem Verliebtsein und ist gebaut wie ein Mobile aus verschiedenfarbigen Scheiben, die sich überlagern und wieder neue Farben ergeben, denn nie bin ich nur in eine verliebt.
Es gibt diese Verliebtheit, die nur kurz dauern darf, in einer Begegnung auf der Straße, und ich kenne eine Verliebtheit, die nie aufgehört hat, die schon so lange dauert, daß ich manchmal bedaure, daß ich mich nicht noch einmal in die gleiche Frau, das gleiche Mädchen, dasselbe Kind verlieben kann, weil ich es schon bin.
Wenn ich ehrlich bin, selbst den Unterschied zwischen Liebe und Verliebtsein kann ich nicht immer erkennen, es mischt sich, nur das Entlieben kommt wie das Verlieben aus dem Nichts.
Ich bin immer verliebt, und ich verachte manche Frauen herzlicher, als ich je einen Mann verachten würde. Ich kann auch in ein Mädchen verliebt sein, an ein ich etwas verachte, aber dann kommt ein seltsames Begehren ins Spiel.
In der Schule war ich in Janine verliebt, aber sie sah immer weg. Das Muttermal in ihrem Nacken hatte es mir angetan, und der blonde Flaum, weil ihr Hals auch im Winter gebräunt war. In Moni war ich verliebt, weil sie einmal den Arm um mich gelegt hat. Der ungewaschene Geruch ihres Arms ging mir nicht mehr aus dem Kopf. Und Katja, sie konnte ihre Hände bis ganz nach hinten knicken. Und wenn sie das tat, dann hatte sie so ein ko-

misch verlegenes Lächeln, als hätte sie sich gerade ausgezogen.
Auf meine Zettel mit den Liebesgeständnissen schrieben sie freundlich »Tut mir leid« oder »Besetzt«. Bis auf eine Ausnahme, Sibylle. Als sie meine Nachricht las, hörte sie kurz auf, Kreuze und Kiss-Fratzen zu malen, und schrieb quer über meinen Zettel »Fuck You«. Sie war die erste, die ich verachtete und in die ich deswegen noch verliebter war.
Wenn ich heute irgendwo den Runenschriftzug von Kiss sehe, denke ich an sie. Aber ich könnte nicht mehr ihr Gesicht beschreiben. Eine Erinnerung bleibt von jedem Mädchen, in das ich verliebt war, eine Essenz, wie von allen Menschen, die mir wichtig waren in meinem Leben.
Anja ist ein Schimmer aus Gold, wie die Folie einer Merci-Schokolade, und von Rina bleibt dieser leicht hervorstehende Eckzahn, nach dem ich mich bei jedem Kuß sehnte.
Sogar von Sis gibt es eine Essenz. Es ist dieses Leuchten in ihrem Gesicht, wenn wir betrunken sind und tanzen und es keinen glücklicheren Menschen gibt als sie. Und mich.
Bei all den vagen Erinnerungen an Monica, die ich habe, denke ich sofort an das herzliche und ein wenig schadenfrohe Lachen, wenn sie mir erzählt, wie ich als Kind aus dem Garten und auf die Landstraße gekrabbelt bin. Ein Autofahrer hatte mich aufgesammelt und wieder zu ihr zurückgebracht.

»Und, wie gefällt's dir?« Monicas Stimme kommt aus dem Sessel, in dem sie immer saß.
»Es geht so«, sage ich, »ich rede gerade ein wenig mit mir selbst.«

»Ich weiß«, sagt sie, »ich kann dich hören.« Ich überlege einen Moment, ob das ein Scherz ist, und werde rot. Sie kann es zum Glück nicht sehen.
»Alles?« frage ich sie.
»Alles!« antwortet sie scherzhaft auf deutsch, »vielleicht.« Ein Moment vergeht, bevor sie weiterspricht.
»Aber was die anderen erzählen«, sagt sie, »ist auch sehr amüsant.«
»Ja, ein wenig ungewohnt für mich.« Ich unterdrücke ein Husten. »Bist du denn überrascht?« frage ich. So viel auf einmal hat sie noch nie über mich zu hören bekommen.
Sie macht wieder eine dieser Pausen, in der ich weiß, daß sie sich eine freche Antwort verkneift.
»Nein«, sagt sie, und ich höre sie lächeln.
Ich lege mich wieder zurück aufs Parkett. Brandlöcher sind von der Glut geblieben, die ihr Mann zu spät aufschaufelte, wenn er aus seinen Seefahrerträumen aufschreckte.
»Im Grunde«, sage ich, »habe ich mir schon immer gewünscht, die ganze Wahrheit zu erfahren. Ich wollte immer wissen, was aus meinen alten Lieben geworden ist, wie sie leben, ob sie sich wieder verliebt haben, all das. Am liebsten wären mir Videomonitore gewesen, mit denen ich mich jederzeit in ihre späteren Leben hätte zoomen können. Aber die Wahrheit ist auch ein wenig enttäuschend, findest du nicht?«
»Jedes Geheimnis ist ein Schatz, den wir unser Leben lang fürchten zu bergen.«
»Was?«
»Sie erzählen mehr über sich als über dich. Es sind nette Mädchen, die du da kennengelernt hast. Macht es dir etwas aus, wenn ich ihnen noch etwas zuhöre? Es macht gerade so

Spaß.« Sie erhebt sich langsam, als würde es ihr schwerfallen.

»Nein, nein, geh nur«, sage ich und stehe auf, um ihr zu helfen, aber der Sessel ist leer. Ein Glas Whiskey steht auf dem Tisch. Die Eiswürfel knacken. Er schmeckt auch nach Whiskey und fließt mir golden und warm in den Bauch.

Der leere Sessel von Monica erinnert mich an eine Geste von ihr, die sie machte, wenn wir uns gegenübersaßen und uns unterhielten. Sie fuhr sich über die Handrücken, als würde sie unsichtbare Handschuhe abstreifen. Sie konnte ihre Hände nicht stillhalten.

Susan sitzt neben mir. Als sie sieht, daß ich aufgewacht bin, fühlt sie mir die Stirn. Dann schüttet sie wieder das rote Zeug auf einen Löffel und füttert mich damit. Es schmeckt nach nichts. Das halbe Fläschchen gibt sie mir und dann endlich ein Glas Wasser. Der Whiskey hat mich durstig gemacht.

Reifen knirschen über Kiesel, Autotüren knallen und jemand ruft. Ich will aufspringen und nachsehen, aber bewege mich kein Stück. Verdammt. Als wäre ich gefesselt, gehorcht mir mein Körper nicht, nur eine Gänsehaut gleitet schmerzhaft über mich. Ich warte eine Weile, ob die Schritte sich nähern, aber es bleibt still.

Susan hat ein ausgeblichenes »I-Love-Phuket«-T-Shirt an und verwaschene Khakishorts. Sie hat auf dem Stuhl die Beine überkreuzt und ist damit beschäftigt, sich kleine Grasfitzel von den Füßen zu pflücken.

»Und, wie war der Abend noch?« frage ich Susan, und ich merke, wie schwer sich meine trockenen Lippen bewegen lassen.

Sie zieht ihre Augenbrauen hoch und macht ein unschlüssiges Gesicht. Sie überlegt, dann wiederholt sie leise meine Frage, die sie nicht verstanden hat.

»Uwieaabenoch?«

»Das Fest«, sage ich langsam, und dann dämmert mir mein Irrtum. Ich träume vielleicht immer noch. Ungewöhnlich gelb und klar ist die Luft im Zimmer, als hätte ich eine Vergrößerungsbrille auf. Ich bin sonst eher kurzsichtig, aber jetzt kann ich kleine Falten um Susans Augen sehen. Sie sieht müde aus und reibt sich die Augen. Mit aller Mühe hebe ich meinen Arm und nehme ihre Hand. Endlich ein Lächeln.

»Eier und Brot hauen den Hunger tot«, sagt sie plötzlich und lacht. Sie springt auf und macht eine Geste, ich soll mich gedulden. Nach einer Viertelstunde kommt sie zurück mit einem großen Tablett und füttert mich mit Eiern und Salamibrot.

Zwischen meinen kleinen Bissen ißt sie selbst mit großem Appetit. Sie läßt mich Orangensaft trinken und leert dann das Glas in einem Zug. Was in so eine dünne Person reinpaßt. Das Essen, das ich kaum runterbringe, schlingt sie in weniger als einer Minute runter. Sie ißt einfach für mich mit. Ich habe lange keinen mehr gesehen mit solch einem Hunger.

Ein völliges Rätsel sind mir die Thaifrauen erst, seitdem ich sie in einem der Restaurants in der Einkaufsmall beobachtet habe. In engtaillierten Kostümen verspeisen sie ein Familienmenü und danach noch ein Stück Schokoladenkuchen, das mich zwei Tage satt machen würde. Dann wischen sie sich zierlich den Mund mit einer Serviette ab und gehen bleistiftdünn weg.

Es würde mich nicht wundern, wenn sie auf der Straße noch das eine oder andere Spießchen essen würden. Später, im Alter, werden sie vielleicht dick, aber während manche Männer Wampen des Wohlstands vor sich herschieben, scheint das Essen in diesen Frauen zu verdampfen. Vielleicht stillen sie einen Hunger nach etwas, das ich nicht kenne. Ein Verlangen, das ihre höflichen Gesichter verbergen.

Die Sonne steht heiß vor dem Fenster, und die faserigen Geräusche des Tags wirbeln umher, ohne sich zu setzen. Ein neuer Vogel scheint sich in einem der hohen Bäume auszuruhen, die Schatten spenden. Ich kann mir kein anderes Tier vorstellen, das in beunruhigender Gleichmäßigkeit »Hs-sssht, Hs-sssht, Hs-sssht« macht, gefolgt von einem schnellen und satten »Hss-hssht-hssht-hssht-hssht«. Jetzt spielt mir das Fieber einen Streich, denke ich, und sehe einen mechanischen Vogel vor mir, der ruckartige Kopfbewegungen zu seinen Geräuschen macht.

»Was ist das?« frage ich Susan.

»Was?« Sie versteht nicht. Wir lauschen, bis das Geräusch wiederkommt, dann steht sie auf und geht aus dem Zimmer, um gleich darauf wieder zurückzukommen.

»Drucker«, sagt sie nach einer Weile.

»Was?«

»Drucker«, sagt sie gelangweilt und sieht aus dem Fenster. Der Drucker dreht durch in der feuchten Luft. Das ist es, was ich vorhin schon gehört habe. Er scharrt mit den Füßen. Susan läßt das kalt, und ich gebe ihr ein Snickers, das unter meinem Bett versteckt lag. Ein Lächeln huscht über ihr Gesicht, sie ißt das Snickers gierig auf.

»Okay?« frage ich sie.

»Good!« sagt sie, aber nichts weist darauf hin, daß sie jetzt satt ist. Sis, fällt mir ein, ist auch so. Ein Snickers ißt sie weg wie eine Gurkenscheibe. In meinem Magen verursacht ein Snickers Verstopfung. Aber Sis ißt nach dem Snickers noch mit mir zu Abend. Es gibt Tage, da starrt sie neidisch auf meinen halbvollen Teller, während sie ihren sauber ableckt. Ich denke an die große Tafel in Monicas Eßzimmer. Ob die Frauen die Essensberge aufgegessen haben? Restlos leergekratzte Schüsseln, Teller und Schalen sehe ich vor meinem inneren Auge, ausgewischte Sauciere liegen auf der Seite, und Gläser rollen über den Tisch, nachdem noch der letzte Tropfen aus ihnen herausgeschlürft wurde.

Susan stopft das Snickerspapier fürsorglich in eine der Abfalltüten und trinkt das Glas Milch, das eigentlich für mich bestimmt war.

»Was hast du da?« frage ich sie und zeige auf die Haare, die einen Teil des Gesichts verdecken. Sie schiebt sie langsam hinters Ohr. Über ihrem linken Auge ist ein blauer Fleck. Und an ihrem Wangenknochen auf der gleichen Seite hat sie etwas mit zuviel Rouge übermalt. Einen Kratzer. Die gute Laune habe ich ihr verdorben.

»War das dein Mann?« frage ich blöd. Ich berühre entschuldigend ihren Handrücken. Sie hält meine Hand fest und fährt damit vorsichtig über ihr blaues Auge. Make-up bleibt an meinen Fingern kleben, und sie dreht sich weg.

Ich stelle mir vor, wie ich dem Drecksack ein paar reindresche. Er macht die Tür auf und zack, und noch eine Faust, daß er durchs Wohnzimmer segelt. Dabei habe ich nicht einmal genug Spucke im Mund, um »Arschloch« zu sagen.

»Schwein«, sage ich matt, aber sie dreht sich nur um und sagt »No, no« und lächelt, als müßte sie mich aufmuntern.

»No, no«, sagt sie noch mal, »No problem«, und streicht mir durchs Haar. Dann räumt sie das Frühstück ab, schlüpft in ihre Schlappen vor der Tür und geht.

»Drecksau«, sage ich in die Stille, nachdem ihr Schlipp

Schlapp verschwunden ist. Ich sehe ihren Mann, wie er ausholt und ihr eine reinknallt. Er ist besoffen und krakeelt rum. Die Bikerfreunde sind gerade gegangen, und irgend etwas hat ihm die Laune verdorben. Susan sagt ein falsches Wort, und schon hat sie eine sitzen. Und weil er gerade so gut in Fahrt ist, bekommt sie noch mal eine aufs Auge.

Zumindest habe ich die Möglichkeit, mir vorzustellen, wie sie ihm dafür das Gesicht zerkratzt mit ihren langen Fingernägeln. Raatsch, ratsch. Das dauert, bis er wieder mit unschuldigem Gesicht zur Arbeit gehen kann.

Das einzige Mal, daß ich mit ihm und Susan auf der Couch vor dem Fernseher saß, rauchten sie einen Spliff, und er erzählte von seiner Familie und seinen Kindern in Deutschland und daß er mit Susan ein neues Leben angefangen hätte. Das übliche, Thailand, gemütlich, einfach und billig. Männer wie er nehmen die Freundlichkeit der Thais als devote Haltung wahr und lassen dafür ihr Geld. Und das Geld verschafft ihnen wieder Rechte, für die sie bewundert und verachtet werden. Der alte koloniale Kreislauf, der nie aufgehört hat.

Als Susan nach etwas fragte, während wir zusammen den Joint rauchten, holte er es sofort, ein Glas, ein Kissen, noch ein Bier, während sie schlechtgelaunt durch die Programme zappte. Er lag ihr zu Füßen, der häßliche Mann liebte sie. Er gehorchte ihr. Würde so ein Mann seine Freundin schlagen?

Susan sah in seiner Gegenwart schlechtgelaunt aus und unzufrieden. Ein Gesichtsausdruck, den verzogene Kinder haben, wenn sie nicht genügend Aufmerksamkeit und Geschenke bekommen. Sein schlechtes Gewissen ist ihr Kapital.

Aber was hat sie getan, daß er es ihr so übel heimgezahlt hat? Sie sieht ja nicht einmal andere Männer an.
»Haah-Haah-Hah-Hah-HahHahHahHa«
Jetzt klingt es wie Gelächter, wenn der unsichtbare Vogel die fallende Murmel imitiert.
»Haah-Haah-Hah-Hah-HahHahHahHa«
Sie hat mich nicht reingebeten, als ich mich einmal ausgeschlossen hatte. Und ich wollte nur telefonieren. Mit verschränkten Armen hörte sie mir zu, wie ich vor ihrer Tür mit ihrem Mobiltelefon unsere Freunde anrief wegen dem Schlüssel, der unter einem der unzähligen Blumentöpfe versteckt lag.
»Haah-Haah-Hah-Hah-HahHahHahHa«
Jetzt reichts. Ich rufe so laut ich kann. »Shut up!«
»Aaaahk! Aaaahk!« Der große Beo, der ganz oben in einem der Bäume sein Nest hat, schreit, und der andre Vogel verstummt. Es ist ein furchtbarer Schrei, ein Kreischen, das einen um den Schlaf bringen kann.
Ich weiß nicht, ob er jetzt auf den Beo oder mich gehört hat. Was bringt mich überhaupt auf die Idee, der Vogel könnte Englisch verstehen?

Als Ingela ihren proletigen Freund heiratete, hatte sie auch diese Spuren seiner Wut im Gesicht. Ich saß in meinem Zimmer und zitterte, wenn ich das Gebrüll der beiden hörte. Aus dem lächerlichsten Streit konnte eine Schlägerei werden. Danach trug sie große Sonnenbrillen, ich hatte sogar den Verdacht zu jener Zeit, sie wären nur für diesen Zweck erfunden worden. Sie war ihm überlegen. Wenn ihr seine Antworten zu dumm waren, schwieg sie. Wenn ihm ihre Nichtantworten zu kühl waren, schlug er sie, und einmal stand ich über ihm mit einem Hammer und holte aus, als er sie gerade auf den Boden geboxt hatte und auf sie einschlug.

Ich muß einen so verrückten Ausdruck in meinen Augen gehabt haben, als er mich mit dem Hammer in der Hand sah, daß er sie nie wieder angerührt hat. Beinahe hätte er mich zum Mörder gemacht.

Aber das Zittern ist geblieben. Es kommt wieder, wenn ich Schläge im Gesicht einer Frau sehe, und ich ärgere mich, daß es eine so nachhaltige Jugenderinnerung ist, etwas, das an die Oberfläche kommt, statt meiner Erinnerung an all die Kleinigkeiten, Gedanken, Farben und die vermuteten Zusammenhänge der Welt, die man erstaunt liest, wenn man einen alten Tagebucheintrag gefunden hat. Das Grobe hat sich mir eingeprägt, das Gewaltsame, das jetzt keinerlei Bedeutung hat.

Ich wünschte, ich hätte statt dessen ein Bild von jedem Tag meines Lebens, ein Bild von jedem Tag Monicas, ein Bild von jedem Tag in Sis' Leben, bevor wir uns kennenlernten, als wir uns kennenlernten, als wir schon zusammenlebten. So vieles, das ich mit eigenen Augen gesehen, das ich selbst erlebt habe, könnte ich nun besser verstehen, wenn es sich nicht aufgelöst hätte wegen seiner damaligen Unlesbarkeit.

Es ist seltsam, daß mir jedesmal, bevor ich nach Schweden fuhr, so vieles einfiel, das ich Monica fragen wollte über ihr Leben, und dann nicht gefragt habe, als ich da war. Und statt ihr von mir zu erzählen, schenkte ich ihr Zeichnungen und später Bilder.

Ich hätte Monica schon längst wieder schreiben sollen. Ein Jahr ist vergangen seit meinem letzten Brief. Ich habe ihr jedes Jahr zum Geburtstag eins meiner Bilder geschenkt und sie mir eins von ihren an Weihnachten. Wir haben Bilder von uns, aber keine Antworten.

Neben dem beruhigenden Gefühl, daß die Kunst alles neu erfindet und die Bedeutung vage halten kann, beschleicht mich manchmal der Verdacht, Kunst hätte auch viel mit Ohnmacht zu tun.
Meine Aufgewühltheit wegen Susans Gesicht legt sich erst, als ich mir die Rache an ihrem Peiniger ausmale.

Rauch

Ich erwarte Ingelas Anruf. Wenn nicht diesen, dann irgendeinen Anruf, jemand, der sich meldet. Sis zum Beispiel. Aber wenn das Telefon klingelt, werde ich nicht drangehen können. Besser, es klingelt nicht, ha ha. Es soll auf keinen Fall klingeln!

Es ist wie in der U-Bahn, man braucht nur die Treppe wieder hochzugehen, dann kommt sie schon, die Bahn. Denkt das Telefon, es wäre eine Finte? Daß ich es reinlegen will, und mir doch einen Anruf wünsche? Ich will bitte wirklich auf gar keinen Fall, daß das Telefon jetzt klingelt. Jetzt müßte es klingeln, aber es bleibt stumm, auch nach einigen Minuten noch. Vielleicht kann es durch mich hindurchsehen und wie die dunklen Partikel auf einem Röntgenbild jeden noch so kleinen Restwunsch in mir erkennen, Sis oder Ingela könnten anrufen.

Die Luft ist so schwer. Ich wünschte, ein Wind würde sie vertreiben. Selbst zum Einatmen scheint sie zu dick.

Einen Moment dachte ich, Sis wäre mit unseren Freunden zurück. Das Knirschen von Reifen auf dem Kies, Türenschlagen und erste Rufe, Schritte in meine Richtung. Ich würde mich sogar über die schlechten Witze unserer Freunde freuen, mit denen sie mir vor ihrer Abfahrt ans Meer auf die Nerven gingen. Ich würde laut lachen, wenn er sich schon bei der Pointe auf seine Khakihose klopft und zufrieden an ihrer Zigarette zieht und wissend nickt.

Die Zigaretten liegen auf dem Tisch. Als es mir endlich gelingt, an sie heranzukommen, habe ich eine Weile damit zu tun, ein Streichholz anzubekommen. Das Hölzchen muß mit einer SCHNELLEN Bewegung über die Seitenfläche gerieben werden. Das ist das Allerschwierigste. Ich brauche mehrere, dann hat eins Erbarmen, das auch nach meinem langsamen Hin- und Hergereibe nicht in seine Bestandteile zerfällt, sondern sich entzünden läßt. Die Streichhölzer sind klamm und riechen schimmelig.
Der erste Zug schmeckt wunderbar, und das erinnert mich mit Schrecken daran, daß meine letzte Zigarette, die ich mit Susan im Garten in Schweden geraucht habe, nach überhaupt nichts geschmeckt hat. Nichts hatte einen richtigen Geschmack oder Geruch, als wäre mein Traum nur ein bewegtes Bild gewesen.
Ein Zug für Anja, einen für Bebe, einen für Rina, die eigentlich Rinalda hieß, und einen tiefen Zug für Ayla, meine Katastrophentürkin, die keine echte Türkin ist, aber eine Katastrophe, und natürlich einen für Kirsten, für Jenny und Rebecca, mit denen ich Ayla betrogen habe. Und einen tiefen Zug für Sis, für die die Blumen sind, die jetzt an die Decke schweben und dort verschwinden.
Sie hatte ein sehr schönes Kleid an bei dem Essen. Daß sie ihr Haar zusammenbindet, steht ihr gut. Das sage ich ihr immer wieder. Sie ist noch schöner mit einer strengen Frisur, die ihr rundes Gesicht freigibt. Ein wunderbarer Mond, der nachts auf mich scheint, wenn sie sich über mich beugt. Ich vermisse Sis so wie sie mich. Wir sind uns schon so gewohnt. Von Anfang an liebte ich ihre kleinen Brüste, genau eine Handvoll. Sogar ihre Fußsohlen passen an meine Wange, ich muß ihr nur vorher die Fußnägel schneiden.

Jetzt, da ich rauche, fällt mir ein, daß ein seltsames Phänomen mich darin bestärkt, daß sie die Richtige ist. Jedesmal wenn ich eine Zigarette rauche, zieht der Rauch zu ihr.

Das letzte Mal, als mir das wieder auffiel, war, als wir auf einer Insel im Süden Thailands Urlaub machten. Sie schlief noch, und ich rauchte eine Zigarette auf der Steintreppe der kleinen Veranda. Ein leichter Wind kam vom Meer, und ich beobachtete den Rauch, wie er von mir weg über die Veranda zog, vorbei an meiner noch nassen Badehose und durch die Tür in das Zimmer, in dem sie schlief. Mein Rauch hatte nichts Besseres zu tun, als sofort zu meiner Liebe zu eilen.

Schon den ersten Zug muß sie gerochen haben, nur war ihr Schlaf zu tief, um mich ärgerlich zu verscheuchen. Sie träumte statt dessen wahrscheinlich von einem vollen Raucherabteil in einem ICE, der durch seine modernsten Kunststoffe besonders stark nach Aschenbecher riecht.

Der Rauch meiner Zigarette, die Zigarette selber machte mich nervös, und ich redete mir ein, in ihrem Traum käme vielleicht ein charmanter Mann vor, der sie zwischen zwei Zügen auf einer Seeterrasse küßt.

Sie sagt, wenn ich sie küsse, mag sie den Geschmack, denn der Rauch gehört zum Mund, der sie küßt. Rina und Ayla liebten sogar nur rauchende Männer, als wären sie Revolver, die gerade abgefeuert wurden. Beide schworen, ohne sich zu kennen, daß nichtrauchende Männer immer etwas nach Büro schmecken, fad, sauber, zu gesund.

Dumme Zigarettenindustrie, vernachlässigt in der Werbung das Verlangen der Frauen. Nur Marlboro wirbt mit richtigen Männern, die weder jung sind noch viel Geld ver-

dienen. Sexy Verlierer, die sich ab und zu an einer Zigarette festhalten müssen.
Manchmal kommt ein Freund uns besuchen zu einem verspäteten Frühstück und raucht in kürzester Zeit eine Pakkung Zigaretten, eine nach der anderen, vor allem, wenn er erzählt. Der Rauch geht dann um Sis herum, die neben ihm sitzt, und weht unschuldig aus dem Fenster, und im Winter verzieht er sich nach oben an die sehr hohe Decke unserer Berliner Wohnung. Höflich wie unser Freund. Natürlich kann ich nicht zusehen, wie jemand raucht, ohne selbst zu rauchen. Ich zünde mir eine an, und der Rauch weht Sis ins Gesicht.
Als wir gerade verliebt waren, rauchten wir nebeneinander im Bett. Wir tranken, aßen, rauchten und liebten uns im Bett, und wir standen nur auf, um wieder Zigaretten zu holen und etwas zu essen. Morgens roch es erstaunlicherweise nie nach den Essensresten, die neben dem Bett standen, den leeren Tellern und Bierflaschen, die wir als Aschenbecher benutzten. Das muß mit den Verliebtheitspheromonen zusammenhängen, daß Verliebte nur den berauschenden Geruch des anderen riechen. Als sich später die Pheromone in Liebe verwandelten, kehrten auch wieder die Gerüche zurück. Wir rauchten nicht mehr im Bett.
Sis sagt, noch nie hätte sie jemanden gekannt, dessen Rauch ständig zu ihr will. Es sei der Ausdruck meiner Sehnsucht, die ich ständig verberge, meiner Zuneigung, so wie sich meine Kleider ständig in ihrer Nähe finden, meine Skizzenbücher und Kreditkarten, als hätte ich sie neben ihr abgelegt. Selbst der Liebesbrief einer anderen Frau würde ihr früher oder später ans Bein wehen oder unter ihrem Kopfkissen landen. Deshalb mache sie sich nie Sorgen, ob ich

heimlich eine andere liebe. Sie würde es mir auch sofort ansehen, so wie Ayla es mir ansehen konnte und mich erst deswegen wieder liebte. Aber die beiden sind nicht zu vergleichen.
Sis und meine persönlichen Dinge vermischen sich, das ganze tägliche Leben ist eins und so sehr vertraut, daß wir uns in manchen Momenten wie heimliche Geliebte verhalten, die sich selbst miteinander betrügen.
Wir sind das Gegenteil von Verliebten, die ihre Gefühle teilen und dann die Rechnung nach dem Essen. Das Gegenteil von unseren Freunden, die sich ständig kleine Geheimnisse zuflüstern und sich anfassen und dann in gebügelten Pyjamas schlafen gehen.

Wieviel ich über Menschen weiß, die ich noch gar nicht lang kenne. Wie wenig ich über Monica weiß, die ich schon mein Leben lang kenne. Nicht eine Einzelheit weiß ich darüber, wie sie geliebt und welche Geheimnisse sie mit ihren Lieben geteilt hat.
Monica und Sis mochten sich vom ersten Moment an, und vergleiche ich ihre Liebe, dann sind sie sich ähnlich. Meine Liebe zu ihnen beiden ist ähnlich, das Bewahren der Geheimnisse. Monica wäre die Letzte, die Geheimnisse mit mir teilen würde. Aber wir lebten ein gemeinsames Leben ohne Heimlichkeiten.
Ich bin mir nicht mehr so sicher, ob die Mädchen und Frauen an Monicas Tisch sich wirklich Geheimnisse verraten haben.

Es riecht nach Rauch von einem Feuer, in dem jemand das schwere und rote Holz verbrennt, aus dem auch die Möbel gemacht werden. Ein Holz, so schwer, daß man einen Stuhl, der daraus gemacht ist, kaum tragen kann.

Der Rauch ist würzig und süß, stärker noch als der Duft der Zigarren, die Monicas Mann rauchte. Der Rauch füllt unsichtbar mein Zimmer wie eine Erinnerung, als würde das Holz sie freigeben: Geheimnisse, die dieser Baum in seinem Leben angesammelt hat.

Wer hat die unsinnige Idee aufgebracht, man würde kurz vor dem Tod seine gesamte Erinnerung vor Augen geführt bekommen? Wie soll das gehen in so kurzer Zeit? Eher kommt einem das gelebte Leben noch einmal in den Sinn wie der Rauch des Tropenholzes, das verbrennt und nur einen Eindruck hinterläßt, eine Andeutung. Geheimnisse, die sich auflösen, ohne je mit jemandem geteilt worden zu sein.

Welche stillen Geheimnisse wurden von den Arbeiterinnen in die Zigarren gerollt, bevor Monicas Mann sie anzündete? Er blies den Rauch aus dem Fenster, in den Wald, der auf der anderen Straßenseite wartete.

Worte

Mit Ayla habe ich darüber gestritten, von Anfang an. Ich wollte, daß wir alles teilen. Ayla, mit einer Jungsstatur, aber wilden schwarzen Haaren, wurde jedesmal wütend, wenn ich wieder davon anfing. Überhaupt, die Liebe zwischen uns war intellektuell, wir redeten zuviel.
Ich war überzeugt, daß wir uns jedes noch so kleine Geheimnis preisgeben müßten, jedes Gefühl und jeden Gedanken mitteilen, weil der Vorrat davon nie zu Ende ging. Selbst wenn man alles, alles aussprechen würde, bliebe noch genug Geheimnis übrig, in das man sich jederzeit verkriechen könnte. Das war das, was sie wollte, Rückzugsmöglichkeiten in einer Welt, die alles weiß und alles durchschaut.
Sie war der unter Studenten gängigen Auffassung, daß wir sowieso ständig von Mächten beobachtet werden, die sich gegen uns verschworen hatten. Es war von Anfang an schwierig. Wir sahen uns und waren sofort verliebt ineinander, so sehr, daß uns schlecht war, so mächtig war dieses Gefühl, noch bevor wir uns geküßt hatten.
Natürlich bleibt man im Bett, wenn man verliebt ist, und schließt die Welt aus, keine Minute darf von dem Rausch der Gefühle vergeudet werden! Nicht so Ayla. Nach der ersten Nacht schmiß sie mich raus, nicht weil sie irgendeiner Arbeit nachgehen mußte, sondern weil sie einen Schwarm hatte, dem sie die Neuigkeit erzählen wollte. Ein gerissenes Stück bis ins letzte. Von ihm zurückgewiesen und unge-

liebt, führte sie ihm vor, wie verliebt sie war in mich, verschossen, die große Liebe vielleicht. Sie machte ihn eifersüchtig und drehte den Spieß um.

Sie versuchte das gleiche mit mir, da wäre einer, so richtig vorbei wäre es nicht, eine unglückliche Liebe, aber ich wurde wider Erwarten nicht eifersüchtig. Als ich Ayla nur wenige Stunden kannte, wußte ich, ich liebe diese Frau, alles andere war mir gleich, es gab nichts mehr zu verlieren. Und sie liebte mich auch. Damit begann der Krieg.

Es passiert einem öfter, als man glaubt, daß man eine Position in einem Streit vertritt, nur um das Gegenteil von dem zu sagen, was der andere glaubt, so sehr, daß man selbst daran zu glauben beginnt. Je panischer und damit mißtrauischer Ayla wegen unserer gegenseitigen Nähe wurde, desto gelassener und ehrlicher war ich. Je mehr sie behauptete, sie bräuchte ein eigenes Leben, desto öfter war ich bei ihr.

Zwischen den Auseinandersetzungen beim Frühstück und plötzlichen Streitgesprächen im Supermarkt, wo wir in endlose Ausführungen über Gameshows im Fernsehen und die Aktionskunst von Otto Mühl vertieft sein konnten, zwischen all den Eskapaden des gesprächigen Irrsinns, die Tag für Tag stattfanden, fuhren wir nachts mit einer Flasche Whiskey durch die leeren Straßen und hörten Musik und waren glücklich. Wir waren glücklich, wenn wir die Klappe hielten.

Manchmal traf sie sich mit ihrem Schwarm, der zwar cooler war, aber dümmer, und von dem sie mir alles erzählte, wie sie überhaupt viel erzählte, obwohl sie auf ihren Geheimnissen bestand. Während ich ihr nicht erzählte, daß sie mir auf den Wecker ging, wenn sie schlau daherredete, und ihr auch nicht den Gefallen tat, ihr zu sagen, was ich dachte, daß ihr Schwarm nur ein leptosomer Angeber wäre, der sich gefälligst eine eigene Freundin suchen soll. Das hätte sie nur vom Gegenteil überzeugt.

Wir lebten also nicht unbedingt, was wir vertraten, wenn wir bis zum Morgengrauen tranken und redeten, sondern schufen neben der Liebe eine Parallelwelt, in der wir Munition für die Gefechte unserer bockigen Hirne sammelten und wieder verschossen. Wie in einem Computerspiel. Monica hat nie verstanden, was ich an Ayla fand.

Die Jahre haben Ayla und mich dazu gebracht, auf ähnliche Weise zu reden. Es gab Freunde, die verstanden nicht mehr, wovon wir redeten, wenn wir auf Partys anfingen zu diskutieren, und auch Sis sieht mich heute noch verwundert an, wenn ich unerwartet und unbeirrbar drauflosderzähle, weil ich dann die Sprache meiner Vergangenheit wiederhole.

Was Sis nicht weiß und was in allen Lieben irgendwann passiert: man setzt eine Sprache der Liebe fort, die man vorher mit der alten Liebe erlernt hat. Sie taucht plötzlich auf, als sei ihre Grammatik mit dem Ende der Liebe nicht gelöscht worden, weil sie in einem tieferen System als dem der Gefühle gespeichert wurde.

Die Sätze in Sis' und meiner Sprache der Liebe sind kürzer, herzlicher, sie erfordern einen trockenen Humor, der keinen Nachsatz duldet, kein Aber und kein Vielleicht, Sätze, die in der Luft stehenbleiben können und mit dem Unausgesprochenen wirken. Sis spricht nicht aus, was sie bis in die letzte Gehirnwindung vermutet. Sie nickt, wenn sie eins meiner neuen Bilder sieht, und sie küßt mich, wenn es ihr gefällt.

Ayla ist die einzige meiner Lieben, mit der Monica sich nicht verstand. Oder verstand Monica sie und behandelte sie deswegen wie den letzten Dreck? Ayla fällt mir ein, weil wir über die Jahre und danach nie den Frieden fanden, den ich mit Monica gelebt habe.
Ayla schrieb für die Universität Referate, Abhandlungen und Semesterarbeiten, in denen sie so wortreich theoretische Begriffe der postmodernen Philosophie neu vermengte, daß mir ganz schwindelig wurde, wenn ich sie las. Sie war beliebt. Sie schrieb, als würde sie hermetische Theoriewelten entwerfen, in denen sie selbst überflüssig wurde. Ihr Lebensziel war, sich aufzulösen. Schlechte Bedingungen für eine große Liebe. Was sollte ich mit einer Ayla, die sich auflöste? Was sollte ich mit Texten, die auf einer Metaebene Geheimnisse fanden, wo vorher zwischen mir und Ayla keine waren.

»Das hast du sehr schön gesagt.«
Ich falle fast aus dem Bett, als ich ihre Stimme höre. Sie lehnt sich an den Türrahmen in einer Kapuzenjacke, mit der sie durch den Regen gelaufen zu sein scheint. Ihre Haare sind naß.
»Hallo.«
»Hi.«
»Komm doch rein.« Ich wische mir übers Gesicht und klopfe die Brotkrümel von der Decke.
»Bin nur kurz vorbeigekommen, mal sehn, wie's dir so geht.« Sie bleibt stehen. Sie hat immer noch die roten Wangen, als wäre sie durch kalte Winterluft geradelt.
»Jetzt setz dich wenigstens hin.« Ich habe irgendwann angefangen, gegenüber Ayla einen herrischen Ton anzuschla-

gen, damit sie mir zuhört. Aber ihre Antwort darauf ist nur, daß sie den Finger an den Mund legt und aus dem Fenster zeigt.
Es fällt mir nicht leicht, den Kopf so hin- und herzudrehen. Ein Klopfen beginnt in meinen Schläfen, als ich hinaussehe.
Dort im Garten steht Monica und riecht an den Blumen. Ich blinzle. Sie streicht über die roten Blütenblätter, die, dünn und gleichzeitig ledrig, nach wenigen Tagen verwelken. Dann beugt sie sich über den Jasminbusch und seine kleinen, weißen Knospen und riecht daran.
Sie trägt ein rotrosa Kostüm, von dem ich erinnere, daß sie es nach einem Schnittmuster von Chanel geschneidert hat. Ihre Augen sind schmal zwischen den Falten von der starken Sonne, und ihre Haare wie immer makellos.
Waren ihre Haare auf den Bildern nicht immer wieder anders, mal glatt, daß sie fielen wie bei Lauren Bacall, dann wieder gelockt bis hin zu einer afrolockigen Frisur in den Siebzigern?
Sie läßt sich Zeit, der Garten hinter dem Haus ist voller Gewächse, die sie in Europa nie zu sehen bekommen hat. Aber irgend etwas an dem Bild stimmt nicht. Sie riecht zwar an den Blumen, aber es ist mehr eine höfliche Geste, bevor sie weitergeht zur nächsten. Da ist etwas, das ich vergessen habe.
»Leider mochte sie mich nicht«, sagt Ayla hinter mir und unterbricht meine Gedanken. Ich komme nicht drauf.
»Ja, wenn wir in Schweden waren, hat sie es immer auf dich abgesehen.«
»Ich glaube, sie fand mich nicht hübsch genug.« Ayla spricht mit dem Blick aus dem Fenster, ohne etwas Be-

stimmtes anzusehen. Sie sieht nicht aus, als würde ihr das etwas ausmachen.

»Vielleicht. Ich fand dich schön, alles an dir«, sage ich, aber Ayla lächelt nur nachsichtig. Ich sehe sie einen Moment lang an. Das bestätigt wieder, was ich schon immer vermutet habe. Ayla fand mich nie gutaussehend. Sie muß etwas anderes in mir gesehen haben, wenn wir uns umarmten.

»Sie konnte keine Intellektuellen ausstehen«, sage ich, »die konnte sie nicht riechen.«

»Und du? Du warst doch auch nicht gerade der nette Junge von nebenan, manchmal warst du noch schlimmer als ich.«

»Aber ich war ihr Liebling«, antworte ich.

»Allerdings, dir hat sie alles verziehen. Weißt du noch, wie sie mir einmal auf den Felsen das T-Shirt hochgehoben hat vor allen Leuten, weil sie dachte, ich hätte keine Unterhose an?«

»Ja, und wir haben uns immer gefragt, was sie gemacht hätte, wenn du keine angehabt hättest. Sie mochte dich wirklich nicht.«

»Sie wußte, daß ich eine anhatte. Darum hat sie es gemacht.«

Ich bin versucht, ihr sofort zu widersprechen, natürlich hat sie es nicht gewußt, wie sollte sie? Sie hat es getan, weil sie wissen wollte, ob Ayla es wirklich fertigbringt, nur in einem T-Shirt herumzulaufen, und nicht weil sie wußte, daß Ayla darunter eine trägt und nur andeuten wollte, Ayla wäre eine, die ohne rumlaufen würde. Ich bekomme Kopfschmerzen.

»Doch«, sagt sie. »Manche Dinge durchschaust du nicht.«

Ayla, sie hat sich kein bißchen verändert. Unerbittlich projeziert sie ihre eigene Durchtriebenheit auf andere.

»Erinnerst du dich«, sie sieht mich kampflustig und in bester Laune an, »erinnerst du dich daran, wie du mir ganz am Anfang schon weismachen wolltest, du seist noch selbstzerstörerischer als ich?«

»Allerdings. Du hast mich zum Wahnsinn getrieben mit deinem Sternzeichen, als wäre jeder Skorpion dazu geboren, sich selbst zu zerstören! So ein eitler Fatalismus.«

»Mmmh, und du versuchtest zu beweisen, daß du noch extremer wärest als ich. Du hast behauptet, du wärst schon als Kind absichtlich nah mit dem Fahrrad entlang der Straßenbahnschienen gefahren, um jederzeit in die Rille kommen zu können, und hättest mit Absicht beim Skateboardfahren den Hügel runter deine Knieschützer und Handschuhe oben liegengelassen, und du hast auch behauptet, du wärest der erste in der Klasse gewesen, der Feuerzeuggas in den Mund nahm, um damit seinen Atem anzuzünden. Alle anderen hätten Angst gehabt, ihre Lunge würde davon explodieren.«

Ayla kichert. So was habe ich gesagt? Ich muß doch sehr verliebt gewesen sein.

»Du glaubst, ich habe dir wegen deinem Sternzeichen nicht geglaubt, nicht wahr. So ein friedliches, grundgutes Sternzeichen.«

»Ayla! Sternzeichen sind das letzte, das allerallerletzte, sie sind wie Farbtypen oder Blutgruppen oder krumme und gerade Nasen. Sternzeichen sind für Idioten!«

Ayla läßt mich ausreden und sieht aus dem Fenster. Ich sehe Monica gerade noch um die Ecke gehen. Und ich diskutiere hier mit Ayla! Monica!

»Soll ich gehen?« fragt sie.

»Nein«, sage ich verärgert, »du bleibst!«

»Also, ich habe dich auch ohne dein Sternzeichen durchschaut. Du bist einfach nicht der Typ dazu. Meinst du, das habe ich nicht schon gewußt, als ich dich das erste Mal gesehen habe? Du bist immer der Typ gewesen, der vorsichtshalber mit langen Hosen Skateboard fuhr, der wußte, daß ihm nichts passieren kann, wenn er quer über die Straßenbahnschienen fährt, und du hast ganz sicher Gas nur in den Mund genommen, weil du es von den mutigen Jungs am Spielplatz abgeguckt hast.«
»Danke!«
»Arschloch.«
»Fotze.« Ich weiß, daß sie jetzt grinst, aber nach einer Pause sagt sie etwas völlig Unerwartetes.
»Ich mochte Monica. Und ich vermisse dich.«
Darauf kann ich nicht antworten. Ich sehe in den leeren Garten und fühle den Druck hinter den Augen. Sie hat einen schlechten Moment erwischt. Wir hätten gar nicht anfangen sollen zu reden. Ich drehe mich um, aber Ayla ist weg. Ihre Schritte sind normalerweise nicht zu überhören, aber sie ist verschwunden. Genauso lautlos wie sie gekommen ist.
Ich kann sie sehen mit der Kapuzenjacke, in die sie beim Gehen die Hände steckt. Sie haßt es, das hat sie mir einmal gestanden, wenn die Arme neben ihr herunterbaumeln. Vor allem beim Gehen konnte sie nichts mit ihnen anfangen.

Ein Gecko läßt mich hochschrecken. Er selbst liegt wie erstarrt neben der leeren Plastikflasche, die umgefallen ist. Mit einem Mal ist er verschwunden. Geckos sehen mich an, wenn ich sie beobachte, als würden sie meinen Blick spüren, und sie verschwinden, kaum sehe ich weg.
Jetzt spüre ich seinen Blick auf mir und suche das Zimmer mit den Augen ab. Ich bin hellwach, und gestochen scharf liegt jede Kleinigkeit des Zimmers vor mir. Ich beobachte ein Fitzelchen Cellophan, das leicht in einem Windhauch wankt. Ich lausche, ob Monica durch den Garten vorm Haus geht. Ayla muß ihr begegnet sein.
Es würde mich nicht wundern, wenn sie sich verstehen würden, jetzt, da sie schon lange nicht mehr meine Freundin ist. Ayla grüßt schüchtern, und Monica schenkt ihr eine Hibiskusblüte, die sie gerade gepflückt hat am Zaun. Die Blütenblätter sind hellrosa und weiß, und ihre Blätter schmal und weitgeschwungen wie falsche Wimpern. Schon wenn man sie berührt, fallen sie ab, und in Aylas wie in meiner Hand würden sie sofort verwelken.
Wenn Ayla und ich etwas gemeinsam hatten, dann der rasende Verschleiß von Kleidern und Einrichtungsgegenständen. Gebannt starrten wir bei Ikea auf die Möbelfakta-Maschinen, die in einem Jahr nicht schafften, was wir in nur wenigen Wochen fertigbrachten.
Monica dagegen würde die kreppapierartigen Blüten hoch in ihr Turmzimmer tragen, wo sie sich langsam schließen

und erst später in der Nacht zu einem unansehnlichen Klumpen würden.

Eine flimmernde Hitze steht vor dem Fenster, und unter dem Gewicht der Sonne knackt das Dach. Ein Rest des süßen Holzrauchs löst sich aus einer Ecke und verabschiedet sich.
Ich sehe ins dunkle Haus, das so gebaut ist, daß kein Sonnenlicht ins Innere dringt. Nur ein Schimmer bleibt übrig, in dem alles Lackierte glänzt. Ich sehne mich nach Licht, selbst hier lechze ich danach. Die Dunkelheit im Haus erscheint mir bedrückend, nachdem ich mein Leben lang die düsteren Winter Nordeuropas ertragen habe.
Es scheint für die Thais, die sich dieses Haus Anfang der Sechziger gebaut haben, das Schönste gewesen zu sein, den Tag über im Dunkeln zu sitzen und den leichten Glanz der Dinge zu genießen. Während Monica in der spanischen Sonne saß, am Strand, auf dem Balkon, und jeden Sonnenstrahl in sich aufnahm, und die Spanier in ihren dunklen Cafés herumlungerten und auf Touristen warteten.
Was ich wirklich an Monica liebe, sind ihre Falten, und nie habe ich daran gedacht, daß sie erst mit dem Alter und den vielen Jahre in der harten spanischen Sonne kamen.
Monica, die am Paseo entlang spazierengeht und ihr Gesicht in die Sonne hält. In mir ist er auch, der Hunger nach Licht und Wärme, nach der Strahlenkanone der Sonne, vor der sich manche Thais beim Baden mit Jogginganzügen und Schirmmützen schützen.
Ich sehe die Touristen, die jetzt auf den Ferieninseln im Süden liegen und in der Sonne braten, wie sie verwelken

vor meinen Augen. Nur der Hibiskus blüht in der grellen Sonne und schließt sich nachts in der Kühle.
Die Sonne, die sich im Sommer in Schweden nicht verabschieden kann und einen selbst am Nachthimmel noch mit einem milchigen Schimmer an ihr Licht erinnert, während hier in Thailand an jedem Tag des Jahres die Sonne um sechs hervorspringt und mitleidslos um die gleiche Zeit abends hinter den Horizont fällt. Tag um Tag vergeht hier in einem perlfarbenen Licht, gleichmäßig und ohne Zeit. Prägt einen nicht der Zustand, im Winter die Gedanken in der Düsternis voranzutreiben und sich am Frühling und Sommer an Wärme und Licht zu berauschen, auf die man so lange gewartet hat? Eingeschlossen in mein Zimmer, mit stets den gleichen Tagen, bekomme ich ein Gefühl für die andersartige Zeit, die vergeht, wenn nur der Regen einen Unterschied macht. Was macht man ohne Jahreszeiten, ohne den feindlichen Winter, den Frühling der Liebe, den gedankenlosen Sommer und den melancholischen Herbst?
Monica mochte die langen Winter in Schweden nicht mehr. Während früher Gesellschaften gegeben wurden, verreisten nun alle in den Süden. Statt Löcher ins Eis zu schlagen an Neujahr, badete man entlang der Appartementkomplexe am Mittelmeer. Pensionäre aus Skandinavien, England, Deutschland, die nun den längsten Sommer ihres Lebens lebten.

Bilder. Auf einem sitze ich an einem Kaffeehaustisch neben einem Mädchen, einer Dänin. Wir sind vielleicht 16 oder schon 22, es fehlt das punktierte Datum der Rückseite des Abzugs. Ich blicke verlegen und versuche mich im Schat-

ten des Sonnenschirms zu verstecken, während die Dänin so tut, als würde sie die spanische Tageszeitung lesen. Ich sollte das Mädchen kennenlernen, während ihre Mutter und Monica danebensaßen und kicherten.
Ich bin immer erstaunt gewesen über die Details auf einem Foto, die mir in meiner Erinnerung fehlen. Die Unmengen von Bildern, die zu jener Zeit gemacht wurden. Und die sich über die Jahre gleichen.
Auf einem anderen bin ich zu sehen, wie ich in einem skandinavischen Bridgelokal bediene, in das Monica zusammen mit anderen Pensionären ihr Geld gesteckt hatte. Ich trage ein weißes Hemd und eine Brille, die mir wegen ihrer Häßlichkeit längst entfallen ist.
Bilder, auf denen ich auf dem Parkplatz einer Bauruine Boule spiele mit dunkel gebräunten Alten, in deren Jugend an derselben Stelle kein einziges Haus stand. Jetzt geht der Blick über eine Stadt, die bis weit runter nach Gibraltar kein Ende findet.

Es türmen sich nicht nur die Toten und der Beton, sondern auch das Wissen und die Geschichte erhalten weitere Schichten. Ist mehr passiert in den letzten hundert Jahren als in den davorliegenden tausend?
Der gleiche Sprung, den ich machen muß, um zu Monica zu gelangen, würde sie in eine Zeit führen außerhalb meiner Vorstellungskraft. In eine Zeit, in der es weder Fotos noch Tonbandaufnahmen gab, weder Schreibmaschinen noch bewegte Bilder. Seltsam, daß der längste Teil der Menschheitsgeschichte nur in Schrift und Malerei, in Skulptur und nichtelektrischer Musik dokumentiert werden konnte. Wenn überhaupt.

Geschieht heute mehr Geschichte, weil wir sie besser festhalten können? Oder lassen wir die jüngste Vergangenheit genauso schnell zurück wie das letzte Jahrtausend, weil uns die Zukunft interessiert? Aber daß die Sonne in etwas mehr als tausend Jahren die Erde verbrennen wird, beunruhigt uns nicht.
Der Raum der Geschichte verjüngt sich an den Rändern. Die Entdeckung der Perspektive scheint nicht nur eine des Raums zu sein, sondern auch eine der Zeit.
Die vergangenen und die zukünftigen Menschen sind kleiner, so wie die Bilder in der Truhe, aus der ich sie jedes Jahr in Schweden heraushole, die Menschen klein zeigen. Winzig sogar die vor der Jahrhundertwende, groß wie Daumen stehen sie da in ihren gestärkten Kleidern und werden größer mit den Jahren und leichter bekleidet, bis in den Siebzigern und Achzigern sogar die Köpfe zu groß und unscharf sind auf den Schnappschüssen. Finger, die, versehentlich vor die Linse gehalten, rosa über das ganze Bild leuchten.
Nur die Erinnerung scheint sich nicht zu krümmen, geht gerade von der Geburt bis zum Tod, ein wenig zerweht wie die Spur eines Düsenflugzeugs.

Mücken

Ein Mann steht neben mir, als ich die Augen wieder aufschlage. Sein dickes Gesicht hängt über meinem. Er fühlt meine Stirn. Als er sieht, daß ich aufgewacht bin, schiebt er sich die Brille zurecht und setzt sich.

»Wasser«, sage ich schwach. Er gibt mir ein Glas und betrachtet mich eingehend, bevor er sich am Hals kratzt und die Stirn mit einem Taschentuch abwischt.

»Mir fehlt nichts«, flüstere ich, »ich trinke dieses Zeug gegen Fieber, das hilft ein bißchen, es geht vorbei, morgen bin ich wieder gesund.« Ich bekomme immer ein schlechtes Gewissen gegenüber Ärzten, ich will nicht krank sein. Mir fehlen die Freunde zum Reden, merke ich gerade.

Er nimmt die Flasche mit dem Medikament und liest aufmerksam. »Das ist für Kinder«, sagt er und stellt sie wieder hin. Ein Schwall von Biergeruch kommt zu mir herüber. Hat Susan ihn geholt, oder Ayla? Wahrscheinlich hat man ihn zu Hause angerufen, und er ist gleich hergekommen. Die Eingangstür steht offen. Er streckt seine Beine aus und sieht sich im Zimmer um. Dann seufzt er und blickt lange aus dem Fenster in den Garten.

Offensichtlich ist er mit seiner Diagnose beschäftigt. Er hat eins dieser winzigen Mobiltelefone in der Hand und läßt es auf- und zuschnappen. Eine Weile verstreicht, in der ihm der Schweiß auf den Hemdkragen tropft.

Es ist fünf Uhr zwanzig, und heute ist der – die Datumsanzeige ist ein bißchen klein an seiner Uhr. Ich versuche

mit zusammengekniffenen Augen die Zahl in der winzigen Wölbung über dem Ziffernblatt zu lesen. Er kratzt sich an der Nase. 23? 67? Meine Augäpfel fühlen sich an wie in einer Saftpresse. Tränen laufen mir übers Gesicht, ich rieche die klebrigen Reste meines Schweißes.
Es könnte der 27. sein, der Tag an dem wir uns kennenlernten im Monbijoupark, als ich ihr den Federballschläger auf den Kopf schlug. Heute ist der 26., das kommt hin, und morgen ist unser Tag. Sis muß zurückkommen. Jedes Jahr spielen wir an diesem Tag eine Partie Federball.

Es war ein ungewöhnlich warmer Frühlingstag, genaugenommen ein Sommertag, der sich in den Frühling verirrt hatte. Sie stand genau hinter mir, als ich rückwärts ging, um mit dem Schläger den hohen Ball noch zu erwischen, dabei schlug ich ihr mit aller Wucht auf den Kopf und rannte sie über den Haufen. Ich lag halb auf ihr drauf, als ich fragte, ob alles okeh sei. Das ist der schlechte Einfluß von amerikanischen Filmen.
Jemand, der gerade hingefallen ist und einen Schläger auf den Kopf bckommen hat, ist vorher und etwas später vielleicht wieder okeh, aber sicher nicht in dem Moment. Aber zu meiner Überraschung sagte sie, »alles okeh«, und wir hätten sicher noch eine Weile so gelegen, sie ein wenig benommen und ich bereits verliebt, wäre da nicht ihr Freund gewesen, der mich grob wegzerrte von ihr. Es war schön da unten im Gras mit ihr, ich mit einem leicht verbogenen Federballschläger in der Hand und sie mit einer Träne im Auge.
Sie meinte später, es hätte ihr furchtbar weh getan, aber so wie wir lagen, genoß sie, daß langsam der Schmerz nach-

ließ. Verliebt wie ich war sie nicht. Erst als ihr Freund mich wütend wegriß und Sis ständig »Baby, Baby« nannte und ihr über den Kopf strich, was ihr gar nicht recht war.
Statt ihr aufzuhelfen, zog er mich hoch und hielt sein Gesicht nah ans meins. Er wollte angeben, und was Sis nicht hören konnte, war, daß ich »Arschloch« sagte, bevor er mich am Auge traf. Ich taumelte zurück, fiel hin und blieb liegen. Am Himmel waren ein paar graue Wolken zu sehen.
Ich hätte ihm auch gerne eine reingeschlagen, aber ich konnte mich nicht bewegen. Die beiden stritten sich deswegen, ihr Freund wurde kleinlaut, und Ayla, mit der ich an dem Tag Federball gespielt hatte, ging mit ihm Hilfe holen. Kaum waren sie weg, sagte ich zu Sis, ich würde lieber in ein Café gehen. So endete meine lange Zeit mit Ayla, und so begann meine Liebe zu Sis.
Die beiden fanden uns nicht, wir saßen in einem Café auf der anderen Seite der S-Bahn und versteckten uns an einem der hinteren Tische. Sie hatte nicht einmal eine Beule, nur ihr Kopf dröhnte wie eine Glocke, und ich hatte Nasenbluten, obwohl mein Auge dick wurde. Sis tauchte ihre Hände in ein Glas Eiswasser und kühlte mein Auge, und ich strich ihr übers Gesicht.

Der Arzt zieht wieder sein großes Taschentuch aus der Tasche und schneuzt sich geräuschvoll. Irgendwo habe ich ihn schon mal gesehen. Ist er nicht einer der Harleyfreunde von Susans Mann, die abends auf ein Bier vorbeikommen? »Verein der Harleyfreunde Bangkok, Thailand.« Sie hätten sich einen kürzeren Namen einfallen lassen können. Mit dem langen Satz auf ihre abgeschnittenen Jeansjacken ge-

stickt, zischen sie erst mal ein kaltes deutsches Bier vor dem Eingang und lehnen sich verwegen an ihre Maschinen. Später im Haus hört man die spitzen Schreie Susans.
»Wo ist Susan?« frage ich, ohne zu merken, daß ich den Mund aufgemacht habe. Der Doktor scheint aus seiner Hypnose aufzuschrecken und fragt überrascht, »Was?«.
»Susan«, sage ich noch mal, mehr bringe ich nicht über die Lippen. Er sieht durch mich hindurch und wendet sich dann wieder dem Garten zu, während er lautlos vor sich hin murmelt. Nette Gesellschaft.
Er hat ein wenig das Verfallene, das ältere Männer in den Tropen haben. Die weiße Haut, die von Bier und Heimatlosigkeit wächsern und schlaff geworden ist. Von Bier denke ich, und von schlechtem Sex.
Ein Mückenstich am Kinn juckt, und ich merke, wie lang meine Haare im Gesicht geworden sind.

Wenn Sis nicht bald auftaucht, werde ich unseren Federballtag mit Susan verbringen müssen. Sie könnte einen Rollstuhl auftreiben, und wir würden die kleine Soi herunterrollen ins Kino oder gegenüber in den Sciencepark und dort zwischen Raumfähre und Dinosauriern picknicken. Susan könnte ein wenig aus ihrem Leben erzählen, und dann würden wir uns die Zeit vertreiben, indem wir den Kindern zusehen, die aus der Schule kommen und mit den kaputten Solarzellen und Wasserschöpfapparaten spielen. Da die Sonne bis um fünf Uhr brennt, könnten wir auch in das gekühlte Gebäude gehen, das mich ein wenig an deutsche Reformunis erinnert. Schräger und farbig akzentuierter Beton. Es dient hauptsächlich dazu, die Funktionsweise der thailändischen Kommunikationssatelliten zu zeigen. Ganz oben ist eine Ausstellung über die Evolution. Schaukästen mit gepanzerten Krustentieren, prähistorische Menschen im Kampf mit einem Säbelzahntiger, ein vergilbter PC der ersten Generation. Gelangweilte Schulkinder spielen mit unsichtbaren Schwertern. Es riecht nach Wachs und alter Teerpappe.

Wenn ich die Augen schließe, wird mir leicht schlecht von der hellen Leichtigkeit hinter meinen Augenlidern. Als säße ich mit Susan schon in der gleißenden Sonne.

»Susan!« rufe ich. Es hat keinen Sinn, daß der Arzt hier noch länger herumsitzt. Er bewegt sich hin und her und winselt oder singt mit einer hohen Stimme, wie ein fernes Pfeifen. Er stört mich. Sein Poloshirt ist wirklich scheußlich. Farben, wie sie Kinderkleider im Ausverkauf haben. Rot-Grün-Gelb. Und dann ist es auch noch zu kurz. Ich kann seine Arschritze sehen, und auf seiner Bundfaltenhose sind Flecken von zu hastig gegessenem Essen. Die Evolution des Menschen.

Er läßt sich gehen. Wenn mein Eindruck mich nicht täuscht, wird er von seiner Frau eingekleidet. Oder seine Freundin kauft ihm die Sachen auf einem der billigen Märkte, wo verschiedene Markenlabels auf die immer gleichen Schnitte genäht werden.

Er muß doch merken, daß sich die Frauen mit ihren Geschenken über ihn lustig machen. Oder ist das ein Teil des Spiels, das zuzulassen?

Ich frage mich heute noch, warum Monica sich nach dem Tod ihres Mannes von ihrem neuen Freund überreden ließ, Jogginganzüge zu tragen. Sie, die sogar in einem alten Frotteebademantel noch elegant aussah, kleidete sich plötzlich mit ihm im Partnerlook. Sie, die ihr Leben lang Schnitte und Stoffe studiert hatte, zog auf einmal jeden Morgen einen hellgrauen Jogginganzug an mit applizierten, violetten Dreiecken. Sie, die gerne kochte, aß plötzlich Tiefkühlkost, wie ihr Freund es wollte.

Nicht daß ich wirklich glaube, Kleidung und Essensgewohnheiten würden den Charakter eines Menschen bezeichnen, so wie man früher annahm, die Physiognomie eines Menschen würde seine Seele darstellen. Es war die Geste der Unterwerfung, die mich verwirrte.

Sie muß ihn geliebt haben, sie muß mit ihm etwas Neues angefangen haben, ein neues Leben. Sie ließ sich von ihm sogar von dem abbringen, was ihr am heiligsten war: selbst Auto zu fahren. Sie haßte seinen Fahrstil, sie klammerte sich an das Armaturenbrett und den Türgriff, wenn er zu enge Kurven fuhr, aber sie sagte kein Wort.

Mich hat es erstaunt, daß sie sich ihm anpaßte, denn es hatte sie nie große Mühe gekostet, Männer dazu zu bringen, das zu tun, was sie wollte. Wenn wir, Monica, ihr Mann und ich, in die Schären fuhren zum Baden, war sie es, die den Ausflug plante. Und nur wenn sie wollte, gab es ein Essen mit den Freunden, für das ihr Mann und ich dann einkaufen gingen.

Einmal schenkte Monica mir einen Säbel, wie ihn Kinder auf keinen Fall haben dürfen. Der Säbel war eingewickelt in himmelblaues Papier. Ich nehme an, er war aus einem Andenkenladen in Spanien, wo sie ihn nicht allzu teuer erstanden hatte. Der Säbel hatte einen maurisch verzierten Griff und eine lange Klinge. Als ich ihn mehrmals hin- und herschwingen ließ, erwähnte sie beiläufig, ich könne damit die Äste der Bäume und Büsche im Garten abhacken, wenn ich wollte. Ich wollte. Solch einen Säbel hätte einem jeder andere Erwachsene sofort aus der Hand gerissen. Die Klinge war scharf. Ich machte mich sofort an die Arbeit. Es gab mehr zu tun als ich dachte, und mehr Feinde, als ich an einem Tag besiegen konnte. Ich schlug mir eine kleine Wunde am Bein und beinahe die Nase ab. Mit dem Griff haute ich mir ein blaues Auge, und ein wenig Blut tropfte von meiner Augenbraue herunter, aber Monica verzog keine Miene, als ich mit zerschlissener Hose und blutigem Gesicht zurückkam. Sie besah sich den Garten, in dem ich ein wenig Platz freigeschlagen hatte, und half mir am nächsten Tag die Äste und Blätter aufsammeln, dann war sie zufrieden. Aber es war kein wirklicher Unterschied zu vorher.

Mir war, als wären die Bäume und Büsche über Nacht wieder nachgewachsen, wucherndes Grün, das jedes Jahr den Garten mehr und mehr bedeckte, so wie hier zur Regenzeit die Natur sich über Nacht zurückholt, was sie an den Menschen verloren hat. Stauden und Kletterpflanzen schießen hoch, Zweige und Gräser breiten sich aus, und im Garten in Schweden sind es heute vor allem mächtige Bäume, wo vor nicht allzu langer Zeit noch Setzlinge gestanden hatten, die auch ein Junge mit seinem Säbel damals nicht alle abschlagen konnte.

Sie wußte, daß ich nicht zufrieden war. In den folgenden Jahren war ich zuständig für das schwere Gerät, für den Rasenmäher und den Trimmer und alles, was man brauchte, um den Garten wieder zurückzuerobern. Eine absurde Vorstellung, wenn ich daran denke, wie sehr ich mich in Berlin damit abgemüht habe, einen kleinen Baum in meinem Zimmer zum Wachsen zu bringen.

Als Monicas Freund einzog, nahm er mir den Garten weg. Er kam mit einem kleinen Traktor, mit dem er den Rasen mähen konnte, und einer Motorsäge, die er gerne laut aufheulen ließ. Für mich fand er kleine Reparaturarbeiten im Haus, an die nie ein Mensch vorher gedacht hatte. Idiotische Beschäftigungen, mit denen er mein handwerkliches Geschick testen wollte, aber ich lachte ihn jedesmal aus. Wir haben uns nie verstanden.

Ich schlage dem Arzt etwas aus der Hand, mit dem er mich gerade untersuchen wollte. Ein metallisches Schlittern über den Boden ist zu hören.

»Entschuldigung«, murmele ich überrascht. Er hätte mich ja warnen können, die ganze Zeit saß er da und hat sich nicht bewegt. Er krabbelt auf allen vieren herum und sucht unter dem Tisch. Er schnauft, und sein verwaschenes Polohemd rutscht ihm den Rücken hoch.

»Susaaaan!« Ich muß den Kerl loswerden.

Als er sich wieder aufrichtet, sehe ich, daß er einen Revolver in der Hand hält. Das schwarze Metall des Revolvers glänzt wie sein verschwitztes Gesicht, das er sich mit einem meiner Handtücher abreibt.

Er kniet sich hin, als wolle er anfangen zu beten, er läßt den Kopf hängen und fängt an zu weinen, erst ein Schluchzen, dann ein mitleiderregendes Winseln.

Er erinnert mich daran, daß ich erst gestern noch geweint habe, voller Selbstmitleid, und ich würde ihn gerne trösten, obwohl er ein abstoßender Kerl ist. Natürlich würde ich ihm zuerst den Revolver wegnehmen.

Das Telefon klingelt, und am Klingeln höre ich, daß es Sis ist, die endlich anruft, aber der Arzt rührt sich nicht von der

Stelle. Er hätte sich einen besseren Ort aussuchen können für sein lächerliches Theater. Telefon! Das Klingeln verstummt, und Stille legt sich wieder auf das Haus.
Ich bin mir nicht sicher, ob er sich lustig über mich macht, er beachtet mich nicht einmal. Einen Moment bin ich im Zweifel, ob ich wirklich wach bin. Aber die Tatsache, daß ich immer noch friere, sagt mir, daß ich nicht träume. Sein Schluchzen wird leiser, und nach einer Weile habe ich den Verdacht, daß er eingeschlafen ist. Er ist zu einer Skulptur von John McCarthy geworden.

Ob es möglich ist, mit dem Revolver diese nervige Mücke abzuschießen? Es wäre allerdings schwierig festzustellen, ob man sie auch getroffen hat, sie sehen alle gleich aus. Und wenn, dann würde sie mit der Kugel durch das Loch in der Wand verschwinden, und neue Mücken kämen herein. Es würde nichts helfen.
Wie oft habe ich mir vorgestellt, was ich mit einer Waffe alles anstellen könnte. Hätte ich einen Revolver gehabt, als der Freund Ingelas auf sie einschlug, ich hätte ihn abgeknallt wie »Die Frau mit der 45er Magnum«, die durch New York geht auf der Suche nach Männern, die sie zu erniedrigen versuchen. Sie knallt sie alle ab. Und am Ende wird sie zu ihrer Überraschung von einer Frau umgebracht. Vielleicht würde es mir so ergehen wie dem Polizisten, der einem Mädchen zu Hilfe kommen wollte auf dem Parkplatz einer Supermarktkette an der Sukhumvit Road, nicht weit von hier. Das Mädchen lag am Boden und wurde von einer Gang von Punkern zusammengetreten, stand in der Zeitung. Er drohte mit der Pistole und versuchte sie zu verscheuchen. Aber zum Dank hat das Mädchen ihn in den

Hals gebissen und ihm mit Hilfe ihrer Punkerfreunde eine Hand und eine Rippe gebrochen.
Jeder Kitano-Takeshi-Film lehrt einen das. Gewalt fällt mit verstärkter Wucht auf einen zurück. Wie ein Schrei, der eine Lawine auslöst, die einen schließlich überrollt. Aber das ist Kunst. Wer weiß wie die Geschichte auf dem Parkplatz wirklich verlaufen ist. In der Kunst ist eine Moral, die es im Leben nicht gibt. Ich bin auch nicht in die Scherbe getreten, weil ich Gewaltphantasien habe. Auch nicht, weil ich die Bedrohung von mir abbringen wollte. Ich bin in die Scherbe getreten ohne ersichtlichen Grund. Monica stirbt ohne ersichtlichen Grund. Sie stirbt einfach.
Der Arzt hier könnte mich ohne weiteres erschießen und danach gemächlich zu Hause ein Bier schlürfen. Haß und Gewalt können auch die Grundlage für ein langes, ausgefülltes Leben sein. Pol Pot hat sich sicher ein schönes Leben gemacht während der Säuberungen in Kambodscha, und nach dem Massenmorden hatte er genausowenig ein schlechtes Gewissen wie Bin Laden oder Henry Kissinger. Nazis, gesund und munter, lebten lange unter uns ohne das geringste Gefühl von Reue.
Ich merke, daß ich schon ganz eingelullt bin von Büchern und Filmen, in denen das Gute siegt, weil das Böse sich selbst erledigt. Phantasien. So wie ich mir eingebildet habe, Monica würde nicht sterben, wenn ich mich erinnere, und sie damit zurückhole in mein Leben. Nur die Erinnerung an sie wird übrigbleiben.

Eine Kakerlake läuft im Zickzack über den Boden und verschwindet unter dem Bett. Der Arzt hält sich den Revolver

an die Schläfe und sieht leer vor sich hin. Ich denke an ein Bild meines Atelierfreundes, der ausschließlich solche Motive malte, als plötzlich Susan im hellen Rechteck des Fensters erscheint. Als sie den Arzt sieht, entfährt ihr ein Schrei, wie ich ihn schon einmal aus ihrem Haus gehört habe. Sie schlägt sich die Hand vor den Mund und verschwindet, schießt dann wieder durch die Tür und stolpert über das Geschirr auf dem Boden. Sie schreit ihn auf Thai an und ergießt einen wütenden Redeschwall über ihn, was ich in dieser weichen Sprache gar nicht für möglich hielt. Er läßt den Revolver fallen und sich von ihr aus der Tür ziehen, dann sind beide weg. Ich komme gar nicht mehr dazu, etwas zu sagen, Wasser!, ich komme an die verdammte Wasserflasche nicht mehr heran.
Was für ein asozialer Mensch, er hätte sich denken können, daß ich nicht aufstehen kann, um seinen Körper mit dem zerplatzten Kopf wegzuräumen. Er hat seinen Revolver vergessen. Aber das Blut, das über das ganze Zimmer gespritzt wäre, hätte sicher ein interessantes Muster ergeben.

Ich beobachte eine Mücke, die sich auf meinen Handrücken setzt und mit ihrem Rüssel nach der richtigen Stelle sucht. Sie sticht nicht in eine der vorhandenen Wunden, sie sucht sich eine neue Stelle. Ich spüre sie nicht einmal. Ich bin leicht, wie früher in meinen Träumen, in denen ich fliegen konnte, ohne Gewicht.
Sie wird sich wundern, wenn sie unter der dünnen Hülle meiner Haut nichts anderes findet als Luft. Sie injiziert ihr Sekret, damit das Blut nicht gerinnt und die Haut sich danach zu einer Beule wölbt. Ich sehe sie wie im Querschnitt

hineinstechen, das Sekret tropft durch ihren Rüssel und tritt auf der anderen Seite wieder heraus, ins Nichts, als hätte sie ein Blatt Papier durchstochen. Schade, daß meine Ohren nicht fein genug sind für das Schlürfgeräusch, das jeden Moment kommen müßte, wenn sie merkt, daß ich leer bin:
»Hrchchchchchch.«

Flaumige Mücken, kleine schwarze Mücken, langbeinige Mücken, manchmal so viele, daß am Abend das Licht vor dem Haus in Schweden verdunkelt wurde. Nachts über dem Bett ein unablässiges Summen, das lauter wurde, sobald man die Augen schloß.
Mehr Mücken und Schlangen bevölkern Schweden in den wenigen Wochen des Sommers als Thailand das ganze Jahr. Mehr Ameisen und Wespen und Hornissen summen dort aufgeregt, mehr Zecken und Ohrenkneifer kommen aus ihren Verstecken, und mehr Gräser, Bäume, Büsche und Moose bedecken das Land, als ich je irgendwo anders gesehen habe. Und über allem kreisen die Schwärme der Möwen und Krähen mit ihrem Geschrei, als hätten sie Schmerzen in dem langsam schwindenden Licht der Sonne.

Ich wünschte, ich könnte noch einen einzigen Tag mit Monica verbringen. Einen letzten Sommertag im Garten und am Meer, über das Seegras schwimmend, im Haus mit einer letzten Runde Jazzy vor dem Kamin, im Turm oder in ihrem Zimmer, wo ich mit einem Buch in der Hand dem Geräusch ihrer Nähmaschine lauschen würde bis tief in die Nacht, wenn der Tau auf den Gräsern liegt und die Gischt auf den warmen Felsen am Meer.

Ich wünsche mir vielleicht sogar einen Tag mit Regen, an dem wir im Haus bleiben und still nebeneinander lesen und arbeiten, während die Tropfen die verschlungenen Wege unserer Gedanken begleiten über das Dach des Turms und die Ziegel, über die Fenster der Veranda in das Erdreich unter dem Gras und von dort in den kleinen Fluß, der sich unter der Kuppel der Bäume bis ins Meer schlängelt.

Koloß

Donner grollt entfernt, und mit dem aufkommenden Wind ist auch Susan wieder da. Sie packt aus ihrer Tüte neue Medizin und schaut sich mein geschwollenes Bein an. Sie desinfiziert die Mückenstiche, die ich mir aufgekratzt habe, mit einer gelben Flüssigkeit, die sie noch wunder aussehen läßt. Dann gibt sie mir Wasser zu trinken. Jeder Schluck in meinem Hals schmerzt. Mit einem Tuch kühlt sie mein Gesicht, dann liest sie auf dem Stuhl den Beipackzettel.

»Oohhiiih, Oohhiiih«, ruft ein unsichtbarer Vogel über uns, und Susan lächelt. Gerade wollte ich sie fragen, wer der Mann in meinem Zimmer war, aber ich lasse es. Wir schweigen, und mit den ersten Windböen, die durch die Bäume wehen, ist auch wieder das Klappern des Hochhauses zu hören. Es ist ein zwanzigstöckiger Betonbau, so nah, daß er dem Nachmittag einige Sonnenstrahlen raubt, aber noch entfernt genug, um nicht bedrohlich zu wirken. Ich sehe wegen der Giebeldächer und Bambusbüschel seine ersten Etagen nicht.

Es ist eine Ruine. Es hat eine Weile gedauert, bis ich gemerkt habe, daß zwar die unteren Stockwerke mit blauem Glas verblendet, die oberen aber blank sind, unbewohnt und nie fertiggestellt. Jedes Stockwerk besteht aus einem Ring hellen Betons, zwischen denen Schlitze für die Fensterfronten freigelassen wurden. Es ist eine hell und dunkel geringelte Ruine, so wie viele Hochhäuser hier trotz des blanken Äußeren in ihrem Innern Ruinen geblieben sind nach der Krise vor wenigen Jahren. Aber würden die Fenster bei diesem hier nicht fehlen, könnte man den Wind nicht hören, wie er die unsichtbaren Türen auf- und zuwirft. Kommt eine Böe durch den Garten, folgt meist ein Knallen von oben.

Es ist die Zeit der ersten Regenschauer, die heißeste Zeit des Jahres beginnt, und der Wind kommt mit den vereinzelten dunklen Wolken auf, die kühl sind und sich auf das warme Polster der Stadt legen. Mit Kalt und Warm nebeneinander beginnen Luftschichten zu rutschen, und in den Häusern ringsum bollern Türen und Fenster, die schnell geschlossen werden. Danach hört man nur noch das Wumm der leichten Holztüren in der Ruine. »Klapp klapp«, machen die Türen hier, »Boff boff« dort oben.

Das leere Hochhaus sieht aus, als würde es mit seinen Sehschlitzen weit hinaussehen ins Hinterland von Bangkok, wo Wasserbüffel die schlammigen Reisfelder pflügen und frisches Grün die Felder und Hügel säumt. Das ist sehr weit weg und unscharf im Smog, der nur kurz nach dem Regen verschwindet, bis die Feuchtigkeit wieder aufsteigt und sich mit dem Staub zu einem gelben Dunst vermengt.

Das einzige Leben in diesem Koloß aus hellem Beton ist der Lärm der Windgeister. Ein atonales Konzert ohne Rhythmus wie das Pfeifen der Flugzeuge, die über der Gegend mit dem Landeanflug beginnen.

Nie ist ein Gesicht zu sehen in den leeren Stockwerken, und wären die von der Sonne stumpf gewordenen Spiegelglasfenster weiter unten nicht, ich hätte keinen Gedanken daran verschwendet, ob das nun ein bewohntes oder unbe-

wohntes Haus ist. Ob es überhaupt ein Haus ist. Oder nur der Teil einer Skyline.
Regen kommt, die ersten wütenden Windbälle werfen die Türen zu, dann herrscht Ruhe bis zum ersten Donner. Langsam sammeln sich die Wolken und laden sich auf. Das Gewitter kommt nicht, wie in Europa, plötzlich, sondern läßt sich Zeit.
Einmal habe ich versucht, den Zugang zu dem leeren Hochhaus zu finden. Aber ich fand ihn nicht. Von keiner der Straßen, die rundum führen, ging ein Weg dahin. Kein Eingang.
Man könnte jederzeit Hochhäuser bauen, leer und ohne Zugang, keiner würde sich fragen, wer da wohnt, so alltäglich sind Bauruinen überall geworden.
Ich hatte den Eingang gesucht, um hochzusteigen und zu sehen, ob dort Menschen heimlich wohnen, statt sich Blechhütten unter den Auffahrten der Highways zu bauen. Ich wollte wissen, ob dort Kämpfe ausgetragen oder Tote gelagert werden, sich Liebespaare treffen, Verhöre stattfinden oder Straßenkinder sich dort verkrochen haben und wilde Hunde, ob Vögel sich ganz oben ein Nest bauen. Aber nichts an diesem leeren Bau half meiner Phantasie. Er scheint wirklich leerzustehen.
»Susan, warum wohnt niemand in dem leeren Hochhaus?«
Susan überlegt, ohne von der Packungsbeilage aufzusehen.
»Geister«, antwortet sie dann.
»Geister?«
»Sie wohnen in der Erde, und wenn niemand in neuem Haus wohnt, kommen sie ins Haus.«
»Böse Geister?«

»Erdgeister, alle Geister.« Sie steckt sich die Haare hinter die Ohren. In ihrem Profil entdecke ich zum ersten Mal ein Kindergesicht, eine Unschuld in den Linien des Gesichts, das nichts Böses hat, sondern noch die Rundlichkeit einer ahnungslosen Jugend.

Ich erinnere mich, daß die Thais sich vor den Geistern fürchten und sich bei Spitznamen rufen, um ihre wahren Namen nicht den Geistern zu verraten, die überall sind, schlau und mächtig.

Um Geister zu verscheuchen, werden helle Neonröhren angebracht, und laute Musik dudelt aus den Recordern, je entfernter vom Licht der Stadt, desto lauter. Je dunkler die Natur ringsum in der Nacht, desto lauter das Lachen und näher der Nächste.

Wir scheinen andere Gespenster zu haben, daß wir so bedacht auf die Stille sind. Die Thais glauben, daß ihre Geister den Ausländern aus dem Westen nichts tun können, sie sind nur denen gefährlich, die sich vor ihnen fürchten.

»Hörst du das?« Das Knallen hat wieder angefangen. »Sind das Geister?«

»Nein, das sind Türen.«

»Kann man die Geister nicht hören?« Die Frage scheint sie zu verwundern.

»Nein, man kann sie nur spüren.«

»Sehen?«

»Manchmal wie Rauch. Riechen geht.«

Sie füllt Wasser in eine kleine weiße Plastikflasche, schraubt sie wieder zu und schüttelt sie, dann hält sie sie gegen das Licht und füllt wieder Wasser nach.

»Du mußt was trinken!« sagt sie und hält mir einen Löffel mit weißlicher Flüssigkeit hin.

»Für Kinder?« frage ich sie, aber sie versteht den Scherz nicht. Der Arzt wird es ihr gegeben haben. Es schmeckt nach altem Süßstoff.
»Susan?« Sie sieht jetzt nicht mehr müde und schlechtgelaunt aus, als wäre das nur eine Miene gewesen, die sie abgelegt hat. Ich bitte sie, zum Schreibtisch zu gehen und mir das Kuvert aus der Schublade zu geben. Aus dem Kuvert nehme ich zwei 500-Baht-Scheine und halte sie ihr hin.
»No no no«, sagt sie, und ich bedaure augenblicklich, daß wieder die häßlichen Züge des Mißtrauens in ihrem Gesicht zu sehen sind.
»Für den Arzt«, sage ich, »Doktor!«, sie muß ihn bezahlt haben, aber sie versteht nicht.
»Für den Arzt, der hier war, hier!« Ich nehme noch einen Schein heraus.
»Kein Arzt«, sagt sie wütend, »kein Geld!«
»Hier war kein Arzt?« frage ich noch einmal vorsichtig.
»Kein Arzt, nur ich!« Sie stopft die Scheine wieder ins Kuvert und wirft es in die Schublade.
Mein Magen, den ich bis dahin nicht gespürt habe, knurrt. Sie lauscht erstaunt dem Geräusch, in ihrem Gesicht ist gleichzeitig Rage und Verwunderung, und mit einer hellroten Zunge fährt sie sich über die Lippen. Dann geht sie, nicht ohne die Moskitotür am Eingang zuzuknallen.

Der Abend kommt, und ich lausche dem Fiepsen der Eichhörnchen, obwohl ich nicht weiß, ob Eichhörnchen fiepsen. Ich lausche den Sexgeräuschen, die ich für das Fiepsen der Eichhörnchen gehalten habe. »Iih-iih-iih.« Eine Matratze, die leicht quietscht, ein schwitzendes Paar, das sich im Dämmerlicht eines Zimmers hin- und herbewegt. »Iih-iih-iih, iih-iih-iih«, macht sie, ihn hört man nicht, nur das Rütteln wird immer schneller, und ich gehe näher ran und näher, bis ich die Schweißtropfen auf ihrer Haut sehen kann, die zusammenlaufen und auf die Matratze tropfen. Eine vom Schweiß durchtränkte Matratze, aber sie kommen einfach nicht. Ich schlage die Augen auf und bin wieder in meinem Zimmer. Allein mit dem Stuhl, dem Tisch, den Spinnweben. Mit mir.

Selbst wenn ich aufstehen könnte, würde ich nicht sehen können, was das ist. »Iiiih-iiih«. Obwohl es jetzt klingt wie eine quietschende Tür, habe ich wieder einen Vogel in Verdacht. Einen Vogel, der ganz oben in den Bäumen sitzt und nach etwas ruft, das es nicht gibt. Kündigt er das Gewitter an, hat er einfach gute Laune, oder ist das der Lockruf der Paarung?

Manchmal werden alle Geräusche zu Geräuschen des Sex. Nie habe ich, trotz Susans spitzer Schreie während der Sauf- und Billardabende, aus ihrem Haus Sexgeräusche gehört. Eigentlich erleichtert, nie solche Geräusche von dort zu hören, wie ich auch in Hotelzimmern nie fickende Paare höre oder in den hellhörigen Berliner Hinterhöfen, wo schon ein leises Hüsteln durch die Stille dringt, vermisse ich es auf einmal, vermisse ich das Leben. Irgendeine heftige Regung, etwas, das leidenschaftlicher ist als Pfannenkratzen und Fröschequaken, als Regentropfen und Ventilatorensummen.

Sogar das Rascheln der Bäume wird zum Schütteln eines Buschs, hinter dem sich kopulierende Paare verstecken. Aus Mangel an Sexgeräuschen wird die ganze Welt ein Sexgeräusch, und angesichts meines einsamen Zimmers

wieder ein Türquietschen und der Schrei eines einsamen Vogels.
Die Liebesschreie aus den leeren Etagen der Hochhausruine verschwinden, das Stöhnen von Susan, die sich nebenan befriedigt hat, verstummt, ebenso wie das abgehackte Lachen aus dem Schlafzimmer unserer Freunde. Sogar das Telefon hört auf, leise mit der Stimme von Sis zu seufzen. Das Zimmer leert sich, wird unendlich leer, hart und tot, und die Zeit bleibt stehen.
Ich verstehe die Angst vor den Dämonen in der Stille, aber ich fürchte mich nicht vor eingebildeten Lustgeräuschen, die mich angenehm ablenken. Die Stille, in der nichts passiert, ist viel furchtbarer, bis Susan wiederkommt mit einem Tablett, auf dem eine Suppe dampft und Besteck klimpert.

Sie überrascht mich mit einem weißen eleganten Abendkleid und Schuhen mit hohen Absätzen. Sie kann nur kleine Schritte machen und bewegt sich langsam auf den Sessel zu, ohne aufzusehen. Sie hat die Haare hochgesteckt. Wahrscheinlich wird sie später noch ausgehen. Aber nachdem sie die Suppe abgestellt hat, geht sie zurück ins Haus und kommt mit einem blauen Rollkoffer zurück. Sie zieht ihn mit kleinen Schritten und stellt ihn an die Wand, dann dreht sie mir den Rücken zu und kniet sich vor mich hin. So bleibt sie, und ich warte auf etwas, das diese seltsame Haltung erklärt, bei der sie den Kopf auf die Brust gelegt hat.
Ihr Rücken ist glatt und bronzefarben. Ihre Schultern heben und senken sich unmerklich mit ihrem Atem und sind gesprenkelt mit Sommersprossen, die winzige Leberflekken sind.

Der Reißverschluß! Jetzt verstehe ich. Ich beuge mich vor, soweit ich kann, und ziehe ihn von unten herauf zu. Sie rückt näher, und zum ersten Mal ist es so, als würde ich verstehen, wer sie ist, während meine Hand über die Hökker ihrer Rückenwirbel fährt.
Die Nähe verfliegt, als sie aufsteht und sich einmal im Kreis dreht wie ein Model, um mir das Kleid vorzuführen. Es ist hochgeschlossen mit einem schmalen Kragen wie an chinesischen Hemden. Unten endet es ein gutes Stück über den Knöcheln und ist auf einer Seite geschlitzt bis zum Knie. Es muß für sie geschneidert sein, der kühle Stoff läßt nirgends Platz und berührt sie doch kaum.
Sie wartet auf meine Zustimmung, und ich klatsche lautlos in meine Hände, dann füllt sie mir Reissuppe in eine Schale und bläst den Dampf weg. Dafür muß sie sich in diesem wunderbaren Kleid hinknien, was mir peinlich ist. Ich schäme mich für den Boden, der sehr dreckig sein muß von Rotze und Schweiß, von Essensresten und Zigarettenasche und dem schwärzlichen Staub der Stadt. Tränen, Urin. In diesem Dreck kniet sie mit ihrem blütenweißen Kleid und füttert mich. Sie streicht sich die Haare aus dem Gesicht, die sich gelöst haben, und reicht mir geduldig Löffel für Löffel.

Es donnert, und der Himmel verdunkelt sich endgültig mit der untergehenden Sonne. Es muß gegen sechs sein, so schnell verlischt der Tag, als wäre er eine heruntergebrannte Kerze.
Die ersten Tropfen prallen auf das Blechdach am Ende des Gartens, noch unsicher, ob sie verfrüht sind, dann beginnt der Regen und umhüllt uns mit einer Wand aus rauschen-

dem Lärm. Susan lächelt. Sie sitzt am Tisch und kämmt sich die Haare, während sie zu mir herübersieht. Sie hat sich das Gesicht gepudert, so daß es heller ist als ihre Arme. Sie konzentriert sich, und so können wir uns länger ansehen ohne Bedeutung.

Sie hält ein paar Haare in der Hand und ist einen Moment unschlüssig. Dann steckt sie sie in die Schublade. Ich bin auf einmal so vertraut mit ihrem Anblick, daß ich mich nicht wundern würde, wenn sie sich als nächstes die Beine rasiert, selbstvergessen, so wie Sis es tut, wenn ich dabei bin.

Worte kommen wieder, lösen sich mit der Wärme der Suppe und liegen in meinem Mund.

»Susan.« Der Fensterladen schlägt zu, im Haus fällt eine Tür ins Schloß, und Susan geht nachsehen, ob sie irgendwo die Fenster schließen muß.

»Susan«, sage ich, als sie zurückkommt, und sie setzt sich zu mir aufs Bett, um mich besser zu verstehen in dem Getöse des Regens.

»Wo ist deine Familie, Susan?«

Sie zeigt auf die Wand hinter mir, Richtung Norden. Statt lauter zu reden, flüstert sie mir ins Ohr, »Zu Hause«.

»Hast du Kinder?« Ihr Ohr riecht nach Talg und Puder.

»Ja.«

»Wie viele?«

»Zwei.«

»Junge und Mädchen?«

»Ja.«

»Wo sind sie?«

»Großmutter.«

»Vermißt du sie?«

»Ja.«

Susan hat sich mit der ungemütlichen Stellung zurechtgefunden, in der sie halb sitzt und neben mir liegt, damit wir uns unterhalten können. Gesprächig ist sie nicht, eher nachdenklich. Ihre Haare kitzeln meine Nase, und ich mache ihr Platz, damit sie auf dem schmalen Bett neben mir liegen kann. Wir horchen dem monotonen Regen, der die Luft reinwäscht und uns einer geruchlosen Kühle überläßt. Sie weht durch Fenster und Tür zu uns, streicht durch das Zimmer und legt sich. In dem Moment sind wir wie Geschwister, die sich gegenseitig wärmen mit ihren stillen Körpern und deren Gedanken in den Traum der Nacht übergehen. Aber wir schlafen nicht, wir liegen wach und versuchen etwas zu sehen, das sich hinter der Wand aus Regen verbirgt. Mein stechender Schweiß und ihr nach Vanille duftendes Parfum vermischen sich mit dem letzten Widerschein des lehmfarbenen Abends.

Ebbe

Wenn ich Sis Gerüche bescheibe und ihre Wirkung auf mich, glaubt sie jedesmal, ich würde übertreiben. Dabei erinnert sie genau die Gerüche der Männer, die sie geliebt hat, sogar wenn sie nur hoffnungslos verliebt war. Sie weiß um die Macht der Gerüche. Nur geht das Ganze bei mir tatsächlich noch einen Schritt weiter, bei dem jeder Geruch Gefühle und Gedanken steuern kann. Wie ein letzter, tierischer Instinkt, der mich davor bewahrt, nur noch in der Welt der Vorstellungen zu leben, die geruchlos ist. Aber das glaubt sie mir nicht.

Wenn Sis und ich durch den Garten gehen und uns die fremdartigen Blumen der Tropen ansehen, die schön, aber oft geruchlos sind, stimmt sie am Ende doch mit mir überein, daß die Welt immer geruchloser wird. Sie wird gleichförmiger in den Gerüchen, die Welt, die ich kenne, darum liege ich jetzt still und atme den warmen Duft Susans ein. Selbst in Thailand, wo die Natur in der feuchten Hitze überzuborden scheint, gibt es kaum Gerüche. Vor allem nicht die, die ich in einem Land mit tropischem Klima erwartet hätte.

Die berühmte Berliner Luft ist keineswegs gut, nur eine gleichbleibende Muffigkeit ist ihr eigen, eine Verbrauchtheit, die einem weiter nicht auffällt, da sie immer gleich ist. Wie die verbrauchte Luft in einem Bahnhof. Freunde sagen das, wenn sie aus einer anderen Stadt zu Besuch kommen, in der ein Wind vom Meer oder den Bergen weht.

Berlin mufft, wenn nicht der Herbst die Luft reingewaschen hat, wie ein riesiges Zimmer.
Mir fällt es immer erst auf, wenn ich einen eindeutigen Geruch rieche, den von Blumen und ihrer holzigen Erde, den von Wiesen voller verschiedenster Gräser, vom Meer, das mit der Brandung Salz und frischen Eisengeruch an Land schleudert.
Manchmal hängen ganze Trauben von Gerüchen in der Luft, und man fährt durch sie hindurch, riecht sie durchs Autofenster wie Monica und ich auf unseren Ausflügen, oder geht mitten hindurch und ist verwundert, daß sie so plötzlich aufhören, wie sie angefangen haben, als wären sie nur eine Wolke gewesen, statt eine Eigenschaft der Landschaft. Mal ist es der Chlorophyllduft gemähter Brennnesseln, mal der von Wiesenblumen oder von schattigen Eichen. Das waren immer die Momente, die auf unseren Fahrten die Landschaft charakterisiert haben.
Manchmal treffe ich auf Menschen, deren Geruch sie sofort einordnet in eine deutlichere Herkunft ihrer Welt, als es ihre Worte jemals könnten.
Aber bei Monica ist es so, daß nichts, was sie je sagte oder tat, daß nichts in der Welt, das ich kannte, ihrem Geruch entsprach, ihrem eigenartigen Duft, wenn wir uns am Anfang des Sommers wieder umarmten.
Sie riecht gut, sagte Sis, als sie sich das erste Mal trafen. Sis erkannte sogar das Parfum, das Monica manchmal auflegte, aber sie verschwendete sonst keinen Gedanken auf ihren Geruchsinn, der für sie keine deutliche Sprache spricht. Aber auch ich kann selten einen Geruch lesen. Während Monicas Gesicht ein gelebtes Leben sichtbar macht, bleibt ihr Duft ein Geheimnis.

Könnte mir Susans Geruch nicht mehr erzählen von ihrem Leben, ihrer Kindheit, ihrem Land, das genauso weit von Bangkok entfernt zu sein scheint wie meines? Ihr Parfum, unter dem ich ihre fremde Haut rieche in der Kühle des Regens. Susan steckt die Decke unter mir fest und wärmt mich in ihrem Arm. Ich friere, als wäre der europäische Winter in mir angekommen, während das Zimmer hier die gelbe dichte Wärme der Tropen speichert.

Wie lange dauert ein Evolutionsstadium. In unserem verhältnismäßig kurzen Leben scheint das für uns keine Rolle zu spielen. Der Zeitraum, in dem durch Blitze Aminosäuren und daraus Bakterien und Einzeller, die Tierwelt und die Menschen entstanden, ist so unvorstellbar groß, daß es außerhalb unseres vorstellbaren Zeitmaßes liegt. Und dennoch findet die Evolution statt.

Hat nicht ausgerechnet meine bauernschlaue Ayla den Quatsch geglaubt, wir würden unsere Körper überwinden? So sehr ich sie ausgelacht habe, hat mich die Idee nicht losgelassen. Befinden wir uns in einem Evolutionsstadium, in dem der Sinn für die Gerüche verschwindet?

Vielleicht passiert beides, der Geruchsinn des Menschen entwickelt sich zurück, und die Gerüche verschwinden. Nur Reste bleiben, die Erdbeeren im Kuchen am Winterfeldtplatz sind rot ohne Duft, dafür riecht die Kloake vor dem Café, der Mülleimer und das Fett aus der Küche. Menschen riechen nach Waschmittel oder Head 'n' Shoulders, dem Sommer im Tiergarten entströmen die Spuren der Menschen, die Grillkohle, der Urin und das faulige Wasser, auf dem die Enten schwimmen. Erstaunlich, dabei müßten Erdbeeren, Äpfel, Socken, Büsche, Sandwiches, Autos und Milchkaffees riechen, aber tun es nur selten und schwach,

als wäre schon der genetische Bauplan für den Geruchsinn vernachlässigt, weil er als überflüssig erachtet wurde.
Menschen mit viel zu starkem Körpergeruch sind mir über die Jahre, ohne daß ich es gemerkt habe, sympathisch geworden. Ihr Geruch nach Stall und Schweiß, nach täglichem Knoblauch und Linsen, nach Haut, Liebe und Haaren ist mir lieber als das frischgeduschte Nichts, das übrigbleibt, wenn alles mühevoll in den Bädern abgeschrubbt wurde.
Ich vermisse den betäubenden Geruch des Frangipani, der vorne im Garten steht. Sein pelziger und beinahe künstlicher Duft übertrifft jede Erwartung, die man von einem Blütenduft haben kann. Sein Duft verbreitet sich nach jedem Regen, wenn seine weißen und innen gelben Blütenkelche ihre gesammelte Essenz verströmen. Der Hibiskus dagegen, ungleich schöner und zarter, riecht nach nichts.

Ich wollte Monica vom indischen Viertel schreiben, von den palavernden Männern, die um einen Tisch herumstanden, an dem Muskatnüsse zerkleinert wurden. Ich wollte es ihr beschreiben, weil es exakt das Motiv einer der Postkarten war, die sie mir von ihren Reisen geschickt hat.
Auf ihrer Postkarte, die sie mir damals aus Indien schickte, waren die Männer in grelle Hemden gekleidet. Das Bild war retuschiert und ungleich bunter als das, was ich auf einem Spaziergang durch die Stadt entdeckte.
Das indische Viertel ist nur eine Gasse am Rande von Chinatown, das sich entlang der Flußbiegung des Chao Praya erstreckt mit seinen Hunderten von kleinen Straßen und verborgenen Winkeln. Kleine Brücken führen über Kanäle, die in das schlammbraune Wasser des großen Flusses münden. Sie verbinden die langen Gassen, die nach Ab-

wasser und gebackenen Waffeln riechen, nach der Appretur der Stoffe, die zum Ansehen ausgerollt werden, und nach Plastikfolie, in die billiger Schmuck und Spielzeug eingeschweißt ist.

Die indische Gasse roch ich, bevor ich sie sah. Der schwere Geruch der Gewürze hing an ihrem Eingang. Gewürze, die gemahlen und zerstampft, gerieben und zerstoßen wurden, Räucherstäbchen, die an jedem Stand brannten, und Dals und Currygerichte, die in kleinen Garküchen gekocht wurden, zusammen ergaben sie einen verlockend fremden Geruch, der mich an Monicas Postkarte erinnerte.

Ich habe mir das Bild auf der Postkarte über die Jahre immer wieder angesehen, ohne herauszufinden, was das Sichtbare auf ihr bedeutete. Es war wie ein Filmstill, das nichts über das Geschehen verriet, sondern es durch seinen Stillstand nur noch mysteriöser machte. Ich wollte das nächste Bild sehen, eine Bewegung, die alles aufklärt, und nun stand ich in dieser Gasse und hatte das lebende Bild vor mir.

Ein älterer Mann in einem lindgrünem Hemd zerkleinerte mit einer Art Gartenschere Muskatnüsse auf seinem Klapptisch. Andere Männer standen um ihn herum und plauderten. Sie berührten sich freundschaftlich an den Ellenbogen, um ihren Worten auf Hindi Nachdruck zu verleihen. Einer hatte seine Haare glatt zur Seite gescheitelt mit Brillantine, ein anderer lehnte an der Hauswand und spielte mit etwas in seiner Hosentasche. Sie wirkten so vertraut, daß ich mich gerne zu ihnen gestellt hätte. Der Nüssezerkleinerer am Tisch schwieg.

Er hatte Blechdosen vor sich stehen, in denen verschiedene Gewürze aufbewahrt wurden, obwohl der Mann nichts anderes tat, als die großen, weichen Nüsse zu braunen Brokken zu zerkleinern. Nichts weiter geschah. Immer wieder drängten sich mit Stoffballen und Kartons beladene Vespas an den Menschen vorbei, Obstverkäufer rollten ihre Wagen durch die Schlaglöcher, und das Thema einer sehnsüchtigen Filmmusik fing immer wieder von vorne an. Ich sah mir glitzernde Armreifen an, berührte in Messing gegossene Elefantengötter oder studierte die Verpackungen der Räucherstäbchen, die mit der schnörkeligen Schrift des Hindu versehen waren.

Ich begann schon selbst ein Teil vom Bild und seinem Geheimnis zu werden, als eine kleine häßliche Frau an den Tisch trat und etwas bestellte. Der bis dahin in seine Arbeit versunkene Nüsseschneider lächelte, erwiderte kurz etwas scherzhaft und begann dann ungewöhnlich flink große Blätter aus einem mit Wasser gefüllten Einmachglas zu fischen, um darauf eine braune Paste zu streichen, dann eine weiße, flüssige Soße, gefolgt von Ingredienzen aus allen Gläsern und Dosen, bis er die Blätter zusammenrollte und sie in einer Tüte der Frau übergab, die wortlos in einem Geschäft für Saris verschwand.

In meiner Überraschung lehnte ich mich gegen den Karton mit Musik-Kassetten, der herunterfiel, und ging in das nächste Restaurant mit Aircondition. Ich bestellte einen Lassi bei einem freundlichen Transvestiten und sah aus dem Fenster.

Wie lange hatte ich mir gewünscht, das Geheimnis um dieses Bild zu lüften, und jetzt war es innerhalb weniger Sekunden geschehen. Mit einer Alltäglichkeit und Banalität, die mich enttäuschte.

Die umstehenden Männer hatten kurz ihre Gespräche unterbrochen, um der Anfertigung des Imbisses zuzusehen,

dann waren sie zurückgekehrt zu ihrem Palaver, während der Mann an seinem Tisch wieder Muskatnüsse zerkleinerte, als wären sie der träge Treibstoff der Welt.
Die Entzauberung hat mich letztendlich davon abgebracht, ihr zu schreiben, und auch mein Wunsch, dieses Geheimnis wenigstens zwischen uns noch zu bewahren.
Langsam den Lassi schlürfend, dachte ich an Sis und den Abend vor Jahren, an dem wir gemahlenes Muskatpulver schnupften. Es sollte eine ähnliche Wirkung haben wie Ecstasy, das Sis sich nicht zu nehmen traute. Wir schnupften und kicherten in der Vorfreude auf ein euphorisches Drogenerlebnis, bis uns schlecht wurde und wir beide kotzten. Tagelang hielt sich der schwere und ölige Geruch des Muskats in unseren Nasen, wir konnten kaum etwas essen, ohne den Beigeschmack davon.
Nur sehr wenige Gerüche kann ich aus dem Gedächtnis riechen, aber diesen einen kann meine Nase sofort erinnern.
Wie konnte ich das vergessen? Das war es, was mir vorhin nicht einfiel, als ich Monica an den Blüten im Garten riechen sah: Monica hatte ihren Geruchsinn verloren. An den Blüten hat sie aus Gewohnheit gerochen und aus einer Höflichkeit ihnen gegenüber. Vor zwanzig Jahren schon hatte sie ihren Geruchsinn durch ein Medikament verloren. Sie konnte weder das Essen schmecken, das sie mir kochte, noch die Abendluft riechen draußen im Garten, wenn wir die Krocket-Tore wieder einsammelten. Nicht das Feuer am Abend und den Whiskey, den sie trank.
Was sie denn schmecke, fragte ich sie einmal, weil sie sich jedesmal darüber freute, wenn ich ihr einen besonders guten Scotch mitbrachte. Ich fragte sie, weil ich sah, wie sie

sich Butter auf die Spaghetti tat, verstohlen die knusprige Haut gegrillter Hühnchen aß und reichlich Zucker in ihren Kaffee rührte.

Ich weiß, wie es schmeckt, sagte sie, ich schmecke die Erinnerung. Sie trank noch einen Schluck und seufzte. Wie ich liebt sie Kaffee am Morgen. Wie sie seufze ich erleichtert nach dem ersten Schluck, wenn mir der bittere und erdige Geschmack in den Kopf steigt.

Ich erinnere mich, wie ich als Kind einmal versunken über einer Schale Walderdbeeren saß. Ihr Duft war so intensiv, als wäre er die Uridee jeder Erdbeere. Hatte sie nicht das Glück, daß sogar eine fade Erdbeere für sie so schmeckte?

Wir aßen die Walderdbeeren mit Schlagsahne. Aber sie hat mir nie verraten, wo sie sie gepflückt hat.

Ein scharfer klebriger Geruch steigt mir in die Nase und bringt mir meinen Körper zurück. Ich stinke.
Das letztemal geduscht habe ich mich am Morgen vor meinem Unfall. Wie gerne würde ich mich im Regen waschen.
Susan scheint den Geruch auch bemerkt zu haben.
»Ich wasch dich«, flüstert sie und steht auf. Sie entzündet drei Räucherstäbchen, deren milchiger Rauch behäbig an die Decke steigt und dort aufprallt, dann macht sie sich auf den Weg ins Bad.
Ein Blitz knackt und kracht in der Nähe. Gespenstisch langsam ist sein Knacken und danach sein Auseinanderbrechen, bis der Donner über die Häuser rollt und die Wände erzittern läßt. Die Asche bricht von der Spitze der Räucherstäbchen, und sie brennen ungerührt weiter.
Feine Tröpfchen schweben vom Regen auf mein Gesicht, und ich höre Susan oben hin- und herlaufen. Der nächste Blitz erhellt den Garten, und ich sehe eine Gestalt, einen Schatten, der sich mit den Adern der Blitze am Himmel wieder auflöst. Der Regen hört schlagartig auf und ebenso die Schritte im oberen Stockwerk. Der Schatten kommt näher im Blitzlicht, Tropfen fallen vom Dach. Das Telefon klingelt einmal, dann steht jemand am Fenster und schlägt seine Kapuze zurück.
Ein kurzer Schrei entfährt mir, mein Herz klopft rasend schnell, und ich setze mich auf. Eine Frau steht im Fenster und legt ihre Hand an den Rahmen. Sie hat das runde

und sanfte Gesicht einer Inderin. Ich bin so erschrocken über ihr plötzliches Auftreten, daß ich nichts zu sagen weiß. Ihr Blick gleitet über mich und das Zimmer, dessen langweilige Zusammenstellung sie offenbar interessiert.
Eine Weile ruhen ihre Augen auf Susans hochhackigen Schuhen, die vor meinem Bett liegen. Sie läßt sich Zeit. Ihre langen Haare sind nach hinten gebunden und fallen auf den weißen Sari. Leise bewegen sich ihre Nasenflügel. Dann lächelt sie mir zu, und Susans Schritte sind wieder zu hören. Eine ungewöhnliche Wärme ist mit der Frau gekommen, deren Alter ich nicht einschätzen kann. Sie ist jung und doch erwachsen.
Unter ihrem hypnotischen Blick lehne ich mich wieder zurück, sie blinzelt nicht einmal mit den Augen, deren dunkle Farbe die Pupillen ungewöhnlich groß erscheinen läßt. Plötzlich verschwindet sie mit einer abrupten Bewegung und läßt eine gespenstische Stille zurück.
Nichts geschieht. Ich räuspere mich, um den Eindruck der Taubheit zu verscheuchen. Die goldene Spitze eines pyramidenförmigen Huts erscheint am unteren Rand des Fensters, und eine breite, in Falten gelegte Stirn folgt, darunter große, rotumränderte Augen. Es ist wie in einem Puppentheater. Ein grimmiger Mund mit dicken Lippen wird sichtbar, aus dem zwei Eckzähne nach oben stehen wie bei einem Wildschwein. Ich weiß nicht, ob es eine Maske ist oder ein wirklicher Kopf. Der goldene Hut ist unter dem Kinn mit einem Riemen befestigt wie der Helm eines Phantasiekriegers, und es kommt mir so vor, als würde er mit den Augen rollen. Aber es erscheint unter dem Kinn ein anderer Körper und springt in die Luft.

»Huuuuh!« ruft eine Stimme, die mir bekannt vorkommt. »Huuuhuuuhuuu!« Sie wedelt mit den Armen und wackelt mit dem Kopf. An den Händen erkenne ich sie.
»Monica!« rufe ich und will aufstehen, aber ich kann nicht. Sie klatscht in die Hände und lacht über ihren Streich, aber es tönt gedämpft unter der Maske. Sie nimmt sie ab und verschwindet langsam im Dunkel, als würde sie auf einem Wagen weggezogen.
»MONICA! MONICA!« Ich konnte nicht einmal ihr Gesicht sehen. Ich schreie »MONICA! MONICA!«, aber nur noch die Tropfen vom Dach sind zu hören.

Die schöne Inderin erscheint wieder, als wäre sie eine Ansagerin, die auf die Bühne zurückkehrt. Sie bewegt sich wie in Zeitlupe. Der Anflug eines Lächelns wird jetzt in ihren Augen und um ihre Mundwinkel sichtbar. Sie sieht auf meinen Gips und hebt fragend eine Augenbraue.
»Oh«, sage ich, »ein kleines Mißgeschick, nicht weiter schlimm.«
Sie nickt unmerklich. Ihre Nasenflügel sind wirklich sehr groß, und das Dunkel der Löcher darunter fast obszön. Jetzt erkenne ich sie wieder. Ich habe sie im Park neben dem Shoppingcenter beobachtet. Sie fütterte vom Steg des SONY-Pavillons aus die großen Welse im schlammigen Wasser. Schmatzend tauchten deren Münder mit langen Fühlern auf, und sie riß Stück um Stück von dem weißen Brotleib und warf es ihnen zu. Nur die Schildkröten hielten Abstand, vielleicht warteten sie auf Reste. Am nächsten Tag sah ich Männer mit Gummistiefeln, die die weißen Leiber der Fische aus dem Wasser käscherten. Sie sammelten sie ein und trugen sie in Mülltüten fort.

Die junge Frau stößt einen Atemzug durch ihre Nase aus, und ein pestartiger Geruch erfüllt den Raum.
Sie stand schon an jenem Nachmittag allein auf dem Steg. In ihrem weißen Kleid konnte man sie schon von weitem sehen, aber außer mir schien sie niemand zu beachten.
»Oh, ein kleines Mißgeschick«, sagt sie mit schläfriger Stimme, »nicht weiter schlimm«. Das Blut beginnt mir wieder in den Schläfen zu pochen, und eine elektrische Ladung kriecht über meine Haut.
»Wann?« frage ich sie, »wann?« Tränen kommen mir, ohne daß ich es will.
»Wann? Wann?« sagt sie mit einem Flehen und hebt die Hände zum Himmel. Sie spricht mit meiner Stimme! Mit jedem Wort erreicht mich ein neuer Schwall dieses furchtbaren Gestanks, der mir alle Lebenskraft raubt und jeden Sinn.
Ich habe mir den Tod anders vorgestellt, gesprächiger. Ich habe einen knochigen Mann mit Sense erwartet, der schlechte Witze macht und selbst am lautesten darüber lacht. Einen einsamen Tod, der mich hinhält, der schlau ist und mit allen Wassern gewaschen. Der mich damit tröstet, daß er ein lausiger Tod ist.
Statt dessen dieses Mädchen, das auf den ersten Blick schön ist und zart. Beinahe wäre ich ihr ein Stück nachgelaufen im Park, wäre da nicht ihr unangenehmer Blick gewesen. Ihr schlechter Atem treibt mich zur Verzweiflung.
»Verschwinde! Geh weg!« ich richte mich auf.
»Verschwinde! Geh weg?« sagt sie, als wäre es eine Frage, und legt den Kopf zur Seite.
Susan kommt zurück mit einer großen Schüssel heißem

Wasser und einer Tüte mit Badeutensilien. Sie geht vorsichtig und sieht auf den Boden vor sich. Ihr Kleid hat dunkle Wasserflecken. Aus meinem Mund kommt nur ein Krächzen, und ich reiße an ihrem Kleid und zeige auf das Mädchen, das mich zum Narren hält. Ihr Kleid ratscht leise. Susan flucht und tritt meine Hand weg.
»Bist du verrückt«, ruft sie und setzt verärgert die Schüssel ab.
»Mein Kleid!« sagt sie vorwurfsvoll und tastet es ab.
Das Mädchen seufzt, und ihr Busen hebt und senkt sich dabei. Ihr Aussehen hat sich verändert. Sie könnte jetzt ein deutsches oder italienisches Mädchen sein, das sich die Zeit mit Warten vertreibt. Sie hat die schlanken Arme auf das Fensterbrett gelegt und gähnt vorsichtig. Ihre Zunge ist schwarz. Dann senkt sie für einen Augenblick schläfrig die Lider.
Das ist der Moment, auf den ich gewartet habe. Ich nehme meine ganze Kraft, lasse mich aus dem Bett fallen und rolle über den Boden. Susan springt erschrocken zurück, und die Tischbeine knicken unter meiner Wucht zusammen, aber ich bekomme den Revolver zu fassen. Meine Finger rutschen ab, und ich höre meinen eigenen Schrei, »Aaaaaaahhhhhh«. Ich ziele auf das Mädchen, das mich desinteressiert ansieht. Der Gestank kommt mir in die Nase, und ich drücke ab, und wieder und wieder und jedesmal macht es »Klick«, »Klick«, »Klick«, und eine Feuerzeugflamme erscheint an der Mündung des Revolvers.
Blitze krachen über die Dächer, und erst als der Donner über uns hinweggerollt ist, hört Susan auf zu schreien. Sie kniet am Boden und sieht mich an, und ich sehe das Mädchen an, das zum zweitenmal lächelt. Sie zupft einen Faden

aus dem Stoff ihres Ärmels und sieht mir in die Augen. Dann reißt sie ihn mit einem Ruck durch und ist verschwunden.

»Er ist leer, er ist leer«, sage ich, aber Susan zerrt weiter an dem Revolver, bis sie ihn mir entrissen hat. Sie wirft ihn auf den Boden, und ich nehme sie in den Arm. Sie spuckt auf den Revolver und kickt ihn wütend in eine Ecke und lehnt sich schluchzend an mich.
»Pssscht«, sage ich und streiche über ihren warmen Kopf. Ein fernes Grollen verebbt und läßt das Geräusch des Druckers zurück, der nebenan ein Blatt einzieht. Die Silhouette der Hochhäuser wird von einer abrupten Helligkeit umrissen, dann erschüttert eine Druckwelle das Haus, das ächzt in seinen Fugen.

Susan hilft mir auf die Beine, und beide blicken wir in die Nacht, die unter sanften Blitzen zuckt. Es ist still, dann setzt der Regen wieder ein, erst zögerlich, dann stärker, und vertreibt uns wieder von unserem Ausblick auf die leere Welt.
»Es ist vorbei«, sage ich leise.
»Was redest du?« fragt Susan. In dem Augenblick spüre ich den Schmerz in meinem Fuß, als wäre die Scherbe noch da, tief im Fleisch und lebendig.
»Aauuooh!« Susan schleppt mich zum Bett, und ich lasse mich von ihr in die Kissen drücken. Der Schmerz steigt in meine Glieder und bringt das Leben wieder zurück. Wie habe ich ihn vermisst, den süßen Schmerz, der in meinen Adern brennt und mich klar werden läßt. Ich nehme Susans Kopf zwischen meine Hände und küsse sie.

Ich möchte ihre Lippen auf meinen spüren, und sie läßt es sich gefallen. Dann legt sie ihren Kopf auf meine Brust, und ich halte sie umarmt.

Der Regen hüllt uns ein, als wären wir die letzten Menschen auf der Welt.

An der Badestelle haben es sich Familien gemütlich gemacht. Junge Familienväter mit Bauch, braungebrannt in ihren Klappstühlen, die Kinder nackt auf dem heißen Sand, in den sie Löcher buddeln zum Abkühlen. Die älteren Geschwister rennen mit Geschrei über den Steg und springen ins kalte Wasser.

Große Kiefern spenden Schatten und lassen Nadeln und Eicheln fallen, die durch den feinen Sand in die Fußsohlen pieken. Wälder sind auf den gegenüberliegenden Inseln zu sehen.

Die Haare der Schweden sind in der Sonne strohblond geworden. Sie picknicken mit Saft und Hühnchenkeulen aus Tupperwaredosen, Keksen und Hamburgern von Mc Donalds.

Der Tallholmen ist eine kleine Landzunge neben dem Yachthafen, dessen knarzender Ponton jedes Jahr um ein weiteres Glied verlängert wird. Eine Segelschule für Kinder entläßt von hier aus ihre Jollen, und auch vom Badestrand auf der anderen Seite aus sind Segel- und Motorboote zu sehen, die Familien an nahe gelegene Inselufer bringen, wo sie mit Freunden den Nachmittag auf den warmen Felsen verbringen. Manchmal sind ihre Gespräche deutlich zu hören, wenn der Wind sie vom Meer herüberträgt.

Die Schweden sind kleiner, als ich sie in Erinnerung habe. Die Teenagermädchen zeigen die dicken Bäuche unter ihren bauchfreien Tops und tragen Plateauschuhe, die sie wie Kleinwagen neben ihren Handtüchern parken. Es ist ein heißer Tag.

Ich könnte über den alten betonierten Steg rennen und ins Meer springen oder über den breiten aus Holz, in dessen Schutz die Kleinkinder planschen.

Ich nehme den bei den Kindern und spüre beim Rennen schmerzhaft die Ritzen zwischen den Holzplanken, dann stoße ich mich ab und tauche ein in das endlose Glitzern des Wassers.

Die Hitze hat das Wasser auf der Haut noch kälter gemacht, es beißt wie Eis, und mein glücklicher Schrei dröhnt weit in die Unterwelt. Ich lasse alle restliche Luft aus den Lungen und sinke auf den weichen Teppich der Algen. Ihre fadenförmigen Wälder bedecken den Boden, meine Haut schimmert weiß unter der Oberfläche, die über mir zitternde Falten wirft wie Frischhaltefolie.

Als Junge mußte ich tauchen, um Ringe und Münzen wieder hochzuholen. Dafür gab es Abzeichen, silberne, bronzene oder goldenen Delphine, die ich alle wieder verloren habe. Ich blieb am Grund, wenn ich noch Luft hatte. Das Geschrei am Strand verstummte, und der dumpfe, tiefe Klang unter Wasser bezauberte mich mit seiner Ruhe. Ich wünschte, für lange dableiben zu können, schwerelos, mehr noch als ein Vogel, wollte ich ein Fisch sein oder ein Partikel, der in der Strömung zwischen den Inseln davongetragen wird.

Da ist das Summen der Motoren, mit denen die Segelboote zwischen den Inseln manövrieren, sind Hechte, die im Schatten der Steine lauern, und Barsche, die in Schwärmen nach warmen Stellen suchen. Sogar die Sprengung der Felsen für eine neue Siedlung auf der nächsten Insel fügt sich in die weiche Welt des Wassers.

Auf den Felsen träume ich von den blauen Häusern aus Holz, die niedlich in einer Reihe im Wald stehen werden. Glatte, englische Rasen werden zwischen ihnen sein, die am Wochenende gemäht werden müssen. Der Kampf gegen die Natur.

In den Apotheken wird jedes Jahr auf großen Plakaten vor Zeckenbissen gewarnt, was mir vorkommt wie ein Luxus in der absolut sicheren Welt Schwedens. Eine milde Milch wird verkauft gegen die Folgen des Sonnenbrands, die nur von den Deutschen benutzt wird, deren Nasen sich pellen von den langen Fahrradtouren.

Häuser mit weißen Giebeln und Gardinen vermischen sich hinter meinen Augenlidern mit pellenden Nasen und lautlosen Rasenmähern, ein glänzender Hecht taucht nach einem Ring, und das Kreischen der Badenden wird ein sanfter sommerlicher Soundtrack für meinen Schlummer in der Sonne, die die Kälte des Meeres aus meinem Körper brennt.

Wie oft lag ich so, ein Kinderkörper, der eines Jungen, größer und größer werdend, als hätte mich die Sonne auf dem Felsen über die Jahre genährt. Ich komme mir vor wie ein Lebewesen, das aus einer passenden Mulde des Steins entsprungen ist, bis eine Ameise den Aufstieg beginnt. Ich liege ihr im Weg. Auf meinem Gesicht angekommen, ist sie unschlüssig. Ich mache eine Grimasse, damit sie merkt, daß sie die falsche Richtung eingeschlagen hat. Sie beißt mich in die Lippe.

»Achchchch!« Ich wische die Ameise weg und zerquetsche sie. Sie hat mich angepißt, dabei hätte ich sie ohne weiteres wieder ziehen lassen. Meine Lippe schwillt an, und das Jucken geht auch mit Spucke nicht mehr weg. Ich suche in der Handtasche Ingelas nach einer Zigarette.

»Gehen wir?« fragt sie und schlägt die Augen auf.

»Ja«, und zusammen rauchen wir unter den ersten Wolken, die hell und leicht vom Meer her den Nachmittag ankündigen. Die Wellen sind unruhiger geworden, und lärmende Familien kommen auf ihren Fahrrädern an.

»Ich fahre«, sage ich zu ihr, als wir das aufgeheizte Auto lüften. Sie steht schon an der Beifahrertür und wirft den Sack mit Bademänteln auf den Rücksitz.

Beide sind wir nicht gerne Beifahrer und ertragen andere Fahrer nicht. Wir fahren dann auf unsichtbaren Pedalen mit. Aber seitdem sie mir das Autofahren beigebracht hat, läßt sie mich fahren. Sie behält den Schlüssel und sucht ihn jedesmal in ihrer Handtasche, um ihn mir wieder in die Hand zu drücken.

Das erste Mal fuhr ich mit ihr über Feldwege und dann auf die Bundesstraße. Solange das Auto fuhr, machte ich mir keine Sorgen, und sie redete mir auch nicht rein wie später der Fahrlehrer, der mich mit seinen ironischen Bemerkungen ständig ablenkte.

Seitdem hat sich nicht viel verändert. Ich fahre, immer noch zu schnell für ihren Geschmack, und sie sucht ihre Marlboros im Handschuhfach, wo sie nicht sind. In ihrer Jacke sind sie auch nicht.

»In der Handtasche«, sage ich und angle sie ihr vom Rücksitz.

»Guck geradeaus«, sagt sie scharf. »Die in der Handtasche sind alle.«

»In der Blechschachtel«, helfe ich ihr weiter. Bevor sie mich fahren ließ, war ich derjenige, der ihren Zigarettenverstekken auf die Schliche kommen mußte. Die Blechschachtel liegt vor ihr auf dem Boden. Eine Fishermans-Friend-Dose, in der auch zwei Briefmarken und ein ausgeschnittener Zeitungsartikel über Chagall liegen, und ihre Uhr, deren Armband nicht mehr schließt.

»Muß mir aus der Tasche gefallen sein, so«, sagt sie und zündet sich eine an. Es ist wie ein Déjà-vu meiner ersten Autofahrt, nur daß diesmal ein Satz fehlt: »Jetzt fahr auf die Autobahn.« Ich war gerade sechzehn geworden.

Obwohl beide zeitlebens stolz darauf waren, selbst zu fahren, lassen Ingela und Monica sich gerne von mir fahren, auch weil sie endlich wieder die Landschaft sehen können, die durch die Seitenfenster größer ist.

Als ich nach Schweden kam nach meinen ersten Fahrten mit Ingela, schickte mich Monica schon am ersten Tag alleine einkaufen mit ihrem Wagen. Sie wollte mir noch mehr vertrauen, als Ingela es getan hatte, und am selben Tag fuhren wir bis in den Abend über die holprigen Landstraßen. Gewissermaßen beanspruchten sie beide für sich, mir das Autofahren beigebracht zu haben. Keinen anderen Mann hätten sie außer mir ans Steuer gelassen, wären sie nicht verliebt gewesen in welche, die sich von Natur aus für die besseren Fahrer hielten.

Vor dem Supermarkt machen Jungs auf ihren Mopeds Kunststücke, reißen das Vorderrad hoch und bremsen dann übertrieben vor ihren Freunden am Hotdogstand. Sie grinsen schief, und die Mädchen klemmen sich gelangweilt die Arme zwischen die Beine.

Bibliothek und Bank sind mit dem Supermarkt in einem

Flachbau untergebracht. Der Dorfplatz ist ein Parkplatz mit Bänken, auf denen die Teenager Kippen aufdröseln und Hagebuttenknollen abreißen.
Mehr noch als den Strand habe ich immer diesen Parkplatz geliebt und den Blick auf den schmalen Fluß und die Anlegestelle, von der aus zweimal am Tag im Sommer die Touristen in die Stadt fahren.
Von klein auf kenne ich diesen Parkplatz. Jetzt, da ich das Gefühl habe, es ist vielleicht der letzte Sommer, in dem ich ihn sehe, merke ich, wie ich das Unglück seiner Langweile immer geliebt habe. Die Trostlosigkeit der dicken gutgelaunten Teenager.
Glück, habe ich früher gedacht wie ein Amerikaner, es ist Glück, das ich empfinde draußen auf den Inseln, deren einziger Schatz früher die Steinbrüche waren, das ich spüre auf diesem Parkplatz und auf einsamen Waldwegen, die an vermückten Seen enden. Dabei ist es ein heiteres Unglück, eine ausgelassene Niedergeschlagenheit, von der die schwedische Landschaft pausenlos handelt. Warum wären sonst die Supermarktkassiererin und die Frau in der Bibliothek, die beide schon seit zwanzig Jahren das gleiche tun, warum wären sonst die Teenager, die lieber in der Stadt wären, und die Familienväter und -mütter, die die nächsten zwanzig Jahre ihre kleinen Häuschen in der Siedlung abbezahlen müssen, warum wären sie sonst so freundlich und entspannt? Sie genießen die Traurigkeit, und die Einsamkeit, von der es hier so reichlich gibt.
Gutgelaunt kaufen Ingela und ich im Supermarkt weiches Toastbrot, Leberpastete aus der Tube und holländische Riesentomaten, zwei Tageszeitungen, die beide auf der Titelseite von einem entlaufenen Rentier berichten, und zwei

Packungen Zigaretten, jede für 8 Euro und 90 Cent. Arabische Hirtenmusik weht leise aus den Boxen. Die Sommer unseres Lebens. Ich kenne die langen Winter nicht, in denen schon zum Frühstück eine Spielshow von SAT 1 läuft. Ich kenne nur die zwei Monate des Sommers, in denen die Leere des Himmels euphorisierend wirkt.

Wir überqueren die Schnellstraße, den Fluß und die Gleise und fahren vorbei an Kornfeldern, die von staubigen Erntemaschinen gemäht werden. Grüne Riesenheuschrecken, die Reihe für Reihe die geschwungenen Felder abfressen. Am Ende erbrechen sie mit langen Rüsseln den Weizen in die Anhänger.

Im Haus sind wir allein. In der dunklen Halle klingelt das Telefon unablässig. Es ist ein alter Apparat mit einer Wählscheibe und Buchstaben, die den Zahlen zugeordnet sind. Sein Klingeln dringt bis ans Ende des Gartens. Die Stimmen der Freunde von Monica sagen zu oder ab für eine Feier am Nachmittag, von der ich nichts weiß. Es dauert, bis sie wieder wissen, wer ich bin.

Ich räume den Garten auf für alle Fälle, verstecke die Holzstühle, die in den langen Wintern morsch geworden sind, und klopfe die Nägel der Verandatreppe fest. Das Holz ist geschrumpft in den Jahren und unter den Schritten. Ein Birkenblatt klebt auf meiner Brust, als ich schwitzend das Laub zusammenreche.

Ingela bringt Kaffee, den wir oben auf der Treppe trinken.

»Fast wie ein geheimes Tal«, sagt sie und zeigt auf die einst kleinen Triebe, die jetzt sechs, sieben Meter hoch den Garten wie eine luftige Mauer umgeben.

»So sehen wir nur die eigene Welt«, antworte ich, und sie unterbricht meinen gegenstandslosen Gedanken.
»Um drei kommen die ersten Gäste.«
»Aha.« Es waren lange keine Gäste mehr da. »Wie spät ist es überhaupt?«
»Vielleicht eins«, sagt Ingela. Keiner von uns hat je eine Uhr in der Nähe. Armbanduhren gehen kaputt, Wecker rollen unters Bett, und Küchenuhren sind stets schon vor langer Zeit stehengeblieben. Die Ungewißheit der Zeit erlaubt uns, noch länger im Schatten zu sitzen.
»Du hast die Urne noch gar nicht gesehen, oder?« sagt Ingela auf einmal.
»Die Urne?«
»Die Urne von Monica.«
»Die U R N E ist hier?«
Aber Ingela ignoriert meine Betonung.
»Die ganze Zeit schon«, Ingela zeigt sie mir, sie ist in eine sportliche Tragetasche verpackt, die für den Zweck entworfen wurde, Urnen im Handgepäck mitzuführen. Natürlich, sie kam ja aus Spanien. Seit Tagen steht die Tasche von mir unbemerkt neben dem Bett, in dem ich schlafe.
»Was für eine scheußliche Tasche«, sagt Ingela und geht wieder Gläser und Besteck aus dem Schrank im Eßzimmer räumen.
Es ist eine weiße, schmucklose Urne, deren Deckel mit Tesafilm befestigt ist. Ich baue sie auf einem Tisch auf, pflücke Wiesenblumen und stelle das Bild auf, das ich gefunden habe. Ich habe es nie vorher gesehen. Monica mit nicht einmal zwanzig Jahren, ihr Gesicht ist schmal, und auf der Schwarz-Weiß-Fotografie wirkt ihr langes Haar dunkel. Auf anderen Bildern aus dieser Zeit erkenne ich sie

wieder, aber ich mag das Bild für den seltenen Moment, in dem sie aussah wie eine andere.
»Monica«, flüstere ich und halte die Urne an meine Wange, »ich kann nicht glauben, daß du in dieser Urne bist.« Der Deckel poltert herunter. Ein Cellophansack mit hellgrauer Asche liegt darin. Ich öffne den Knoten der Tüte und lausche den Geräuschen, die Ingela macht. Sie putzt Geschirr.
Die Asche schmeckt sonderbar, ein wenig wie Aspirin. Sie ist auch nicht leicht, weiße Krümel knirschen zwischen meinen Zähnen. Ein wenig ölig. Ich schlucke einen Mundvoll herunter und trinke einen Schluck Kaffee.
»Sie werden dich nicht in ein langweiliges Grab legen«, flüstere ich zu Monica auf dem Bild.
Zu Ingela hatte Monica gesagt, sie wolle neben ihrem Mann liegen, aber der Rest der Familie, vor allem ihr eifersüchtiger Freund, wollte das nicht. Sie überstimmten Ingela mit der Behauptung, sie selbst hätte es ausdrücklich gewünscht, im Grab ihrer Familie und neben den Geschwistern beigesetzt zu werden. Aus einem unerfindlichen Grund gehorchten Monicas Töchter ihrem Freund. Und der, um Ingela zu ärgern, behauptete gerne das Gegenteil von dem, was sie gerade gesagt hatte.
Ich wische mir den Schweiß von der Stirn und sehe die Urne an. Ich kann sie unmöglich aufessen. Andererseits gibt mir das Traumhafte dieses Moments recht. Ich gehe mit ihr in den Garten und streue ihre Asche aus. Ich streue ihre Asche vor die Treppe, auf der wir so oft saßen, schleudere sie in die warme Luft, wo sie wie Spreu fortgeweht wird, und verteile ein wenig davon im alten Rosenbeet, das wiederauferstehen soll.

Hinter der Mauer wate ich im hohen Gras. Unter den Birken, zwischen denen die rostige Teppichstange hängt, setze ich mich in eine Kuhle, die Rehe letzte Nacht gedrückt haben. Alles scheint so weit weg, und doch bin ich hier. Autos fauchen auf der nahen Landstraße vorbei. Nicht einmal sie scheinen in der Gegenwart zu sein, nur eine Erinnerung, die wiederkehrt.

Ich stelle Monica neben mich. Wenn sie mich hier besuchte, brachte sie Kekse mit, und wir beobachteten die Ameisen, die auf ihrem Weg zu den Birken auf unseren Vorrat stießen. Rote Waldameisen, wie die am Strand, die mühelos und unablässig große Brocken zu ihrem Bau tragen.

Wenn wir hier gemeinsam saßen und auf die Wiese sahen mit ihren wiegenden Blumenköpfen, sagten wir kein Wort. Als wären wir Arbeiter, die in der Mittagspause ihr Essen mit den Ameisen teilen.

Die Urne ist noch halbvoll. Die Ameisen entdecken die Asche, die ich mir von den Händen abgeklopft habe, und tragen sie fort. Ich schütte mehr hin und lege mich zu ihnen auf den Boden. Wissen sie, was sie da wegtragen, oder ist es nur der Reflex, die Beute in Sicherheit zu bringen?

»Ben!« Ingela ruft aus dem Fenster, und ich ducke mich ins Gras.

Die Ameisen sind kleiner als auf dem Bildschirm des Fernsehers, auf dem wir sie abends oft beobachteten. Aber ihre Rastlosigkeit ist die gleiche.

Ich habe ihre Straße wiederentdeckt unter den Halmen. Jahr für Jahr beobachtete ich ihre Straße, die von ihrem Hügel an der Steinmauer über die Wiese bis zu den drei Birken führt, von denen sie sich seit langem ernähren.

In meinen Kinderträumen waren sie groß wie die Gesichter von Menschen. Sie sahen mich an auf ihrer Suche nach Nahrung. Ich wachte oft auf davon und wartete, bis ich mich im schwachen Schimmer der Nacht an Monicas Seite wiederfand.

Im Gras liegend kam es mir dann vor, als sei ich wieder groß geworden im Tageslicht und sie klein und verletzlich, so daß ich ihnen mühelos Hindernisse in den Weg legen konnte. So beeindruckten wir uns mit unseren verschiedenen Größen. Ihre Fühler zitterten wütend, bis sie einen neuen Weg um den Stein gefunden hatten, dann nahm ich ihn wieder weg und setzte ihn an eine andere Stelle.

Sie lassen sich auch jetzt nicht davon abhalten, Monicas Asche in ihr Haus zu tragen.

Seitdem ich denken kann, noch bevor das kleine Kinderhaus neben dem Ameisenhügel in sich zusammenfiel, gehen sie den gleichen Weg und haben eine tiefe Narbe im Gras hinterlassen. Es ist ein kleiner Kanal, handbreit, den sie über die vielen Jahre freigerannt haben, ohne daß ihr Haufen wirklich größer geworden wäre. Er ist immer noch der gleiche. Ich bohrte öfter mit einem Stock darin und war überrascht, daß nicht die Decke einbrach. Unter der äußeren Schicht der roten Nadeln und Erde waren wieder Erde und Nadeln, als bestünde der Bau lediglich aus vielen Häuten. Die Ameisen hatten keine Zimmer, keine Gänge, Kammern, Hallen, Labyrinthe, Aus- und Eingänge, durch die ich mit ihnen in den englischen Dokumentarfilmen gegangen war. All das war unsichtbar geworden für einen Riesen.

Ich verteile die restliche Asche um den Haufen.

Jene angenehme tiefe Stimme der Dokumentarfilme hatte erklärt, daß Ameisen zusammen eine Art Persönlich-

keit bilden und sogar ein gemeinsames Gedächtnis haben. Man vermutete auch, daß sie nicht nur Zugang zu einer Urerinnerung hatten, sondern sogar über eine Art Telepathie verfügen, mit der Erinnerung und Erfahrung sich auf weit entfernte Ameisenvölker übertragen konnten. Die Filme stammten aus einer Zeit, die zu einem Spiritualismus neigte und damit den Weg für die populäre Version der morphogenetischen Felder ebnete.
Ameisen erinnern Fähigkeiten, die sie brauchen, um an einem neuen Ort zu überleben, und diese Erinnerung ist entweder eine ihrer Vorfahren oder eine gemeinsame, zwischen allen Ameisen geteilte Erfahrung.
Die Vorstellung, daß Monica in diesem Ameisenhügel begraben liegt, gefällt mir. Daß sie im Gedächtnis der Ameisen bleiben wird, dauerhafter als sie im Gedächtnis der Menschen sein kann, die ihre Erinnerung verblassen lassen, so wie sie selbst schon zu Lebzeiten verblassen möchten.
Ich betrachte die Bilder, meine Geschenke an Monica, die im Wohnzimmer hängen. Fotografien, deren Motive ich in monochrome, abstrakte Flächen verwandelt habe. Warum bin ich über die Jahre immer realistischer geworden, weniger abstrakt, bis nur noch Unschärfen das Bild von seiner Vorlage trennten? Fürchtete ich mich vor dem Moment, in dem ich allein zurückbleiben würde mit Bildern, deren Bedeutung nur Monica und ich kannten. Erinnerung, die verblaßt.
Niemand weiß, daß ihre Batik mit der ockerfarbenen Landschaft der Häuserdächer am Mittelmeer das gleiche Motiv hat wie meines, das ich daneben gehängt habe. Eine sandbraune Fläche, an deren Horizont sich der orangefarbene Kontinent Afrikas erhebt. Ihre beleuchtete Brücke über

den Öresund bei Nacht ist auf meinem Bild ein Sternenhimmel mit fiebrig weißen Kreisen wie bei Edvard Munch. Auf einmal weiß ich, welches mein letztes Bild für sie sein wird: Mein Blick aus dem Fenster bei Tag mit den Palmwedeln vor dem blassen Himmel und den Blättern der Kletterpflanze, die mit ihren hellroten Blüten vom Dach herabhängt.
Sie wird es nicht mehr sehen, aber ich werde es malen wie sie.

Am Kamin fülle ich die Urne wieder auf mit der Asche, die dort seit Jahren liegt. Ich mische weiße Kiesel aus der Einfahrt darunter, damit das Gewicht stimmt. Es sind nicht einmal zwei Kilo von ihr übriggeblieben. Ich verschließe sie wieder mit langen Streifen Tesafilm und stelle das Bild davor und die Blumen. Hände und Kleider sind noch voll von ihrer Asche.
Ein ankommendes Auto ist zu hören, und ich schleiche mich nach oben. Dort sehe ich auf den Garten, in dem die Besucher auf Monica herumlaufen werden. Sie werden sich die Krümel in ihre altmodischen Sohlen treten und die Gläser auf ihr abstellen, weil es kaum Tische gibt. Wir hatten nie genug für so viele Gäste.
»Be-hen! Die Gäst-e kom-men«, ruft Ingela. Ihre Worte hüpfen.
»Ich ko-homme gleich.« Ich imitiere den Tonfall, den auch Monica manchmal hatte.
Die Gäste werden mit gemischten Gefühlen kommen. Jedes Jahr ist es ein anderer, zu dessen Trauerfeier sie gehen.
»Ja-ha!« Mit ihren hohen Schuhen klackt Ingela die Treppe herunter. Sie muß langsam gehen, da die Wendeltreppe

im Dunkel liegt und sich nach innen verjüngt. Monicas Freund hat bei seinem Auszug die Lampen aus ihren Halterungen gerissen.

Ich wasche mich mit dem Wasser aus dem Trinkkrug und lehne mich dabei übers Dach, um es in die Regenrinne laufen zu lassen.

Ich freue mich, Monicas alte Freunde wiederzusehen, und ich fürchte mich vor ihrem letzten Besuch. Ich will die Zeit anhalten, als ich im Dunkel der Garderobe nach meinem Anzug suche.

»Susan, hörst du das?« Frösche quaken nach dem Regen. Die Kleinen knattern wie Grillen, und die Großen fahren über die dunkle Saite eines Cellos.
»Hilf mir«, sagt Susan und versucht mir das T-Shirt über den Kopf zu ziehen. Eine Kerze beleuchtet den Raum.
Sie gibt mir ein Blatt Papier, das auf dem Tisch lag. Es ist die Mail, die der Drucker endlich ausgedruckt hat.
»Was ist das?« Susan beugt sich über das Blatt.
»Ein Gedicht. Soll ich es dir vorlesen?«
Sie schüttelt den Kopf, und ich lese es leise für mich:

19:40
connect: Connection timed out
connect: Connection timed out
connect: No route to host
connect: No route to host
connect: Connection timed out
connect: No route to host
connect: No route to host
connect: Connection timed out

»Klingt wie ein Gebet«, sagt sie.
»Susan?« Sie wäscht mich mit einem warmen Waschlappen.
»Warum nennst du mich Susan?« fragt sie und reibt gewissenhaft meine Achsel. Sie seift den Waschlappen neu ein.

»Dein Mann nennt dich doch so?«
»Habe keinen Mann. Nur einen verrückten Freund.« Sie zeigt mit dem Daumen hinter sich. »Wie du.«
»Ich bin nicht verrückt«, sage ich, aber sie schrubbt nur heftiger und lächelt.
»Ich wollte den Tod verscheuchen. Er stand im Fenster, ich meine: sie stand im Fenster. Es war ein Mädchen.« Susan läßt sich davon nicht beeindrucken.
»Der Tod ist ein Vogel«, sagt sie und versucht meine Shorts über die eingegipsten Beine zu ziehen. Sie überlegt kurz und schneidet sie dann mit der Nagelschere vorsichtig auf.
»Wo ist der Revolver?« frage ich sie.
»Im Fluß«, sagt sie und zieht mir eine riesige Shorts an, die von ihrem deutschen Freund sein muß. Dann ein T-Shirt, das eher die Form eines Zelts hat. »Hard Rock Café Bangkok« steht entsprechend groß drauf. Sis würde sich sehr wundern, wenn sie mich so sieht.
»Wo ist deine Frau?« fragt Susan. Ich will ihr schon antworten, daß ich keine Frau habe, sondern eine Freundin, aber ich sage nur:
»Am Meer.«
»Sie ist hübsch«, sagt Susan ohne mich anzusehen, aber sie scheint kein Kompliment von mir zu erwarten. Dabei ist sie selbst hübsch. Sie hält einen Rasierpinsel in der Hand und wartet auf mein Zeichen. Unsere Blicke treffen sich kurz. Ich habe sie noch nie so fröhlich gesehen.
»Mach die Augen zu, ich rasier dich«, sagt sie und schäumt mir das Gesicht ein. Die warmen Dachshaare fahren über die Stoppeln. Ich würde sie gerne nach ihrem richtigen Namen fragen, aber das angenehme Rhht-Rhht der Klinge macht mich schläfrig.

»Ben, da bist du ja.« Ingela steht in der Garderobentür und läßt Licht herein.
»Seit wieviel Jahren wollten wir hier schon eine Lampe anbringen?« sage ich vorwurfsvoll. Ich fange sofort an, unter dem Jacket zu schwitzen. Sie nimmt mich an den Armen und lächelt.
»Ein schöner Anzug. Komm jetzt!«
»So einen heißen Tag habe ich hier noch nie erlebt.«
»Als wären wir in Spanien.«
Menschen strömen durch die Eingangshalle. Die Verwandten sind auch eingetroffen und begrüßen die Gäste mit Händeschütteln. Manche der alten Freunde sind über fünf Stunden unterwegs gewesen und trinken durstig ihre Gläser leer. Im Garten brennt die Sonne, und sie setzen sich in zersprengten Gruppen in den Schatten oder geistern erschöpft durchs Wohnzimmer. Frauen in bunten und manchmal eleganten Kostümen, Männer mit Stecktüchern am Revers und Paisleyhalstüchern unter den Hemdkragen.
Die Frauen tragen Broschen und begrüßen sich laut und herzlich. Ich kenne sie alle vage und von klein auf, aber sie erkennen mich erst, wenn ich meinen Namen sage und mich zu ihnen setze. Sie freuen sich mit hohen Stimmen und tun sich schwer, mir nicht durchs Haar zu streichen. Jede deutet die verschiedenen Größen an, die ich einmal hatte, aber keine spricht von Monica. Nur ihre Parfums erinnern ein wenig an sie.
Die Männer, die nie die Kinder beachten, täuschen Wiedererkennen vor. Ich liebe die Alten, ihre knittrige Haut, ihre gebückte Haltung und ihre Wärme, die ein langes Leben in sie hineingebrannt hat. Ich wünschte mir immer

schon, alt zu sein, braun wie Cognac und voll mit gutgelagerter Erinnerung. Erinnerung, die ich mit keinem teile, und die sich in die Falten um die hellen Augen eingraviert hat.

Ingela trinkt beschwingt an ihrem Glas. Sie führt mich auf die Veranda und möchte mir die Verehrer Monicas zeigen, die mit ihren Frauen gekommen sind, ihre Vielleichtliebschaften, ihre heimlichen Lieben, die über die langen Jahre verblaßt sind. Ich frage mich im selben Moment, wer mir eines Tages die Liebhaber Ingelas zeigen wird oder die von Sis, und dann erinnere ich, wie Monica einmal die ersten Verehrer Ingelas mit einem belustigten Lächeln erwähnte.

Am Gartentisch sitzt ein kleiner Mann neben einer Frau mit langem Gesicht. Er hat nur noch wenige Haare und lächelt freundlich, während er in seinem Kaffee rührt.

»Das war der Wildeste von allen. Alle Mädchen waren verrückt nach ihm, er war kräftig, hübsch und hatte volles, dunkles Haar. Monica und ihre Freundin Mia sind oft mit ihm in die Skiferien gefahren.« Sie nimmt sich ein neues Glas, das die mopsigen Mädchen aus der Verwandtschaft servieren müssen.

»Und da«, sie blickt auf eine Gruppe Männer und Frauen am Eingang zum hinteren Garten, »der Große mit dem dunklen Jackett, das ist Ingenieur Einarson. Ich glaube, sie waren nicht hier seit ich 18 war. Seine Frau war damals ziemlich sauer.«

Der Mann, den sie meint, macht Scherze mit den anwesenden Damen und scheint etwas Spannendes zu erzählen. Die Umstehenden lachen auf, und zuletzt lacht seine Frau

leise, ohne daß er es sieht. Sie nimmt ihm das volle Glas aus der Hand und stellt es auf die Steinmauer.
»Und das«, sie nickt ins Wohnzimmer, wo ein gutgenährter Mann mit einem spitzbübischen Lächeln das Buffet betrachtet, »das ist der Mann, den sie einmal im Scherz als ihren Liebhaber vorgestellt hat. Er war natürlich ihr Liebhaber, aber als sie ihn den anderen Gästen und ihrem Mann als ihren Liebhaber vorstellte, glaubte niemand mehr daran.«

Alle außer mir haben ihre Jacketts ausgezogen, und ich stehe in der prallen Sonne im Garten und rede mit den alten Paaren, die Ingela mir unbedingt zeigen wollte. Sie wissen nicht, was ich weiß, und gleichzeitig wissen sie vieles, das ich nicht einmal ahne, und so ergehen wir uns in freundlicher Konversation. Sie wollen wissen, was ich male, ob ich davon leben kann, ob das Künstlerleben heute ein anderes ist.
Die Männer versuchen sich einen Beruf vorzustellen, der für sie ein Hobby der Frauen ist, und die Frauen lächeln nachsichtig, als wüßten sie ganz genau, wovon ich rede. Ich habe sie beobachtet vor meinen Bildern im Haus. Es sind die Männer, die ihre Köpfe zur Seite legen, als hinge das Bild schief.

Die Urne ist von Monicas Freund mit einem anderen Bild und anderen Blumen aufgestellt worden. Er räuspert sich ununterbrochen und schneuzt laut in ein Taschentuch. Er findet kein abschließendes Räuspern, streicht sich statt dessen durch die buschigen weißen Haare und sagt etwas mit tränenerstickter Stimme. Am Ende berührt er die Urne. Andere Verwandte sprechen, inszenieren Auftritte

aus dem hinteren Garten, als würden sie hinter einer Bühne hervorgerufen.
Als ich an der Reihe bin, stammle ich, finde keine Worte und erzähle dann die Geschichte, wie ich vor sehr langer Zeit als Kind ernsthaft geglaubt habe, eines Morgens neben Monicas Leiche aufzuwachen, worüber sie jedes Jahr wieder herzlich lachte. Monica erzählte mir die Geschichte jedes Jahr wieder und lachte darüber, aber die Geschichte endet in einer bedrückenden Stille. Eine mir unbekannte Frau mit dunkler Sorayabrille rettet mich, indem sie eine andere Geschichte erzählt über Monicas besonderen Humor, den sie an ihr so liebte und der nun für immer verloren ist, worauf die Anwesenden sich wieder entspannen und lächeln.
Ich hasse Gedenkfeiern. Und ich hasse Beerdigungen. Von Monica habe ich auch meine Abneigung gegen salbungsvolle Worte und Pastoren geerbt, gegen Religion und Kirche. Sie fand es schon immer lächerlich.
Nach mir reden Monicas Freundinnen. Sie sprechen leise, sie erzählen etwas Schönes und fuchteln nicht mit den Händen.
Die Frau mit der dunklen Brille stellt sich vor:
»Karen.«
»Ben.«
»Ich weiß.« Sie lächelt.
An irgend jemanden erinnert sie mich. Monica und sie hätten sich in den letzten Jahren aus den Augen verloren, sagt sie. Es waren lange Jahre. Wir warten, bis sich ein erneuter Räusperanfall von Monicas Freund gelegt hat. Er beginnt mit zu lauter Stimme Geschichten zu erzählen, und wir gehen in den hinteren Garten zu den Birken, deren Zweige nur einen Lufthauch andeuten.

Gerade die alten Freundinnen, sagt sie, wären von dem neuen Freund Monicas ferngehalten worden, der ballonseidene Trainingsanzüge trug und sich mit aufgedrehtem Ton Gameshows ansah, wenn man sich unterhalten wollte. Die Männer hätte er mit Handschlag begrüßt, die Frauen nicht einmal angesehen. Aber das ist nicht der Grund, merke ich, warum Monica und sie sich so lange nicht gesehen haben.

»Warum ist es so heiß?« stöhnt sie und wechselt das Thema. Sie zündet sich eine Zigarette an. Nach dem ersten Zug stößt sie erleichtert die Luft aus und entspannt sich. Gemeinsam beobachten wir die Ameisen, die ihren Hügel mit hektischer Aktivität bedecken.

»Eine Welt für sich«, murmele ich.

»Ameisen sind schlauer, als man denkt«, sagt sie diplomatisch und schnippt ihre Asche auf den Haufen.

»Sieh sie dir alle an, die alten Knaben mit ihren krummen Weibern«, sagt sie auf einmal, »sie würden alle tot umfallen, wenn sie mich jetzt mit der Zigarette sehen würden.«

Ich sehe überrascht zu den kleinen Gruppen hinüber, die sich gebildet haben, aber selbst Ingela, die nie ohne Zigarette ist, raucht nicht. Ich ziehe eine Zigarette aus meiner Packung und zünde sie mir an.

»Lights? Seit wann rauchen Männer Lights?« Ihre Stimme ist angenehm rauh.

»Andere Zeiten, andere Sitten«, sage ich, und wir müssen beide grinsen. Ich erinnere mich, von dieser Freundin aus Stockholm gehört zu haben, aber ich bin ihr nie begegnet.

»Seit wann kennt ihr Euch?« frage ich, als sie ihre Kippe im Gras ausdrückt.

»Diese Sozialdemokraten! Warum haben sie nur geglaubt, sie müßten das Du einführen? Jeder Eisverkäufer duzt einen heute, jeder popelige Bankangestellte, als wären wir alle Mitglieder einer Sekte.«
»Oh«, ich weiß nicht wohin mit meiner Zigarette, da nimmt sie sie mir aus der Hand und drückt sie ins Gras.
»Tut mir leid«, sage ich, »ich finde es auch sehr komisch, aber andererseits ...«
»Schon gut, du gehörst ja zur Familie.« Sie hakt sich bei mir unter und dirigiert mich zum Haus. Ich will ihr etwas zu trinken holen, aber sie sagt, ich solle sie lieber begleiten, sie hätte keine Lust, sich mit den anderen Alten zu unterhalten. Die Teenager, die Getränke im Garten reichen sollten, sitzen auf dem Sofa und bohren in der Nase. Die ersten Gäste sind schon gegangen. Autotüren schlagen, und eine Cousine Ingelas hält mich am Arm fest. Wir haben uns seit Jahren nicht mehr gesehen und umarmen uns freudig. Ich will sie Monicas alter Freundin vorstellen, aber die ist auf einmal verschwunden. Wir freuen uns viel zu sehr und stehen Arm in Arm. Sie hat mich aufgenommen, wenn Monica im Sommer auf Reisen war. Wir fragen uns aus über unsere Leben seitdem, verabschieden gleichzeitig Gäste, und am Ende sind wir allein.
Nur noch Ingela ist da, zwei Frauen, die Monica schon als Mädchen kannten, und Karen. Ich kann unsere Nachbarn, deren Tochter mir Schwedisch beibrachte, überreden, noch zu bleiben. Sie wollen gerade über die Mauer wieder in ihren Garten steigen.

Wir sitzen am Fliederbusch und trinken Weißwein und essen die Reste des Buffets. Ein kühler Abend hat den heißen

Nachmittag abgelöst, und ich sehe Ingela, wie sie sich eine Zigarette anzündet, als wäre ein unsichtbarer Zwang von der Veranstalung abgefallen.
Ich beobachte nur ihre Gesichter, die Verschiedenartigkeit der Falten vom Lachen und von der Sonne und merke selbst nicht mehr, was ich gerade rede. Ich sage Nichtigkeiten, wie ich sie mit Monica geteilt habe, und betrachte den stillen Nachbarn, der dem Gespräch mit den Augen folgt, seine Frau, die ihr volles Glas in der Hand dreht, Ingela, die sich beim Reden eine Wiesenblume in die Haare gesteckt hat. Karens schmale Hände, die manchmal ihre angeregten Worte dirigieren.
Wir werden zu unserer Erheiterung ab und zu von den beiden Töchtern Monicas unterbrochen, die sich kaum kümmerten um sie, jetzt aber von der Veranda aus mit Gummihandschuhen kundtun, wie weit sie sind mit dem großen Abwasch. Die Frauen kichern und machen spöttische Bemerkungen.
Die beiden Töchter, die schon sehr früh geheiratet und sich eigene Leben eingerichtet haben, bildeten sich von jeher ein, etwas Besseres zu sein als Monica. Und jetzt sind sie hier, um ihr einen Liebesdienst zu erweisen, indem sie das letzte Geschirr abspülen.
Ich frage den Nachbarn nach seinen Töchtern. Er nickt nur, dann sagt er langsam:
»Weißt du, was ich an Monica immer bewundert habe?« Er macht keine Kunstpause zwischen den Sätzen, sondern es ist sein gestrecktes Zeitgefühl.
»Sie hat nie über jemanden schlecht geredet«, sagt er ernst, der sonst immer unbestimmt lächelt.
»Sie hat nie schlecht über jemanden geredet?«

Er verneint mit einem leichten Kopfschütteln und verschränkt die Hände. Das dürfte der letzte Satz sein, den er für die nächsten zehn Minuten sagt. Nun lächelt seine Frau mich an, die sonst immer ernst aussieht.

»Unsere Tochter hat nach dir gefragt«, sagt sie und sieht in mir das Kind. Ich zünde mir eine Zigarette an.

Nie schlecht über jemanden reden. Das ist ein Ding der Unmöglichkeit, aber ich versuche es mir vorzustellen. Jeder Mensch redet einmal am Tag schlecht über jemanden, man kann sich nur nicht daran erinnern. Es ist ein Zeitvertreib.

Sis und ich hätten sofort über die Ärzte und das Krankenhaus hergezogen, wie immer, vor allem weil sie mich gegen meinen Willen geimpft und mir das gesunde Bein eingegipst haben. Sis und ich hätten uns noch mehr furchtbare Krankenhausgeschichten erzählt, die wir oder andere erlebt haben, und das wäre unser größter Spaß daran gewesen, der Ausgleich für das Elend, und alles wäre vergessen.

Nicht mal unsere Freunde werden von Sis und mir verschont. Wir schließen die Tür zu unserem Zimmer in Bangkok und machen uns lustig. Wie er schmatzt, kaum steht das Essen auf dem Tisch. Sein Futterneid ist berüchtigt. Er schaufelt das Essen in sich rein und pickt dann von den anderen Tellern, während sie sich nach dem ersten Bissen schon eine Zigarette anzündet. Er essend, sie rauchend, küssen sie sich dann immer wieder, und während man erzählt, nickt sie zustimmend wie die Thais, auch wenn sie keinen blassen Schimmer hat, worum es geht, und man redet ins Nichts, bis man es merkt.

Dafür lieben wir sie auch, beide, ihre Schwächen machen sie nur noch unterhaltsamer, und man könnte sich keine

besseren Freunde wünschen, mit denen man wieder über Dritte herziehen kann.
Während wir also in unserem Zimmer über sie reden, tun sie das gleiche in ihrem und schlafen davon zufrieden ein. Es gehört zum täglichen Brot. Aber daß man nie, niemals schlecht über jemanden redet, nie seiner Laune nachgibt? Warum schenke ich der Meinung unseres Nachbarn soviel Bedeutung? Er war sein Leben lang auf Montage und hat einsame Abende verbracht mit Menschen, die sich eigentlich schon alles erzählt haben. Vielleicht gerade deswegen. Er hat Monica bewundert.

Ich weiß, daß Monica und Ingela sich stritten. Ein paar Sommer lang fauchten sie sich an. Erst saß ich mit Ingela im Garten und trank einen Whiskey, dann mit Monica in der Bar unter der alten arabischen Deckenlampe, wo wir den Trinkbechern und Bierhumpen aus der ganzen Welt zuprosteten. Nach dem Abendessen brach dann regelmäßig ein Streit aus, und ich als der einzig wahre Betrunkene jeden Abend hörte sie dann durchs Haus laufen und sich gegenseitig anschreien, sie wären Säuferinnen.
Sie liefen im Kreis durch die Zimmer, damit ich, der ich ihnen langsam folgte, nichts mitbekam. Sie zischten mehr, als daß sie schrien. Monica muß schlecht von Ingela gedacht haben zu einer Zeit, als andere Probleme sich hinter der angeblichen Trinkerei verbargen. Vielleicht ging es um den Freund Ingelas, der wirklich ein Säufer war, vielleicht war es Geld, das sie streiten ließ, oder es waren lediglich gesammelte Launen, die sie aneinander ausließen.
Es sind die einzigen Male, bei denen ich Monica wütend gesehen hatte. Eine sehr milde Form des Wütend-

seins. Und wenn Ingela weg war, sagte sie tatsächlich kein schlechtes Wort über sie.
Mit meinen Teenagerjahren verschwanden auch ihre Streitigkeiten. Meine ersten Freundinnen tauchten auf, und die ersten Nächte fanden statt, in denen ich bis zum nächsten Morgen durchrauchte und zerknüllte Ideen den Wohnzimmerboden bedeckten. Irgend etwas war Anlaß genug, daß sich Ingela und Monica wieder vertrugen. Mehr noch, sie kamen sich über die Jahre wieder so nah, daß keine außer Ingela Tag und Nacht an Monicas Krankenbett wachen wollte.

Ingela hat sich viel zu erzählen mit ihrer Cousine und wird ihr dabei ähnlich. Die beiden lachen und streichen sich dabei durchs Haar wie bekiffte Elfen. Sie verjüngen sich, wenn sie miteinander sprechen, zu den gesprächigen Mädchen, die sie einst waren.
Unsere Nachbarn sind unbemerkt gegangen, und Monicas Freundin Karen hat sich neben mich gesetzt. Sie nimmt endlich die Sonnenbrille ab, und es ist, als spreche ich mit einer völlig anderen Person. Ihre Augen erinnern mich an Monica.
»Jemand hat mir heute gesagt, Monica hätte nie schlecht über jemanden geredet.«
»Wer?« fragt sie überrascht.
»Der Nachbar.«
Ein gemeiner Scherz liegt ihr auf den Lippen, aber sie besinnt sich.
»Monica war kein Engel, aber sie war ein guter Mensch, wenn es so was überhaupt gibt. Ich habe immer geglaubt, sie wäre sich zu fein für Klatsch und Tratsch, aber nach so

vielen Jahren weiß ich, daß sie das nie nötig hatte. Verstehst du?« Mit einem Schluck leert sie ihr halbes Glas Weißwein. »Unsereins würde platzen!« Sie bläht die Backen auf und lacht. »Ich habe mich oft lustig gemacht über sie deswegen, ich war sogar wütend auf sie manchmal. Aber sie behielt das, was sie über andere dachte, meistens für sich. Sie wollte nie jemanden verletzen. Nicht so wie ich.« Sie deutet Krallen an und lacht, aber dann sieht sie auf den Verschluß ihrer Handtasche, und ich warte, daß sie weitererzählt. Statt dessen gibt sie der Cousine ein Zeichen und steht auf, und ehe ich mich versehe, beginnt eine große Verabschiedung mit Umarmungen und Küssen auf die Wangen. Selbst mich, den sie noch nie vorher gesehen hat, umarmt sie und sagt, »Schön, daß wir uns doch noch einmal gesehen haben«. Sie dreht ihren Kopf so weit zur Seite, daß ich fast ihr Ohr küsse, dann geht sie mit der Cousine Arm in Arm ums Haus. Durch die Stämme der Tannen sehe ich ihren alten schwarzen Saab davonfahren und winke, wie wir es immer mit Gästen gemacht haben früher, obwohl sie uns nicht mehr sehen konnten.

Das Gefühl, eine Familie verloren zu haben, überkommt mich zum ersten Mal. Sie nie gehabt zu haben. Die Töchter Monicas machen es nicht besser. Sie verabschieden sich mit den Worten, sie hätten unser Geschirr für uns übriggelassen. Zwei Teller, vier Gläser, Besteck und die Kaffeemaschine zählen sie auf zwischen den Abschiedsküssen und sorgen damit bei allen außer mir für fröhliche Umarmungen und »Auf Wiedersehen«-Rufe.

Ich trinke von Monicas letztem Whiskey, während die anderen in der Küche lärmen. Ich kann nicht einmal mehr den Unterschied zwischen ihrem und echtem Whiskey schmecken. Ingelas Cousine setzt sich zu mir.

»Ben, alles in Ordnung?«

Wir lachen darüber, daß diese amerikanische Frage keinen Winkel der Welt verschont.

»Ja, ja, nur ein trauriger Tag heute.«

»Ich weiß. Monica hatte dich sehr gerne. Sie sprach oft von dir.« Sie macht ein sorgenvolles Gesicht, das sich sofort wieder aufhellt, »und Karen hat mir erzählt, daß ihr euch noch nie getroffen habt?«.

»Nie, nein. So viele Gesichter heute, manche habe ich auch nicht wiedererkannt.«

»Aber Karen hast du wiedererkannt?«

»Wen?«

»Ihre Schwester. Karen ist ihre jüngere Schwester.«

»Was?!«

»Wußtest du das nicht?« Einen Moment ist es still, dann holt sie die alten Fotos, die wir uns vorhin im Garten angesehen haben.

»Da sitzt sie«, sie zeigt auf das Mädchen neben Monica. Die ungleichen Schwestern, die eine dunkel und die andere blond, sie sitzen auf den Stufen einer Veranda und lächeln in die Kamera. Vor langer Zeit. Karens langes dunkles Haar erinnert mich an jemanden. Ihr Gesicht ist klein auf der Fotografie, aber ich kann sehen, daß sie sehr schön war. Ihre Schönheit ist eine andere als die von Monica, die helle Augen hat und einen sanften Blick. Karen sieht aus wie eine junge Italienerin. Ihr Blick sucht den des Fotografen, aber es ist Monica, die er in die Mitte seines Bildes gerückt hat.

Susan liegt neben mir. Die Kerze neigt sich dem Ende zu. Sis würde das mögen, Kerzenlicht, ein einsames Zimmer, Krankenpflege. Nebeneinander in leichtem Schlaf mit unseren Träumen, die sich berühren. Vor allem würde sie es lieben, mit mir in so einem schmalen Bett zu liegen. Dabei habe ich schon mit Susan kaum Platz.

»Sis«, sage ich leise. Ich wünschte, sie wäre endlich hier, aber statt dessen legt Susan den anderen Arm um mich und schiebt ein Bein über meinen Gips, der ihr aber zu hart ist. Unsere Gesichter berühren sich. Sie fährt mir durch die Haare, aber ihre Augen sind geschlossen, als würde sie vorgeben zu schlafen.

»Susan!«

»Mmmh.«

Ihr schwarzes Haar fällt schwer durch meine Finger. Sie zieht mich auf ihren Mund, und wir küssen uns langsam und lang.

»Phiiii Phiii Phii Phi Phi PhiPhi.« Der Murmelvogel singt in der Nacht, dann ist wieder das leise Summen des Ventilators zu hören. Der Beo läßt nicht lange auf sich warten und folgt mit seinem heiseren Schrei.

»Aaaaahk! Aaaaahk!«

Wir lachen, ohne die Augen zu öffnen.

Arm in Arm liegen wir wie Schlafende nebeneinander, weich meine Lider. Meine Gedanken sind hellwach, ihr Atem ein Rhythmus, als wären wir am Meer.

»Ich gehe«, sagt sie leise.
»Wohin?« frage ich überrascht.
»Nach Hause.«
Wir hören ein Husten, und erst jetzt bemerke ich das leise Summen eines Motors.
»Taxi«, sagt sie und löst sich langsam von mir.
»Warum?« frage ich, aber sie antwortet mir nicht.
»Es hat eine Frau angerufen, sie kommt morgen.«
»Sis hat angerufen?«
»Ja, eine Frau.«
Ihre Haare fallen auf meine Wange, und ich halte ihren Kopf fest. Sie küßt mich ein letztes Mal, dann wirft sie sich eine Jacke über die Schultern, nimmt ihren Koffer und geht. Ihre Schuhe liegen noch vor dem Bett, aber sie kommt nicht mehr zurück.
Als ich später hinaussehe aus dem Fenster, sehe ich einen Schimmer am Himmel, die Ahnung eines neuen Tages. Dann weht ein Wind durch das Zimmer, der den warmen Duft unserer Sommer mit sich bringt. Es riecht nach dem Gras am Mittag, nach den aufgeheizten Zimmern oben im schwedischen Haus und nach Monica, die schläft.

Ich schlage die Decke zurück und lege mir das alte Fell um, das ich in der Truhe an der Treppe gefunden habe. Dann gehe ich vorsichtig nach unten in die dunkle Halle. Die Treppe knarzt, und der Lineoleumboden ist kalt. Durch die Fenster des Eingangs sehe ich in den milchigen Vorgarten, wo Monicas Auto auf mich wartet. Die Kühle der Nacht klebt noch daran. Ein Reh bemerkt mich und setzt über die Straße zurück in den Wald.
Seit Jahren stehen neben dem Kamin Speere und lange

Keulen, die Monicas Mann von einer seiner Reisen mitgebracht hat. Spinnweben sind ihre Köcher. Ich wiege sie in der Hand. Nie hat sie jemand benutzt. Ich schließe die Verandtür auf und gehe barfuß durch das nasse Gras.

Die Speere fliegen leichter als erwartet. Die Metallspitzen bohren sich in die harte Erde. Ihr dunkles Holz ist warm von den vielen Jahren am Kamin. Sie fliegen hoch und verschwinden geräuschlos. Als der erste zerbricht, kehre ich noch einmal um und hole die kleine Kiste mit dem Anmachzeug.

In der Nähe des Ameisenhaufens mache ich auf einem Felsen, den der Regen vom Gras freigewaschen hat, ein Feuer und lege die Speere und Keulen hinein. Der Gedanke kommt mir, daß die Speerspitzen, Ringe und Drähte, die davon übrigbleiben, wie die Schätze sein werden, die Monica mit ihrem kleinen Metalldetektor im Garten aufgespürt hat. Nägel, Scharniere, Dosen und alte Bestecke reihte sie auf im Garten, und eines Tages wird wieder jemand kommen und Speerspitzen finden und sich fragen, aus welcher Zeit sie wohl stammen. Waffen, die vielleicht von einem alten Mann in einer trostlosen Wüste gemacht wurden. Souvenirs, die für einen schwedischen Seefahrer hergestellt wurden. Ihre Geschichte werde ich nie erfahren, nur die Spuren lege ich für ihre Fortsetzung.

Als das Feuer erloschen ist, wird es hell, und ich verteile mit der kleinen Schaufel die Asche ins feuchte Gras um den Ameisenhügel. Sie wollte immer neben ihrem Mann liegen. Ein weißer Kreis aus Asche, der sogar von einem Flugzeug aus zu sehen sein müßte.

Ich lege mich auf den Fels, den das Feuer aufgewärmt hat, und warte auf die Sonne, die mich wecken wird, wenn sie über die Spitzen der Bäume gestiegen ist.
Mein Schlaf ist tief wie der Fluß, den ich rauschen höre, meine Decke die Welt, die sich über mir erstreckt.

Paperbacks bei Kiepenheuer & Witsch

KiWi

Sven Lager
Phosphor

Roman

KiWi 570
Originalausgabe

Plötzlich ist da wieder Strom und etwas flackert in meinem Kopf und mir wird schlecht. Wenn ich an Laura denke. Dabei habe ich sie verlassen. Nicht sie mich. Ich bin gegangen. Ich habe den Stecker rausgezogen und trotzdem ist da immer Strom.

»Ich kaufte Lagers Phosphor und legte es auf die hintere Ablagefläche meines Chevrolet Trailblazers, mit dem ich immer sonntagmorgens vor der Salumeria in Berlin-Mitte parke. Seitdem sprechen mich täglich zehn Menschen darauf an. Ich sage jedem von ihnen: Lesen Sie bitte dieses Buch.« *Christian Kracht*

»Dieses Jahr begann für mich mit drei außergewöhnlichen Ereignissen. Dem Besuch des Wat Mahathat in Nakhon Si Thammarat, dem Erwerb meiner mit Otter gefütterten Manolo-Blahnik-Pantoffeln und Sven Lagers Phosphor.« *Elke Naters*

www.kiwi-koeln.de

Elke Naters
Mau Mau

Roman
Gebunden

»Auch dafür liebe ich Frank: für seine Verlässlichkeit. Man kann sich darauf verlassen, dass er versagt, wenn es darauf ankommt.«